인간의 대지

세계문학의 숲 043

Terre des Hommes

인간의 대지

앙투안 드 생텍쥐페리 지음
김윤진 옮김

SIGONGSA

일러두기

1. 이 책은 1931년 갈리마르 출판사(Gallimard)에서 처음 출간된 앙투안 드 생텍쥐페리(Antoine de Saint-Exupéry)의 《야간비행(Vol de nuit)》과 1939년 같은 출판사에서 출판된 《인간의 대지(Terre des hommes)》를 우리말로 옮긴 것이다.
2. 번역은 2009년 갈리마르 출판사에서 출간된 플레이야드 총서(Bibliothèque de la Pléiade)의 앙투안 드 생 텍쥐페리 전집(Oeuvres Complètes)을 대본으로 삼았다.
3. 본문의 주는 모두 옮긴이 주이다.

차례

인간의 대지

나의 동료 앙리 기요메
그대에게 이 책을 바친다.

대지는 저 모든 책들보다 우리들에 관해 더 많은 것을 가르쳐준다. 그것은 대지가 우리에게 저항하기 때문이다. 인간은 장애와 맞서 겨룰 때 스스로를 발견한다. 허나, 그에 이르기 위해서는 도구가 필요하다. 대패가, 쟁기가 필요하다. 농부는 농사를 지으며 조금씩 자연으로부터 어떤 비밀들을 이끌어내는데, 그 진리는 우주적인 것이다. 마찬가지로 항공 노선의 도구인 비행기도 인간을 저 모든 오래된 문제들 속으로 던져 넣는다.

아르헨티나로 첫 야간 비행을 나갔을 때의 모습이 지금도 눈에 선하다. 들판에 드문드문 뿌려진 몇 안 되는 불빛들만이 마치 별처럼 반짝이던 어두운 밤.

그 불빛 하나하나는, 암흑의 대해 속에서, 기적처럼 깨어 있는 의식들을 가리키고 있었다. 그 불빛이 새어나오는 곳에서 누군가 책을 읽고, 사색에 잠기고, 마음속 비밀을 쫓고 있었다. 또 다른 불빛 속에서는, 어쩌면 공간을 측정하고, 안드로메다 성운에 관한 계산에 골머리를 앓고 있었으리라. 또 저기에서는, 사랑을 나누고 있었다. 들판 군데군데에서 그 불들은 태울 것을 요구하며 타오르고 있었다. 시인의, 교사의, 목수의 불처럼 가장 은은한 불들까지도. 그러나 저 살아 있는 별들 가운데에도 닫혀 있는 창문들이 얼마나 많을 것인가, 빛을 잃어버린 별들, 잠들어버린 사람들이……

서로 만나려고 해야 한다. 들판에 띄엄띄엄 떨어져 타고 있는 그 불들 중 누군가와 소통하려고 해야 한다.

I
항공 노선

1926년. 내가 툴루즈-다카르 간의 연락을 담당하는 라테코에르 회사에 신참 노선 조종사로 막 입사했던 때였다. 나중에 그 노선은 아에로포스탈을 거쳐 에어프랑스가 담당하게 되는데, 그곳에서 나는 일을 배웠다. 다른 동료들처럼 나도 우편기를 조종할 영예를 얻기 전에, 신참들이 겪어야 하는 수습 기간을 거쳤다. 시험비행, 툴루즈와 페르피냥 간의 이동, 얼음장같이 차가운 격납고 안에서 듣는 우울한 기상학 강의들. 우리는 우리가 아직 알지도 못하는 스페인의 산들에 대한 두려움과 선배 조종사들에 대한 존경심 속에서 살았다.

그 선배들, 무뚝뚝하고 약간은 쌀쌀맞은 데다 우리에게 무척이나 거만하게 충고를 던져주던 선배 조종사들을 우리는 식당에서 다시 만나곤 했다. 비에 흠뻑 젖은 가죽점퍼를 입고 알리캉트나 카사블랑카에서 돌아온 선배 하나가 뒤늦게 우리와 합

류하면 우리들 중 하나가 조심스럽게 비행이 어땠는지를 물었
고 그러면, 폭우가 쏟아지는 날 선배가 던지는 짤막한 대답들은
도처에 함정과 덫이 깔려 있고, 절벽들이 불쑥불쑥 솟아오르며,
서양삼나무의 뿌리라도 뽑아버릴 듯한 기류들로 가득 찬 가공
의 세계를 우리 앞에 펼쳐주곤 했다. 시커먼 용들이 계곡 입구를
막아서고, 번개 다발들이 산봉우리를 감싸고 있는 세계. 선배들
은 솜씨 좋게 우리의 존경심을 유지시켰다. 그러나 이따금, 영
원히 존경받아 마땅하다는 듯 다시 돌아오지 않는 선배들도 있
었다.

뷔리가 돌아왔던 때도 그랬었다(후에 그는 코르비에르 산맥에
서 사망했다). 그 선배 조종사는 우리들 사이에 끼어 앉아 아직
도 힘이 든다는 듯 어깨를 축 늘어뜨리고 아무 말 없이 침중하게
식사를 했다. 그날 저녁은 노선의 처음부터 끝까지 하늘이 찌뿌
둥하니 습하고, 모든 산들이 조종사에게는 밧줄이 끊어져 이리
저리 구르며 갑판을 부숴대던 저 옛날 범선의 대포들처럼 안개
속을 굴러다니는 것처럼 보이는 궂은 날씨였다. 나는 뷔리를 보
고 침을 꿀꺽 삼켰고, 마침내 용기를 내어 비행이 힘들었느냐고
물었다. 이마를 찌푸린 채 접시에 코를 박고 있던 뷔리는 내 말
이 들리지 않는 모양이었다. 덮개가 없는 비행기를 탔을 때, 악
천후를 만나면 좀 더 시야를 확보하기 위해 앞 유리 밖으로 몸을
내밀게 되는데, 그러고 나면 한참 동안이나 바람이 귓전을 울리
곤 했다. 마침내 내 말이 들렸는지 뷔리가 고개를 들고 뭔가

기억을 더듬는 듯하더니, 갑자기 환한 웃음을 터뜨렸다. 나는 그 웃음에 매료되었다. 왜냐하면 뷔리는 별로 웃음이 없는 사람이었고, 그 짧은 웃음이 그의 피로를 환히 비추어주었기 때문이었다. 그는 자신의 성공에 대해서는 별다른 설명 없이 고개를 푹숙이고 다시 묵묵히 음식을 씹었다. 그러나 말단 공무원들 몇몇이 별 볼일 없는 그날의 피로를 씻는 칙칙한 식당에서, 넓은 어깨를 가진 그 동료는 내게 묘하게도 고귀한 존재로 비쳤다. 마치 용을 물리친 천사가 그의 거친 외양을 뚫고 나오는 듯했다.

마침내 내게도 소장 사무실로 호출되는 저녁이 왔다. 그는 간략하게 말했다.

"내일 출발하게."

나는 그가 나가보라고 하기를 기다리며 서 있었다. 그러나 소장은 잠시 침묵한 후에 덧붙여 말했다.

"규정은 잘 알고 있겠지?"

그 시절의 엔진은 오늘날처럼 안전을 보장하지 않았다. 그래서 아무 예고도 없이 대뜸 엔진이 꺼지면서 굉음과 함께 기체가 부서지는 일이 종종 발생했다. 그러면 우리는 피신처라고는 전혀 없는 스페인의 바위투성이 지면으로 기수를 향하게 된다. "여기서 엔진이 망가지면, 제기랄! 비행기도 금방 똑같은 꼴이 되는 거지" 하고 우리는 말하곤 했다. 그러나 비행기는 바꾸면 된다. 무엇보다 중요한 것은 시야 확보가 전혀 되지 않는 상태에서는 바위에 접근하지 말아야 한다는 것이었다. 그래서 산악지대에서 구름바다 위를 비행하는 것이 금지되었고, 그것을 위반하면 가장 엄중한 처벌이 뒤따랐다. 기체 고장을 당한 조종사가 하얀 양떼구름 속으로 빠져 들어갔다가는 산꼭대기를 보지 못하고 들이박을지도 모르는 일이었다.

그날 저녁, 느릿느릿한 목소리가 마지막으로 복무규정을 주지시킨 것도 그 때문이었다.

"스페인에서 나침반만 가지고 구름바다 위를 비행하는 건 참으로 멋진 일이지, 무척이나 우아하기도 하고 말이야. 하지만……."

그러고는, 더욱 느릿한 어조로, "……하지만 기억하게. 구름바다 아래에는…… 영원의 세계가 기다린다는 걸."

그러자 갑자기, 구름을 뚫고 나올 때 보게 되는 그 고요한 세계, 무척이나 균일하고 단순한 그 세계가 내게 알 수 없는 가치를 띠게 되었다. 그 온화함이 함정이 되어버린 것이다. 나는 저기 내 발밑에 펼쳐진 거대한 하얀 함정을 상상해보았다. 그 아래는 우리가 상상하는 것처럼 사람들의 부산함, 소란스러움, 살아 있는 도시들의 행렬이 있는 것이 아니라 더욱 더 절대적인 침묵, 더욱더 결정적인 평화가 지배하고 있었다. 그 하얀 끈끈이가 내게는 현실과 비현실, 기지의 것과 알 수 없는 것 사이의 경계가 되었다. 그리고 나는 이미 하나의 광경이란 문화, 문명, 직업을 통해서가 아니면 아무 의미도 지니지 못한다는 것을 짐작하고 있었다. 산악지방 사람들 역시 구름바다를 알고 있다. 그렇지만 그들은 거기서 이야기 속 존재 같은 이 장막을 발견하지 못한다.

소장실에서 나오자, 나는 치기어린 자부심을 느꼈다. 새벽이 되면 이제 나도 승객들에 대해, 아프리카 우편 비행기에 대해 책임을 지게 될 것이다. 하지만 나는 또한 몹시 부끄럽기도 했다. 내 자신이 충분히 준비가 되어 있지 않다는 느낌 때문이었다. 스페인은 몸을 피할 곳이 많지 않다. 그래서 혹여라도 심각한 고장에 직면했을 때 어디서 피신처를 구해야 할지 알 수 없어 두려웠다. 삭막한 지도에 고개를 파묻고 찾아봤지만 내가 필요로 하는 정보를 발견할 수 없었다. 그리하여 나는 온통 무기력함과 오만함이 뒤범벅된 마음으로 동료 기요메의 집으로 가서 출정 전야를 보냈다. 기요메는 나보다 먼저 그 노선들을 다녔었다. 그는 스페인에 대한 단서들을 얻는 요령을 꿰뚫고 있었다. 나로서는 기요메를 통해 입문해야만 했다.

내가 그의 집에 들어서자, 그는 미소를 지었다.

"소식 들었네. 기쁜가?"

그는 찬장으로 가 포트와인과 잔들을 꺼내왔는데, 얼굴에는 여전히 미소를 띠고 있었다.

"이걸로 한 잔 하지. 두고 보게만, 이게 제법 효과가 있을 거야."

후에 우편 항공기로 안데스 산맥과 남대서양 횡단 기록을 세우게 되는 이 동료는 마치 램프가 빛을 발하듯 자신감을 발하고 있었다. 몇 년 전 그날 저녁, 램프 빛 아래, 셔츠 바람으로 팔짱을 끼고 호의에 가득 찬 미소를 띤 채, 그는 내게 단지 이렇게 말했을 뿐이었다. "폭우, 안개, 눈보라가 때때로 자네를 힘들게 할 거야. 그럴 때면 자네보다 먼저 그 모든 것을 겪었던 사람들을 떠올려 봐, 그리고 그저 이렇게 말하라고. '다른 사람들이 해낸 것은 언제든지 나도 할 수 있다'라고." 그렇지만 나는 지도를 펼치고 그래도 조금만 나와 함께 이번 비행을 다시 봐달라고 부탁했다. 그리하여 선배의 어깨에 몸을 기대고 램프 불 아래 고개를 파묻고서야 나는 선배가 누리는 평온함을 되찾을 수 있었다.

하지만 그곳에서 내가 받은 것은 그 얼마나 묘한 지리학 강의였던가! 기요메는 내게 스페인을 가르치지 않았다. 다만 그는 스페인을 나의 친구로 만들어주었다. 수리학(水理學)도, 인구도, 가축들이 어떻다는 이야기도 하지 않았다. 과디스에 대한 말은 하지 않고 과디스 근처 들판 가장자리에 서 있는 세 그루의 오렌지나무 이야기를 했다. "그놈들을 조심해, 자네 지도에다 표시를 해둬……." 그 이후로 세 그루의 오렌지나무는 내 지도에서 시에라네바다보다 더 넓은 자리를 차지하게 되었다. 그는 또 내게 로르카에 대해서는 말하지 않고, 로르카 부근의 소박한 농가에 관해 말해주었다. 사람이 사는 농가. 그리고 그 농가의 주인에 대해. 또 그 아내에 대해. 그래서 우리로부터 1500킬로미터나 되는 먼 공간에 외따로 떨어진 그 부부가 가늠할 수 없는 중요성을 띠게 되었다. 산기슭에 자리 잡은 그 부부는, 등대지기가 그러하듯, 자신들의 별 아래에서 인간들에게 도움을 줄 채비를 갖추고 있었다.

우리는 그렇게 세상 그 어떤 지리학자도 모르는 세부사항들을 망각으로부터, 그리고 상상도 할 수 없는 먼 거리로부터 끌어냈다. 지리학자들이 관심을 가지는 것은 대도시에 물을 대는 에브르 강뿐이다. 그들은 서른 송이 남짓 꽃에 물을 대는, 모트릴 서쪽 풀숲 아래 감춰진 개천에는 관심을 두지 않는다. "그 개천을 조심해, 그게 착륙장을 망쳐놨어……. 그것도 자네 지도에 표시해두라고." 아! 내 어찌 그 뱀 같은 모트릴의 개천을 잊을 수 있겠는가! 얼핏 아무것도 아닌 것 같아 보인다. 가느다란 속삭임으로 개구리 몇 마리나 홀릴까 싶다. 하지만 그놈은 한쪽 눈만 감은 채 자고 있는 것이다. 낙원과도 같은 비상 착륙장 풀숲 아래 길게 뻗은 그 개천은 여기서 2000미터 떨어진 그곳에서 나를 노리고 있다. 여차하면 그것은 나를 화염 다발로 만들어버리리라…….

나는 또한 두 발로 굳건히 서서 기다리고 있었다. 언덕 기슭에 여기저기 퍼져 언제든 공격할 태세를 갖춘 호전적인 서른 마리의 양들을. "자네는 이 풀밭에 아무것도 없다고 생각하겠지만, 그러다간 서른 마리의 양이 쿵! 하고 자네를 바퀴 아래로 굴려버릴 거라고……." 그리고 나는 그 믿기 어려운 위협에 환한 미소로 응답했다.

그리하여 내 지도 속의 스페인은 램프 아래에서 차츰차츰 동화의 나라가 되어갔다. 나는 대피소와 함정들에 십자가로 경고 표시를 했다. 그리고 그 농가, 서른 마리의 양, 개천에도 표시를 해두었다. 지리학자들이 무시했던 양 치는 여자도 정확한 위치에 세워놓았다.

기요메와 헤어진 후 나는 얼음장같이 차가운 겨울밤을 걷고 싶은 욕구를 느꼈다. 나는 코트 깃을 세우고, 아무것도 모르는 행인들 사이로 젊은 혈기를 발산했다. 나만의 비밀을 가슴에 품고 낯선 사람들과 어깨를 스쳐 지나가는 것이 뿌듯했다. 이 무지한 사람들은 나를 모르지만, 동이 트면 우편행낭과 함께 그들의 근심, 그들의 열정을 내게 맡길 것이다. 저들은 내 손에 자신들의 희망을 맡기리라. 외투로 몸을 감싼 채 나는 저들 사이로 보호자의 발걸음을 옮기고 있었지만, 저들은 나의 배려에 대해서는 아무것도 모르고 있었다.

밤이 내게 던지는 메시지 역시 저들은 받지 못했다. 어디선가 서서히 일기 시작한, 내 첫 비행을 어렵게 만들지도 모르는 눈보라에 떨고 있는 것은 바로 나의 살이었으므로. 별들이 하나씩 지고 있다는 걸, 지나가는 저 사람들이 어찌 알 수 있었겠는가. 오직 나만이 비밀을 알고 있었다. 전투에 앞서 적의 위치가 속속 내게 밝혀지고 있었다.

나에게 그토록 무겁게 책임을 지우는 명령들을 받은 것은 크리스마스 선물이 반짝이고 있는 환히 불 밝혀진 진열창 가까이에서였다. 거기 어둠 속에 세상의 모든 재화가 진열되어 있는 듯했고, 나는 금욕의 오만한 도취감을 맛보았다. 나는 위험 앞에 놓인 전사였다. 그러니 저녁 파티에 쓰일 저 아롱다롱한 크리스털 제품들, 램프의 갓들, 저 책들이 내게 무슨 소용이란 말인가. 이미 나는 이슬비에 젖어 있었고, 이미 정규노선 조종사로서 비행이 있는 밤의 쓸쓸한 과육을 베어 물고 있었다.

잠이 깬 것은 새벽 3시였다. 나는 덧창을 활짝 열어젖히고 도시에 비가 내리는 모습을 보면서 천천히 옷을 입었다.

30분 후, 나는 작은 가방 위에 걸터앉아 빗물로 번득이는 도로 위에서 나를 태워 갈 합승버스를 기다렸다. 내 이전에도 수많은 동료들이 처녀비행을 하는 날, 조마조마한 마음으로 똑같은 기다림을 겪었었다. 마침내 길모퉁이에서 굉음을 내며 낡은 고물 버스가 나타났고, 나도 동료들처럼 당당하게 아직 잠이 덜 깬 세관원과 몇몇 관리들 사이를 비집고 좌석에 앉았다. 합승버스에서는 곰팡이 냄새, 먼지투성이의 행정, 한 사람의 일생이 매몰된 낡은 사무실 냄새가 났다. 버스는 500미터마다 멈춰 서며 또 한 명의 서기, 또 한 명의 세관원, 감독관을 태웠다. 버스 안에 먼저 잠들어 있던 사람들은 새로 탄 사람이 건네는 인사에 알아들을 수 없는 웅얼거림으로 답했고, 새로 탄 사람도 한껏 자리를 좁혀 앉자마자 이내 잠에 빠져들었다. 툴루즈의 울퉁불퉁한 도로 위 처량한 운송 광경이었다. 공무원들 사이에 긴 노선 조종사는 그들과 별로 분간이 되지 않았다……. 그렇지만 가로등들이 줄지어 지나갔고 비행장이 가까워졌다. 덜컹거리는 합승버스는 이제 한 인간이 변모된 모습으로 나오게 될 회색 번데기였다.

모든 동료들은 이렇게, 바로 이와 같은 아침에, 자신의 내면에서 아직까지 감독관의 역정에 찍소리 못하는 나약한 범인(凡人)의 모습으로부터 스페인과 아프리카의 우편기 책임자가 태어나는 것을, 3시간 후면 번갯불이 번득이는 가운데 오스피탈레의 용과 맞서고…… 4시간 후면 그 용을 물리치고 완벽히 자유로운 상태에서 전권을 가지고 바다로 우회할 것인지 아니면 폭우와 산, 대양으로 자신을 맞아줄 알코이 산맥을 직접 공략할 것인지 결정할 자가 태어나는 것을 느꼈다.

모든 동료들은 이렇게, 툴루즈의 컴컴한 겨울 하늘 아래에서 이름 모를 무리에 뒤섞여 있다가, 바로 이런 아침에, 5시간 후면 북부의 비와 눈을 뒤로하고 겨울을 거부하면서, 엔진 회전수를 줄여 한여름 알리캉트의 작열하는 태양 속으로 하강을 시작하는 지배자가 자신의 내면에서 커가는 것을 느꼈다.

낡은 버스는 사라지고 없지만, 그 엄숙함과 불편함은 내 기억 속에 생생히 남아 있다. 그 버스는 우리의 직업이 가져다주는 고된 기쁨에 있어 필수적인 준비 과정을 상징하고 있었다. 거기에서는 모든 것이 인상적일 정도로 간결했다. 그렇게, 3년 후 그 버스에서, 채 열 마디 말이 오가기도 전에 레크리뱅의 죽음을 알아챘던 일이 기억이 난다. 레크리뱅은 안개 낀 어느 낮, 혹은 어느 밤에 영원히 은퇴를 한 백여 명의 노선 조종사 동료들 중 하나였다.

그때도 새벽 3시였고 여전히 침묵이 감돌고 있는 가운데, 어둠 속에서 모습이 잘 보이지 않는 소장이 감독관을 향해 목청을 높이는 소리가 우리 귀에 들렸다.

"오늘 밤, 레크리뱅이 카사블랑카에 착륙하지 않았다는군."

"아!" 하고 감독관이 대답했다. "네?"

자다가 꿈에서 끌려나온 그는 애써 잠을 쫓고 성의를 보이고자 덧붙여 물었다.

"아! 그래요? 비행에 성공하지 못했답니까? 회항했대요?"

그 말에 버스 안쪽 깊숙한 곳에서 돌아온 대답은 이것뿐이었다. "아니." 우리들은 그 다음 말을 기다렸지만, 더 이상 아무 말도 없었다. 째깍째깍 시간이 감에 따라 그 '아니'라는 말 뒤에 다른 말은 없다는 것이, 그 '아니'라는 말이 확정적이며 레크리뱅이 카사블랑카에 착륙하지 않았을 뿐 아니라, 이제는 그 어느 곳에도 착륙하지 못하리라는 의미임이 명백해졌다.

이렇게 그날 아침, 내 처녀비행이 있던 날 새벽에 나도 내 직업의 신성한 의식을 치렀고, 차창 너머로 가로등 불빛이 반사되어 번들거리는 포장도로를 바라보면서 자신감이 떨어지는 것을 느끼고 있었다. 도로의 물 웅덩이 위로 세찬 바람의 손바닥이 스쳐 지나가는 것이 보였다. 나는 생각했다. '첫 비행치고는…… 정말이지…… 운도 지지리 없군.' 나는 눈을 들어 감독관을 바라보았다. "날씨가 좋지 않죠?" 감독관은 차창을 향해 피로에 찌든 시선을 던지더니, 이윽고 툴툴거리며 말했다. "이런 걸로는 알 수 없지." 나는 어떤 징조로 악천후를 식별하는지 궁금했다. 전날 저녁, 기요메는 선배들이 우리를 괴롭히는 수단으로 사용하던 모든 불길한 징조들을 그저 미소만으로 싹 날려주었지만, 이제 그 징조들이 다시 머릿속에 떠오르고 있었다. "노선에 깔린 조약돌 하나까지도 알 정도가 아닌데, 행여 눈보라라도 만나게 된다면, 불쌍한 녀석인 게지……. 암, 그렇고말고! 정말 가엾지!" 위엄을 지켜야 했기에, 선배들은 우리의 순진함이 가엾다는 듯, 조금은 억지로 짜내는 듯한 동정심으로 우리의 얼굴을 바라보며 고개를 끄덕이곤 했다.

그런데 이 버스는 우리들 중 얼마나 많은 이들에게 마지막 안식처가 되어주었던 것일까? 60명, 80명? 비가 내리는 날 아침, 저 과묵한 운전사에게 이끌려가면서 말이다. 나는 주위를 둘러보았다. 어둠 속에서 반짝이는 점들, 담뱃불들이 상념의 점을 찍어주고 있었다. 나이 든 월급쟁이들의 보잘것없는 상념들. 우리들 중 얼마나 많은 이들에게 저 동행들이 호상객(護喪客) 역할을 해주었을까?

그들이 나지막한 소리로 주고받는 은밀한 이야기들이 얼핏 내 귀에 들렸다. 병이나 돈 문제, 서글픈 집안의 근심사들. 그 이야기들은 저 사람들이 스스로를 가둔 음울한 감옥의 담벼락을 보여주고 있었다. 그때 갑자기 운명의 얼굴이 내 앞에 나타났다.

여기 있는 나의 동료 늙은 관료여, 그 어느 것도 너를 탈출시켜주지 않는데, 너는 거기에 대해 일말의 책임도 느끼지 못하는구나. 너는 흰개미들처럼 빛으로 향한 모든 출구들을 시멘트로 꽁꽁 틀어막은 덕에 너의 평온을 일구었다. 너는 소시민의 안온함 속에 몸을 둥글게 말았고, 틀에 박힌 일과와 숨 막힐 듯한 시골 생활의 관례들로 바람과 파도와 별에 맞서 그 초라한 성벽을 쌓았다. 너는 커다란 문제들로 근심하려 들지 않고, 너의 인간 조건을 잊으려 무척이나 애를 썼다. 너는 떠돌이별의 주민이 아니며, 스스로에게 대답 없는 질문은 던지는 법이 없지. 너는 그저 툴루즈의 소시민일 뿐. 아직 시간이 있을 때, 그 어느 것도 너의 어깨를 붙잡은 적이 없다. 이제 너를 이루고 있는 진흙은 말라붙어 굳어버렸고, 앞으로 그 무엇도 네 안에 잠들어 있는 음악가나 시인 혹은 이전에 네 안에 살고 있었던 천문학자를 깨우지 못하리라.

나는 더 이상 몰아치는 빗줄기에 불평하지 않는다. 내 직업이 가진 마법이 내게 하나의 세상을 열어주었고, 나는 2시간 뒤면 그 세계에서 검은 용들과 시퍼런 번갯불을 머리카락처럼 날리는 산 정상들과 맞설 것이다. 밤이 되면 거기서 풀려나와 별들 가운데에서 내 길을 읽어내리라.

우리 직업에 입문하는 세례는 그렇게 행해졌고, 그러면 우리는 여행을 시작한다. 대개 그러한 여행에는 별다른 사연이 생기지 않았다. 우리들은 마치 직업 잠수부들처럼 우리 영역의 깊은 곳에 안전하게 내려앉곤 했다. 이제는 많은 탐색이 이루어진 곳이다. 조종사, 정비사, 무선기사는 더 이상 모험을 시도하지 않으며, 그저 실험실에 틀어박혀 있을 뿐이다. 그들은 계기판 바늘들의 움직임을 따를 뿐, 더 이상 눈앞에 전개되는 풍경을 따르지 않는다. 저 바깥에는 어둠 속에 산들이 잠겨 있지만, 그것들은 더 이상 산이 아니다. 그것은 얼마나 가까워졌는지 계산을 해야만 하는 눈에 보이지 않는 힘들이다. 똑똑하게도 무선사는 램프 불빛 아래 숫자들을 적어가고, 정비사는 지도에 표시를 하며, 조종사는 산들이 비껴났을 때 혹은 왼쪽으로 피해 돌아가려던 산 정상이 전쟁을 준비할 때처럼 조용하고 비밀스럽게 정면에 나타났을 때 항로를 수정한다.

　같은 시각, 지상에서 밤샘 근무를 하는 무선사도 착실하게 동료가 불러주는 내용을 노트에 받아 적는다. "0시 40분. 항로 230도. 기내 이상 무."

　오늘날 승무원들은 그런 식으로 비행한다. 자신이 이동하고 있다는 것도 느끼지 못한다. 마치 밤바다 위를 비행하듯 모든 지표로부터 매우 멀리 떨어져 있다. 하지만 엔진이 불 밝혀진 조종실을 진동으로 가득 채워 조종실의 본질을 바꾸어버린다. 시간이 흐른다. 하지만 계기판에, 무전기 램프에, 계기 바늘 속에 보이지 않는 연금술이 지속된다. 시시각각 은밀한 몸짓들, 억눌린 듯한 낱말들, 주의력이 기적을 준비한다. 그리하여 때가 되면, 조종사는 확실하게 조종석 유리창에 이마를 갖다 댈 수 있다. 무(無)에서 황금이 생겨난다. 그것이 기항지 불빛 속에서 환히 빛나는 것이다.

　그렇지만 우리 모두는 알고 있다. 기항지 도착을 2시간 앞두고, 갑자기 특정 각도에 나타난 불빛을 보고는 설령 인도에 와 있다 할지라도 느끼지 못했을 막막한 거리감을 느끼고, 이제는 돌아갈 수 있다는 기대를 접을 수밖에 없는 그런 비행을.

수상비행기를 타고 최초로 남대서양을 횡단하던 메르모즈가, 해질 무렵 포토누아르 해역에 이르렀을 때에도 그러했다. 그는 자신의 앞으로 마치 벽이 세워지듯 토네이도의 꼬리들이 시시각각 조여들고 그 위로 어둠이 내려앉으면서 그 꼬리들을 숨기는 모습을 보았다. 1시간 후, 그는 교묘히 구름 아래로 빠져들었고, 그러자 환상적인 왕국이 그의 앞에 나타났다.

그곳에는 바다의 물기둥들이 겹겹이 솟구쳐 올라 얼핏 보면 마치 움직이지 않는 사원의 검은 기둥들처럼 보였다. 끝 부분이 부풀어 오른 그 기둥들은 어둡고 낮은 태풍의 천장을 지탱하고 있었지만, 천장의 찢긴 부분을 통해 빛줄기들이 쏟아져 내렸고, 기둥들 사이 바다의 차가운 포석들 위로 보름달이 환히 빛나고 있었다. 메르모즈는 사람이 살지 않는 그 폐허들을 가로질러 계속 비행을 했다. 빛의 통로에서 또 다른 빛의 통로로 사행하고, 치솟은 바다가 으르렁거리는 그 거대한 기둥들을 우회하면서 4시간 동안이나 새어나오는 달빛을 따라 비행한 끝에 사원의 출구로 나올 수 있었다. 그 광경이 너무도 압도적이어서, 포토누아르 해역을 지나고 나서야, 메르모즈는 자신이 전혀 겁을 먹지 않았었다는 사실을 깨달았다.

나 역시 현실적인 세계의 경계를 건넌 그런 시간을 기억한다. 그날 밤 내내 사하라의 모든 기항지에서 보내온 무선방위 측정이 틀리는 바람에 무선기사인 네리와 나는 심각한 착오에 빠졌다. 안개가 갈라진 틈 아래 바닥으로 물이 반짝이는 모습이 보였을 때에야 나는 황급히 해안선 쪽으로 선회했는데, 대체 언제부터 우리가 먼바다 쪽으로 비행을 하고 있었는지 알 수 없었다.

다시 해안에 다다를 수 있을지도 확신할 수 없었다. 연료가 부족할 수도 있었다. 설사 해안을 만난다 해도 기항지를 다시 찾아내야 했을 것이다. 게다가 달이 질 시각이었다. 이미 귀머거리가 된 우리는 각도 정보마저 없어 조금씩 장님이 되어갔다. 마침내 눈의 벌판과 비슷한 안개 속에서 창백한 숯불 같던 달이 완전히 꺼져버렸다. 이번에는 우리 머리 위의 하늘이 눈으로 덮이기 시작했고, 그때부터 우리는 모든 빛과 모든 실체가 사라진 세계 속에서 눈과 안개 사이로 비행했다.

우리에게 응답하던 기항지들이 더 이상 우리에 관한 정보를 주기를 포기했다. "위치 확인 불가…… 위치 확인 불가……." 우리의 목소리가 도처에서 들려오는 바람에, 결국 아무데에서도 들려오지 않는 것과 마찬가지였기 때문이었다.

우리가 벌써부터 절망하고 있을 때 갑자기 빛나는 점 하나가 전방 좌측 지평선 위에 모습을 드러냈다. 나는 형언할 수 없는 기쁨을 느꼈고, 네리는 내게 몸을 기울이고 노래를 불러댔다! 저것은 기항지일 수밖에 없다, 저것은 기항지의 불빛일 수밖에 없다, 왜냐하면 밤이 되면 사하라는 모든 불빛이 꺼져서 거대한 죽음의 영토가 되기 때문이었다. 그렇지만 그 불빛은 잠시 반짝이다 꺼져버렸다. 우리는 지기 전에, 안개 층과 구름들 사이로 겨우 몇 분 동안만 지평선 위로 반짝이는 별을 향해 기수를 돌렸던 것이다.

그때 우리는 또 다른 빛들이 일어서는 모습을 보았고, 막연한 희망을 품고 그 각각의 불빛을 향해 다시, 또 다시 기수를 돌렸다. 그리고 불빛이 꺼지지 않고 이어지면 생명을 건 실험을 감행했다. 네리가 시스네로스 기항지에 지시를 내렸다. "불빛이 보인다. 신호등을 세 번 점멸하라." 시스네로스에서는 불을 껐다가 켰을 것이다. 하지만 우리가 주시하고 있던 강한 불빛은 깜빡임이 없었다. 꺼지지 않는 그것은 별이었다.

점점 연료가 떨어져감에도 불구하고 우리는 매번 황금빛 미끼를 물곤 했고, 그럴 때마다 그것은 진정 관제탑의 불빛이요, 기항지며 생명이었다. 하지만 그러고 나면 우리는 또 다른 별을 향해야만 했다.

그때부터 우리가 도저히 닿을 수 없는 수백의 별들 사이, 단 하나의 진정한 별, 우리의 별, 홀로 우리의 친숙한 풍경들, 다정한 우리의 집, 우리의 애정을 품고 있는 별을 찾아 나섰다가 별과 별 사이의 공간에서 길을 잃었다는 느낌이 들었다.

홀로 그러한 것을 품고 있는 별……. 어쩌면 여러분에게는 유치하게 보일 수도 있지만 그것이 내게 어떤 모습으로 나타났는지 이야기해드리고자 한다. 위험한 와중에도 인간의 근심사는 남는 법, 나는 갈증이 나고 배가 고팠다. 만일 시스네로스를 찾아낸다면, 일단 연료부터 가득 채운 후 다시 여행을 계속해서 선선한 새벽녘에 카사블랑카에 착륙할 텐데. 일도 끝났겠다! 네리와 나는 시내로 가리라. 그리고 새벽부터 벌써 문을 연 작은 선술집들을 찾으리라……. 네리와 나는 아주 안전하게 자리를 잡아 따뜻한 크루아상과 카페오레를 앞에 놓고 간밤의 일을 껄껄 웃어넘기리라. 네리와 나는 생명이 가져다주는 그 아침이라는 선물을 받을 것이다. 늙은 시골 아낙네는 채색된 그림이나 소박한 메달, 묵주를 통해서만 자신이 믿는 신과 접한다. 이처럼, 누군가 우리의 말을 알아들을 수 있게 하려면 쉬운 언어로 말해야 한다. 그렇듯 내게 있어 삶의 즐거움이란 향기롭고 뜨거운 첫

한 모금, 우유와 커피 그리고 밀의 혼합으로 모아진다. 그것을 통해 우리는 고요한 방목장, 이국적인 열대농장, 추수와 교감하며, 그리하여 대지 전체와 교감하는 것이다. 저 수많은 별들 가운데 새벽녘의 식사를 위해 그 향기로운 잔을 우리 손이 닿는 곳에 놓아주는 별은 단 하나밖에 없다.

그러나 우리 비행기와 사람이 사는 대지 사이의 건널 수 없는 그 거리는 더 멀어져만 가고 있었다. 세상의 모든 부는 성좌들 사이에서 길을 잃고 헤매는 먼지 알갱이 하나에 깃들어 있었다. 그리고 점성술사 네리는 그 먼지 알갱이를 찾으려 여전히 별들에게 애걸을 하고 있었다.

갑자기 그가 주먹으로 내 어깨를 툭 쳤다. 그러면서 건네준 쪽지에는 이렇게 쓰여 있었다. "만사 오케이야, 방금 멋진 메시지를 받았거든……." 나는 두근대는 가슴을 안고 우리를 구해줄 대여섯 개의 단어를 그가 마저 옮겨 적어주길 기다렸다. 마침내 하늘의 선물을 받은 것이다.

그것은 전날 저녁 떠나온 카사블랑카에서 온 전문이었다. 발신이 지체되었던 그 전문이 갑작스럽게 2000킬로미터도 더 떨어져 있는 우리, 바다에서 길을 잃고 구름과 안개 사이에서 헤매고 있던 우리에게 와 닿았던 것이다. 그 전문은 카사블랑카 공항에 있는 당국 담당자가 보낸 것이었다. "생텍쥐페리 씨, 귀하는 카사블랑카에서 출발할 때 격납고에 지나치게 근접하여 방향 전환을 했으므로 파리에 귀하의 징계를 요구하고자 합니다." 내가 격납고에 바싹 붙어 방향 전환을 했던 것은 사실이었다. 그리고 이 남자가 화를 내며 자신의 직무를 다 하고 있다는 것도 사실이었다. 공항 사무실에서라면 나는 지극히 겸허히 그 비난을 수용했을 것이다. 그러나 그 비난은 우리와 마주치지 않아야 할 곳에서 우리와 마주쳤다. 아주 드문드문 있는 별들, 안개 바다, 위협적인 바다와는 어울리지 않는 것이었다. 우리의 운명, 우편물과 비행기의 운명이 우리 손에 달려 있고, 살기 위해 비행기 조종에 갖은 애를 쓰고 있는데, 이 남자는 우리에게 사소한 앙심을 쏟아내고 있었다. 하지만 네리와 나는 화가 나기는커녕 갑작스럽고 엄청난 환희를 느꼈다. 여기서는 우리가 주인이었고, 그는 그런 사실을 우리에게 깨닫게 해주었다. 그런데 그 하사 녀석은 우리 소매를 보고도 우리가 대위로 진급했다는 사실을 보지 못했단 말인가? 녀석은 우리의 꿈을 어지럽히고 있었다. 우리가 큰곰자리에서 사수좌로 신중하게 몇백 걸음 나아가고 있을 때, 우리가 처한 유일한 사건, 우리를 불안하게 만들 수도 있는 사건이 바로 달의 배신인 시점에…….

그 남자가 자기주장을 내세우고 있는 그 행성의 즉각적이고 유일한 의무는 별들 사이에서 우리가 계산을 할 수 있도록 정확한 숫자를 제공하는 것이었다. 그런데 그 숫자들이 틀렸다. 그 나머지 일에 대해서 지구에서는 당분간 입을 다물고 있기만 하면 되었다. 네리가 내게 쪽지를 보냈다. "그놈들, 이런 멍청한 짓을 하며 놀고 있으니, 우릴 어딘가로 데려가주면 좋겠는데 말이야……." 그가 말하는 '그놈들'이란 지구상의 모든 사람들, 의회들, 상원들, 해군, 육군 그리고 그곳의 황제들을 요약한 말이었다. 우리와 볼일이 있다고 주장하는 그 정신 나간 자의 전문을 다시 읽으며 우리는 수성을 향해 기수를 돌렸다.

우리들은 묘하기 짝이 없는 우연에 의해 구조되었다. 언젠가는 시스네로스에 닿지 않을까 하는 희망을 버리고, 해안을 향해 90도로 방향을 틀며 연료가 떨어질 때까지 기수를 고정하겠다고 결심해야 하는 시간이 왔다. 그렇게 함으로써 나는 바다에 추락하지 않을 가능성을 약간 남겨놓았다. 그렇지만 불행히도 그건 내 눈을 홀린 불빛이 대체 어딘지도 알 수 없는 곳으로 우리를 데려다놓은 후였다. 가장 운 좋은 경우라 해도 깜깜한 어둠 속으로 우리를 빠뜨렸을 짙은 안개 속에서, 우리가 아무 재앙도 겪지 않고 지면에 닿을 가능성은 불행히도 너무 희박했다. 그러나 내가 선택할 필요는 없었다.

　상황이 너무 명백했으므로 네리가 1시간만 더 일렀다면 구조될 수도 있었을 것이란 메시지를 건네주었을 때 나는 울적하게 어깨를 으쓱했을 뿐이었다. "시스네로스에서 우리의 방위를 측정하기로 결정했어. 시스네로스 측정. 확실치는 않지만 216도로 추정." 시스네로스는 더 이상 어둠 속에 묻혀 있지 않고 우리의 좌측으로 손에 잡힐 듯 모습을 드러냈다. 그래, 그렇지만 거기까지 거리는? 네리와 나는 짧게 대화를 나눴다. 너무 늦었다. 우리는 그렇게 의견을 모았다. 시스네로스로 달린다면 해안선을 놓칠 위험성이 더 커지리라. 네리가 대답했다. "1시간분의 연료이므로 이제부터 기수를 93도로 유지한다."

그러는 동안 기항지가 하나둘 깨어나기 시작했다. 우리의 대화에 아가디르, 카사블랑카, 다카르의 목소리들이 섞여 들었다. 그 각각의 도시들에 있는 무선기지국은 공항에 경보를 울렸다. 공항 책임자들은 동료들에게 비상경보를 울렸다. 그리하여 환자의 침상 주위로 모이듯 조금씩 우리 주위로 몰려들었다. 쓸데없는 열의이긴 하지만 그래도 열의는 열의였다. 효력 없는 조언이기는 했지만 얼마나 따뜻했던지!

그러다 갑자기 툴루즈가 솟아올랐다. 항로의 시발점이자 저 아래 4000킬로미터나 떨어져 있는 툴루즈. 그 툴루즈가 대뜸 우리 사이에 자리를 잡더니 다짜고짜 물었다. "현재 조종하는 비행기가 F……(등록번호는 생각나지 않는다)인가?" "그렇다." "그렇다면 아직 2시간분의 연료를 더 쓸 수 있다. 그 비행기의 연료 탱크는 표준형이 아니다. 시스네로스로 기수를 돌리도록."

이렇게, 직업상 어쩔 수 없는 일들이 세상을 변모시키고 풍요롭게 한다. 하지만 꼭 그런 밤을 겪어야만 노선 조종사가 낡은 풍경에서 새로운 의미를 발견하는 것은 아니다. 승객들을 피로하게 만드는 단조로운 풍경도 승무원들에게는 이미 다른 풍경이다. 수평선을 가로막는 구름 덩어리도 승무원들에게는 단순한 무대장치에 그치는 것이 아니다. 그 구름은 승무원의 근육을 긴장시키고 갖가지 문제를 야기할 것이다. 벌써부터 승무원은 그것을 고려하고 마음속으로 가늠한다. 진정한 언어가 구름을 그에게 연결시키는 것이다. 아직은 멀지만 저기 산봉우리가 있다. 과연 어떤 모습을 보여줄 것인가? 달빛이 환할 때 그것은 편리한 지표가 될 것이다. 그러나 만일 조종사가 시야를 확보하지 못한 채 비행하고 편류를 바로잡기 어려우며 자신의 현재 위치가 의심스러울 때, 그 봉우리는 밤새도록 위협이 될 것이다. 마치 물에 잠긴 채 조류에 따라 떠다니는 기뢰(機雷)가 바다 전체를 위험하게 만드는 것처럼 말이다.

바다도 그렇게 변한다. 단순한 여행자들에게 폭풍은 보이지 않는다. 아주 높은 곳에서 보면 파도는 높낮이가 없고 커다란 물보라도 움직이지 않는 것처럼 보인다. 다만 잎맥과 이음새가 있는 커다랗고 하얀 종려나무 잎사귀들이 일종의 성에처럼 굳어 있는 것이 보일 뿐이다. 하지만 승무원은 그런 바다에는 절대 착륙하지 말아야 한다고 판단한다. 승무원에게 그 종려나무 잎들은 독을 품은 커다란 꽃과도 같다.

설령 아무 사고 없는 여행이라 해도, 자기 노선의 어딘가를 비행하는 조종사는 단순한 풍경 속에 놓여 있는 것이 아니다. 대지와 하늘의 빛깔, 바다 위로 남겨지는 바람의 흔적, 석양 무렵의 황금빛 구름, 조종사는 그것들을 감상하는 것이 아니라, 그것들에 대해 깊이 생각한다. 자기 농지를 한 바퀴 돌며 수많은 징후로 봄이 오거나 냉해가 발생하거나 비가 올 것을 예측하는 농부와도 같이, 직업 조종사 역시 눈의 징후, 안개의 징후, 행복한 밤의 징후들을 해독해낸다. 처음에는 기계가 인간을 자연의 커다란 문제들에서 벗어나게 해주는 것처럼 보이지만 결국 더

욱더 혹독하게 그 문제들에 종속시키고 만다. 폭풍우 치는 하늘
이 만들어놓은 거대한 재판정에서 조종사는 자신의 비행기를
놓고 산, 바다, 폭우라는 세 자연의 신과 싸우는 것이다.

II
동료들

1

메르모즈를 위시한 몇몇 동료들이 굴복하지 않는 사하라를 가로질러 카사블랑카에서 다카르까지의 프랑스 항공 노선을 구축했다. 당시의 엔진은 튼튼하지 못해서, 한번은 엔진 고장으로 메르모즈가 무어인들의 손에 붙잡혔다. 무어인들은 그를 처형할까 망설이다 보름 동안 포로로 가둬둔 후 몸값을 받고 돌려보냈다. 그리고 메르모즈는 같은 지역 상공으로 다시 비행을 재개했다.

아메리카 노선이 열렸을 때, 언제나처럼 전위에 나섰던 메르모즈는 부에노스아이레스부터 산티아고까지의 구간을 탐사하는 임무를 맡았다. 사하라 사막 상공으로의 항로 개척에 이은, 안데스 산맥 상공을 통과하는 항로 개척 임무였다. 그에게 주어진 비행기는 고도 5200미터까지 상승할 수 있었다. 그런데 안데스 산맥 정상의 높이는 7000미터에 이르렀다. 메르모즈는 협로를 찾기 위해 이륙했다. 사막에 이어, 메르모즈는 산과 맞닥뜨리게 된 것이다. 눈으로 된 스카프를 바람 속에 날리는 산 정상들, 폭풍이 몰아치기 전 창백하게 변하는 사물들, 너무 거세게 불어 닥쳐 암벽 사이에서 마주치기라도 하면 조종사가 어쩔 수 없이 일종의 백병전을 치러야 하는 소용돌이 바람들. 메르모즈는 상대를 전혀 알지 못한 채, 그리고 그런 심한 압박 속에서 과연 살아서 빠져나올 수 있을지조차 알지 못한 채, 그러한 전투를 치르곤 했다. 메르모즈는 다른 사람들을 위해 '시도'를 했다.

어느 날인가 '시도'를 너무나 많이 한 끝에 마침내 그는 안데스 산맥의 포로가 되고 말았다.

깎아지른 절벽으로 된 고도 4000미터의 고원 위에 불시착한 후, 정비사와 그는 이틀 동안 그곳을 탈출할 방도를 모색했다. 그들은 완전히 갇힌 상태였다. 마침내 그들은 마지막 운을 시험해보기로 하고 비행기를 허공으로 띄웠고, 울퉁불퉁한 지면에서 거칠게 튀어 올라 낭떠러지까지 갔다가 그곳에서 아래로 미끄러져 내려갔다. 떨어지는 과정에서 충분히 속도를 얻은 비행기는 다시 조종이 가능해졌다. 메르모즈는 기수를 올려 정면의 산봉우리를 향했고 그 봉우리를 스치고 넘어서, 이미 고장 난 데다 밤사이 얼어 터져 모든 밸브에서 물이 줄줄 흐르는 비행기를 몰고 7분간 비행한 끝에 약속의 땅처럼 자신의 발아래 펼쳐진 칠레의 평원을 발견했다.

그다음 날, 그는 또다시 비행에 나섰다.

안데스 산맥이 샅샅이 탐사되고 횡단 기술이 일단 제자리를 잡자, 메르모즈는 그 구간을 동료인 기요메에게 넘기고 자신은 야간 탐사에 나섰다.

기항지의 조명 시설은 아직 설치되지 않아서, 어두운 밤이면 착륙장 위에 휘발유로 세 개의 보잘것없는 불을 밝혀 메르모즈 앞에 늘어놓곤 했다.

그래도 그는 난관을 극복하고 항로를 열었다.

야간 비행이 익숙해지자, 메르모즈는 대양 공략에 나섰다. 그리하여 1931년 최초로 우편기가 툴루즈에서 부에노스아이레스까지를 나흘 만에 주파했다. 귀환하던 중 메르모즈는 남대서양 한가운데에서 연료 탱크가 고장을 일으켜 풍랑이 심한 바다에 떨어졌다. 지나가던 선박이 그와 우편기 그리고 동료 승무원을 구조했다.

이처럼 메르모즈는 사막과 산, 밤, 그리고 바다를 개척했다. 그는 사막에, 산에, 야간에 그리고 바다에 한 번 이상 추락했었다. 하지만 다시 살아 돌아왔을 때, 그것은 언제나 다시 떠나기 위해서였다.

그렇게 12년을 근무한 후, 다시 한 번 남대서양 위를 비행하던 그는 짤막한 전신을 통해 후방 우측 엔진을 끈다고 알려왔다. 그러고 나선 침묵이 흘렀다.

걱정하지 않아도 되는 소식처럼 보였지만 10분 동안 침묵이 계속되자, 파리에서 부에노스아이레스에 이르는 노선의 모든 무선기지국이 불안에 싸여 철야 근무에 들어갔다. 일상생활에서의 10분 지체는 별 의미가 없을 수도 있지만, 우편 항공에 있어서는 중대한 의미를 지니기 때문이다. 그 사장된 시간의 한복판에는 아직 알려지지 않은 사건 하나가 도사리고 있다. 무의미한 것이건 불행한 것이건 사건은 나중에야 풀린다. 운명은 판결을 내렸고, 그 판결에 대해서 더 이상 항소는 없다. 강철 같은 손이 승무원들을 좌지우지해 비행기가 중력을 잃고 바다에 떨어지거나 박살이 나는 것이다. 하지만 그 판결은 기다리는 사람들에게는 통보되지 않는다.

우리들 중 점점 희미해져가는 그런 희망들, 시시각각 치명적인 질병처럼 악화되는 그런 침묵을 겪어보지 않은 사람이 누가 있겠는가? 우리는 간절히 바랐고, 시간은 하염없이 흘렀다. 그러다 차츰차츰 시간이 너무 오래 지나버렸다. 우리는 동료들이 다시 돌아오지 않으리라는 것을, 그들이 그토록 자주 그 하늘을 누볐던 남대서양에 잠들어 있다는 사실을 받아들여야만 했다. 추수한 곡식 단을 잘 묶은 뒤 밭에서 잠드는 농부처럼 메르모즈는 자신의 업적 뒤로 완전히 자취를 감춘 것이다.

이처럼 동료가 죽으면 아직은 그의 죽음 또한 직무상 행위처럼 보이고, 처음에는 다른 사람의 죽음보다 더 큰 상처로 다가오지는 않는다. 분명 그는 자신의 마지막 기항지를 변경하여 멀리 떠나갔지만, 아직까지는 빵이 아쉬운 만큼이나 그의 존재가 사무치게 그리운 것은 아니다.

사실 우리에겐 다시 만날 날을 오래도록 기다리는 습성이 있

다. 왜냐하면 항공 노선의 동료들은 파리에서 칠레의 산티아고
까지 세계 곳곳에 흩어져 있고, 별로 말을 나누지 않는 보초들처
럼 다소 고립되어 있기 때문이다. 흩어져 있는 같은 직업을 가진
대가족의 일원들이 여기든 저기든 한자리에 모이려면 비행하다
우연히 마주쳐야 한다. 카사블랑카, 다카르, 부에노스아이레스
의 저녁식탁에 둘러앉아, 수 년간의 침묵으로 끊어졌던 대화를
다시 시작하며 옛 추억으로 다시 엮인다. 그러고 나면 다시 떠
나는 것이다. 대지는 이렇게 황량하면서도 또한 풍요롭기도 하
다. 풍요롭다는 것은 감춰져 있고 찾아가기 어렵지만 우리 직업
을 가지고 있으면 어느 날인가는 가게 되는 비밀스런 정원들이
있기 때문이다. 생활이 바빠 떨어져 있고 자주 생각할 수도 없지
만 동료들은 말없이 잊힌 채로, 알 수는 없지만 어딘가에 있으
며, 서로에게 무척 충실하다! 그래서 어쩌다 길에서 마주치기라
도 하면, 환하게 터지는 불꽃같은 기쁨으로 우리의 어깨를 흔드
는 것이다. 분명 우리는 기다리는 데 익숙해져 있다…….

그렇지만 차츰 우리는 그 동료의 환한 웃음소리를 결코 다시
듣지 못하리라는 것을, 그가 있는 정원에 우리는 결코 갈 수 없
으리라는 것을 깨닫게 된다. 그렇게, 애절하진 않지만 약간 씁
쓸한 우리의 진정한 애도가 시작된다.

사실 그 어느 것도 잃어버린 동료를 대신할 수는 없을 것이다.
오랜 친구들은 만들어지는 것이 아니다. 함께한 그토록 많은 추
억들, 함께 겪은 수많은 고된 시간들, 그토록 잦았던 다툼과 화해,
마음의 움직임, 그런 보물만큼 값진 것은 아무것도 없다. 그런 우

정은 다시 쌓을 수 있는 것이 아니다. 떡갈나무를 심어놓고 곧바로 그 그늘 아래 몸을 피할 수 있기를 바라는 건 헛된 일이다.

삶이라는 게 그렇다. 처음 우리는 풍요로웠고 여러 해 동안 나무를 심었지만, 시간이 그 작업을 해체하고 나무를 베어내는 그런 시기가 온다. 동료들은 하나씩 우리에게서 자신의 그늘을 걷어낸다. 그리고 우리의 슬픔에는 늙어간다는 말 못할 회한이 서린다.

바로 이것이 메르모즈와 다른 이들이 우리에게 가르쳐준 정신적 가치이다. 한 직업의 위대함이란 무엇보다 사람들을 연결시키는 데 있는 것이리라. 진정한 의미의 부(副)는 오직 하나, 인간관계라는 부유함뿐이기 때문이다.

오로지 물질적인 부만을 위해 일한다면 우리는 스스로의 감옥을 짓는 셈이다. 우리는 살 만한 가치가 있는 것이라곤 아무것도 가져다주지 못하는 재와 같은 돈을 움켜쥐고 고독하게 스스로를 가둔다.

내 추억들 중 오래도록 애착이 가는 추억을 찾고, 내게 소중했던 시간들을 따져보면, 분명 어떠한 재산도 내게 마련해주지 못했을 그런 것들을 발견하게 된다. 메르모즈처럼 함께 시련을 겪으면서 영원히 우리와 맺어진 그러한 동료의 우정은 돈으로 살 수 있는 것이 아니다.

비행을 하던 그 밤, 그리고 그 무수한 별들, 그 평온함과 온전히 나의 통제 아래 있던 그 몇 시간, 돈으로는 그러한 것들을 살 수 없다.

　어려운 고비를 넘은 후 새로이 보이는 세상, 그 나무들, 그 꽃들, 그 여인들, 새벽에 우리에게 다시 주어진 생명으로 새로이 채색된 그 미소들, 보상으로 우리에게 주어지는 사소한 것들의 합주, 돈으로는 그러한 것들을 살 수 없다.

　반군 지역에서 보냈던 그 밤과 떠나지 않는 그 기억도 마찬가지다.

해질 무렵 우리 아에로포스탈 승무원 세 팀은 리오 데 오로 해안에 불시착했다. 먼저 내 동료 리구엘이 접속간 파열로 인해 착륙했고, 다음으로 그 승무원들을 구조하기 위해 또 다른 동료인 부르가가 착륙했다가 가벼운 기체 파손으로 인해 땅에 발이 묶였다. 마지막으로 내가 착륙했는데, 내가 도착했을 때는 어둠이 깔리고 있었다. 우리는 부르가의 비행기를 구하기로 결정했고, 제대로 수리를 하기 위해 날이 밝기까지 기다리기로 했다.

　1년 전, 바로 이 장소에서 기체 고장을 일으킨 우리 동료 구르와 에라블은 반군들에 의해 살해당했었다. 지금도 300명의 아랍 무장 세력이 보야도르 어딘가에 진을 치고 있다는 사실을 우리는 알고 있었다. 세 대의 비행기가 착륙하는 모습은 멀리서도 보이기 때문에 어쩌면 그들의 경계심을 불러일으켰을지도 몰랐다. 그래서 우리는 마지막이 될지도 모르는 밤샘을 시작했다.

　우리는 밤을 지새우기 위해 자리를 잡았다. 화물칸에서 대여섯 개의 짐짝을 꺼내 내용물을 비워서 둥글게 둘러놓고, 마치 파수막 움푹 팬 곳에 놓아두듯 각각의 궤짝 안에 초라한 촛불 하나씩을 불붙여 놓아두었는데, 바람만 불어도 위태롭기 짝이 없었다. 그리하여 태고의 세상처럼 고립된 곳, 사막 한가운데에서 우리들은 지구의 벌거벗은 껍질 위에 인간의 마을을 세웠다.

우리가 세운 마을의 커다란 광장, 궤짝에서 불빛이 떨리며 흘러나오는 그 모래자락에서 밤을 새우기 위해 모인 우리는 기다렸다. 우리를 구해줄 새벽이 오기를, 아니라면 무어인들이라도 나타나기를. 그런데 뭔지 모르지만 그날 밤은 크리스마스 느낌이 들었다. 우리들은 추억담을 나누고, 농담을 주고받고 노래를 불렀다.

심지어 성대하게 마련된 축제의 도중에나 느낄 법한 가벼운 열기마저 맛보고 있었다. 그렇지만 우리들은 한없이 가난했다. 바람, 모래, 별들. 트라피스트 수도사들*에게나 어울릴 엄격한 생활양식. 하지만 불빛도 희미한 이 바닥에서 추억 외에는 가진 것이라곤 없는 예닐곱 명의 사내들은 눈에 보이지 않는 부를 서로 나누고 있었다.

마침내 우리가 만난 것이다. 우리는 저마다의 침묵에 갇힌 채 한참을 나란히 길을 가거나 혹은 아무것도 전달하지 않는 낱말들을 나눈다. 하지만 위기의 순간이 닥쳐온다. 그러면 우리는 서로 어깨를 기댄다. 그제야 같은 공동체에 속해 있다는 사실을 깨닫는 것이다. 우리는 다른 사람들을 발견함으로써 스스로를 넓

*로마 가톨릭 시토회의 분파로서 제한식(制限食), 고행, 침묵 등의 엄격한 규칙을 지키는 수도회의 수도사들.

혀 간다. 우리는 만면에 미소를 띠고 서로 바라본다. 그런 우리는 감옥에서 풀려나 바다의 광활함에 경탄하는 죄수와도 같다.

2

기요메, 그대에 대해 몇 마디 하고자 한다. 하지만 그대의 용기나 직업적 자질을 지나치게 강조하여 그대를 거북하게 만들지는 않겠다. 내가 그대의 가장 아름다운 모험을 이야기하며 전하고자 하는 것은 다른 것이다.

무어라 명명할 수 없는 그런 장점이 하나 있다. '신중함'이라 할 수도 있겠지만, 그 단어로는 성이 차지 않는다. 왜냐하면 그것은 가장 쾌활한 즐거움과도 어울릴 수 있기 때문이다. 그것은 자신의 목재를 나란히 앞에 두고 서서 만지고 재며, 전혀 허술하게 다루지 않고 그것에 온 힘을 다 쏟아붓는 목수의 장점이기도 하다.

기요메, 나는 예전에 그대의 모험을 칭송하는 이야기를 읽은 적이 있다. 그리고 잘못된 그 이미지를 고쳐야겠다고 오래전부터 생각해왔다. 그 이야기에서 그대는 농담이나 던지는 '부랑아'처럼 그려지고 있는데, 그것은 마치 용기라는 것이 급박한 위험 속, 죽음의 시간 앞에서 중학생이 던지는 조롱 정도로 격하된 듯했다. 기요메, 사람들은 그대를 모르고 있었다. 그대는 맞닥뜨리기도 전부터 적수를 우습게 여길 필요를 느끼지 않는다. 악천후를 만나면 그대는 그냥 '악천후구나' 하고 판단한다. 그리고 그걸 받아들이고 측정한다.

기요메, 나는 여기서 내가 기억하는 당시의 정황을 들려주고자 한다.

그대가 겨울에 안데스 산맥을 횡단하다 실종된 지 50시간이나 흐른 후였다. 파타고니아 오지에서 돌아오던 길에 나는 멘도자에서 동료 조종사 드레와 합류했다. 우리 둘은 비행기를 타고 닷새 동안 그 산맥을 뒤졌지만 아무것도 발견할 수 없었다. 두 대로는 어림없었다. 산 정상의 높이가 7000미터에 달하는 그 어마어마한 산맥은 비행중대 100개 중대가 5년 동안 비행을 한다 해도 다 탐색할 수는 없을 것 같았다. 우리는 모든 희망을 잃었다. 5프랑만 줘도 범죄를 저지를 그곳의 밀수꾼들과 강도들까지도 산의 지맥을 타는 구조대로 뛰기를 거부했다. "우리 목숨이 위태로울 거요" 하고 그들은 말했다. "겨울에 안데스 산맥은 사람들을 돌려보내지 않는단 말이요." 드레나 내가 산티아고에 착륙할 때면 칠레 장교들은 우리에게 탐색을 연기하라고 충고하곤 했다. "지금은 겨울입니다. 당신 동료가 설령 추락할 때 목숨을 건졌다 해도 밤을 버티지는 못했을 겁니다. 저 위에서는 밤이 스치기만 해도 사람이 얼음이 되고 말거든요." 또 다시 안데스 산맥의 거대한 벽면과 기둥들 사이를 미끄러져 들어갔을 때는, 나는 더 이상 그대를 찾는 것이 아니라 눈으로 된 성당에서 말없이 그대의 시신을 지키는 것만 같았다.

마침내 이레째 되던 날, 한 번의 횡단을 마친 후 다음 횡단을 앞두고 멘도자의 식당에서 식사를 하고 있을 때, 누군가 문을 밀고 들어와 외쳤다. 오! 간단한 몇 마디였다.

"기요메가…… 살아 있다!"

그러자 그곳에 있던 생면부지의 사람들이 서로 얼싸안았다.

10분 후, 나는 두 명의 정비사 르페브르와 아브리를 기내에 태우고 이륙했다. 40분이 더 흘렀을 때, 어떻게 알아봤는지 알 수 없지만 나는 그대를 태우고 산 라파엘 어딘가로 가는 차량을 보고 도로를 따라 나란히 착륙했다. 정말 멋진 만남이었다. 우리는 모두 울었고, 살아 있는, 되살아난, 스스로 기적을 만들어 낸 그대를 우리 품에 으스러져라 부둥켜안았다. 그때 그대가 말을 했는데, 그게 알아들을 수 있는 첫 문장이었다. 감탄할 만한 인간의 자부심을 드러낸 말. "내가 해낸 일은, 맹세컨대, 그 어떤 짐승도 하지 못했을 일이야."

나중에 그대는 우리에게 사고 이야기를 들려주었다.

안데스 산맥의 칠레 쪽 사면으로 48시간 만에 두께 5미터의 눈을 쏟아 부은 폭풍이 모든 공간을 막아버렸기 때문에 팬-에어 항공의 미국인들은 회항했다. 그렇지만 그대는 하늘에서 틈새를 찾기 위해 이륙했다. 조금 더 남쪽에서 그대는 그 함정을 발견했고, 이제 높이가 6000미터에 달하고 오직 높은 산봉우리들만이 솟아나온 구름바다를 굽어보며 고도 6500미터쯤에서 기수를 아르헨티나로 향했다.

하강기류는 때로 조종사들에게 야릇한 불쾌감을 준다. 엔진이 헛돌면서 아래로 푹 꺼진다. 고도를 유지하기 위해 기수를 쳐 들지만, 비행기는 속도를 잃고 힘이 빠진다. 그리고 계속해서 아래로 가라앉는 것이다. 이제는 너무 기수를 올렸나 싶어 손을 놓고, 좌로 혹은 우로 편류를 타며 트램펄린처럼 바람을 받아줄 유리한 봉우리를 찾아 거기에 기대보려고 한다. 하지만 여전히 기체는 아래로 떨어진다. 마치 하늘 전체가 내려앉는 듯하다. 그때는 일종의 우주적 사고에 말려들었다는 느낌이 든다. 더 이 상 몸을 피할 곳이 없다. 기수를 뒤로 돌려서 대기가 마치 기둥 처럼 단단하고 충만하여 당신을 받쳐주던 지대로 돌아가려 하 여도 헛수고다. 기둥은 이제 없는 것이다. 모든 것이 해체되고, 우주 전체가 파손된 듯 구름을 향해 미끄러져 내려가는데, 구름 은 뭉게뭉게 당신이 있는 곳까지 올라와 당신을 삼켜버린다.

"하마터면 꼼짝없이 당할 뻔 했지." 그대는 우리에게 말했다. "하지만 그때까지 확신할 수는 없더라고. 가만히 있는 듯 보이 는 구름이 있는데, 그건 단지 동일한 고도에서 끊임없이 구름이 재생성되기 때문이거든. 그런 구름들 위에서 하강기류를 만나 게 되는 거야. 고산지대에서는 모든 게 정말 너무 묘해……."

대단한 구름들이다!

"구름에 갇히자마자, 난 조종간을 놓고 바깥으로 튕겨 나가 지 않으려고 좌석에 달라붙었지. 어찌나 요동이 심하던지 벨트 를 맨 어깨에 상처가 나고 벨트가 끊어질 듯했어. 게다가 성에가 끼어 모든 장치가 다 시야가 완전히 가려지고 말았고, 나는 고도 6000에서 3500까지 마치 모자처럼 굴러 떨어졌지.

고도 3500에서인가 언뜻 가로로 놓인 시커먼 물체가 보였고, 그 덕분에 기체를 바로 세울 수 있었어. 내가 본 건 라구나 디아 망트라는 호수였다네. 내가 알기로 그 호수는 깔때기 모양의 계곡 바닥에 있는 것인데, 그 경사면 중 하나인 마이푸 화산은 높이가 6900미터에 이르지. 구름에서 벗어나긴 했지만, 휘몰아치는 거센 눈보라에 여전히 시야가 가로막혀 있어서, 내가 알아본 그 호수를 벗어났다가는 영락없이 경사면 중 하나를 들이받았을 거야. 그래서 나는 연료가 떨어질 때까지 고도 30미터로 그 석호 주위를 돌았어. 2시간 동안 곡예비행을 한 이후에야 비행기를 착륙시키다 곤두박질쳤지. 비행기에서 몸을 빼내긴 했지만 눈보라 때문에 다시 자빠졌어. 두 발로 다시 일어났지만 또 쓰러지고 말았네. 어쩔 수 없이 비행기 동체 아래로 기어들어가 눈밭에 몸을 피할 수 있는 구덩이를 파야 했어. 그곳에서 우편행낭으로 몸을 덮고 48시간 동안 기다렸지.

그 후 눈보라가 잠잠해지자, 나는 걷기 시작했어. 나흘 밤, 닷새 낮을 걸은 거야."

그렇지만 기요메, 그대에게 뭐가 남아 있었던가? 우리가 그대를 다시 찾아내긴 했지만, 그대는 까맣게 타고 몸은 딱딱하게 굳은 데다 노파처럼 왜소해져 있었다! 그날 저녁 바로 나는 그대를 비행기에 태워 멘도자로 갔고, 그곳 병원에서 그대 몸 위로 하얀 시트들이 마치 향유처럼 쏟아져 흘러내렸다. 그러나 그것도 그대를 치유하지 못했다. 그대는 지친 그 육체가 거추장스러웠는지 엎치락뒤치락하며 잠을 이루지 못했다. 그대의 몸은 그 바위들과 눈을 잊지 못하고 있었다. 그것들이 그대에게 흔적을 남겨놓았던 것이다. 나는 짓이겨놓은 농익은 과일처럼 검고 퉁퉁 부어오른 그대의 얼굴을 들여다보았다. 작업할 때 쓰는 멋진 연장들을 사용하지 못하게 된 그대의 모습은 무척 추하고 비참했다. 그대의 손은 마비되었고, 숨을 쉬고자 침대 가장자리에 앉아 있을 때면 그대의 발이 죽어버린 시계추처럼 덜렁거렸다. 여행을 끝내지 못했는지 그대는 아직도 헐떡거렸고, 평온을 찾으려고 베개에 머리를 묻고 돌아누우면 그대가 억누를 수 없는 이미지들, 무대 뒤에서 초조하게 기다리던 이미지들이 즉시 줄지어 그대 머릿속에서 움직이기 시작했다. 그리고 하나씩 펼쳐졌다. 그래서 그대는 잿더미 속에서 되살아나는 그 적들과 맞서 스무 번이나 싸움을 되풀이하곤 했다.

나는 그대에게 탕약을 가득 따라주었다.

"이 친구야, 마시게!"

"내가 가장 놀랐던 건 말이지…… 자네도 알겠지만……."

승리하긴 했으나 심하게 얻어맞은 흔적이 남아 있는 권투선수 같았던 그대는 그대의 기묘한 모험을 다시 경험하곤 했다. 그리고 서서히 거기서 해방되었다. 밤에 그대가 하는 이야기를 들을 때, 피켈이나 로프, 식량도 없이 걷고, 또 해발 4500미터의 고개를 기어오르고, 영하 40도의 날씨에 발과 무릎과 손에서 피를 흘리면서 깎아지른 듯한 암벽을 따라 전진하는 그대 모습이 눈에 선했다. 차츰차츰 피와 기력과 의식이 사라져갔지만, 그대는 개미처럼 고집스럽게 나아갔고, 장애물을 만나면 되돌아 우회했으며, 쓰러지면 다시 일어났고, 비탈길을 기어올랐으나 만나는 건 까마득한 낭떠러지뿐이었다. 눈밭에 쓰러지면 다시 일어나지 못할 것이므로, 그대는 스스로에게 조금의 휴식도 허용하지 않았다.

실제로 그대는 돌덩어리로 변하지 않기 위해 넘어지면 재빨리 몸을 일으켜 세워야 했다. 시시각각 추위 때문에 몸은 굳어갔고, 넘어진 후 1분이라도 더 휴식을 맛보았다면 다시 일어나기 위해 이미 죽어버린 근육을 놀려야 했을 테니까.

그대는 유혹에 저항했다. 그대가 내게 말했지. "눈 속에서는 모든 생존본능을 잃게 돼. 이틀, 사흘, 나흘 동안 걷다보니 제발 잠 좀 잤으면 하는 바람뿐이더군. 나도 자고 싶었어. 하지만 이런 생각을 했지. '내가 살아 있다고 믿는다면, 아내는 내가 걷고 있으리라 생각하겠지. 동료들도 내가 걷고 있으리라 믿을 거야. 그들 모두 날 믿고 있어. 만일 내가 걷지 않는다면, 난 개 같은 놈이 되는 거야.'"

그래서 그대는 걸었고, 얼어서 부어오르는 발이 들어갈 수 있도록 매일 칼끝으로 구두 속을 조금씩 파냈다.

그대는 내게 이런 묘한 이야기를 했지.

"이봐, 두 번째 날이 되자마자, 내게 가장 큰 일은 생각을 멈추는 일이었어. 너무 고통스러운 데다 내가 처한 상황이 너무 절망적이었거든. 걸을 용기를 내기 위해서는 내 상황을 생각하지 말아야 했어. 불행히도 뇌가 말을 듣지 않아서 그냥 터빈처럼 돌아가더군. 하지만 그래도 머리에 떠올릴 심상은 선택할 수 있었지. 나는 뇌를 어떤 영화나 책에 몰두하게 했어. 그러면 내 머릿속에서 그게 전속력으로 펼쳐지는 거야. 그리고 나면 다시 내 현재 상황으로 날 돌려놓더군. 어김없이 말이지. 그럼 또 다른 기억들을 떠올리곤 했지……."

그렇지만 한 번인가, 엎어진 후에 그대는 눈 위에 배를 깔고 쭉 뻗은 채 일어나는 것을 포기했었다. 그대는 온 열정을 쏟은 후 기진맥진해, 낯선 세계 속에서 하나하나 카운트가 세어지고 돌이킬 수 없는 마지막 열 번째 카운트를 듣는 권투선수와도 같았다.

'나는 내가 할 수 있는 바를 다 했고 이제 희망도 없는데, 대체 왜 이런 고행에 집착하는 것일까?' 이 세상에서 평화를 얻으려면 그대는 그저 눈만 감으면 되었다. 세상에서 바위와 얼음과 눈을 지우려면 말이다. 기적을 일으키는 그 눈꺼풀들을 감자마자, 충격도, 추락도, 끊어질 듯한 근육도, 타는 듯한 동상도 사라졌고, 황소처럼 끌고 가야 할 삶의 무게도, 수레보다 더 무거워진 그 무게도 사라졌다. 이미 그대는 독이 되어버린 추위, 모르핀과도 같이 이제 그대를 지극한 행복감으로 채우는 그 추위를 맛보고 있었다. 그대의 생명은 심장 주위로 숨어들었다. 따스하고 소중한 무엇인가가 그대 중심에 웅크리게 되었던 것이다. 의식은 차츰차츰 육체의 먼 부분들을 포기했고, 그때까지 고통으로 가득 차 짐승과 마찬가지였던 그대의 육체는 이미 대리석처럼 냉담한 성격을 띠게 되었다.

그대의 고뇌조차 가라앉았다. 우리의 부름은 더 이상 그대에게 가닿지 않았고, 아니 보다 정확히 말하자면, 그대에게는 꿈 속의 부름으로 변해버렸던 것이다. 그대는 꿈속의 걸음, 성큼성큼 쉽게 내디뎌지는 큰 걸음으로 행복하게 대답했고, 그 걸음은 힘들이지 않고 그대에게 평원의 기쁨을 열어주었다. 그대에게 그토록 다정하게 변한 세계 속으로 그대는 얼마나 편히 빠져들었는지! 기요메, 그대는 인색하게도 우리에게 돌아오는 것을 거부하기로 결정했다.

회한이 그대의 의식 저 깊은 이면에서 솟아올랐다. 갑자기 세세한 일들이 꿈에 뒤섞였다. "내 아내 생각이 났어. 보험증서가 있으니, 아내가 가난은 면하겠지. 그래, 하지만 보험은⋯⋯."

실종의 경우, 법적 사망은 4년 뒤로 미루어진다. 번뜩 그 사항이 떠오르자, 다른 일들은 까맣게 잊혔다. 그런데 그대는 가파른 눈 비탈 위에 배를 깔고 뻗어 있었다. 여름이 오면, 그대의 시신은 진흙과 함께 안데스 산맥의 수많은 크레바스 중 하나로 굴러 내려가리라. 그대는 그 사실을 알고 있었다. 하지만 그대는 또한 정면으로 50미터 떨어진 곳에 바위 하나가 솟아올라 있다는 것도 알고 있었다. "나는 생각했어. 만일 내가 다시 일어선다면, 저 바위에 다다를 수 있을지도 몰라. 그래서 내 몸을 저 바위에 고정시킨다면, 여름이 왔을 때 사람들이 내 시신을 발견하겠지."

일단 일어서자, 그대는 이틀 밤 사흘 낮을 걸었다.

하지만 그대는 멀리 갈 생각은 없었다.

"난 수많은 징조들로 나의 최후를 예견했어. 이런 것이 그중 하나야. 나는 신발을 조금 더 찢고, 부풀어 오르는 내 발을 눈으로 비비거나 또는 그저 심장이 좀 더 쉴 수 있도록 하기 위해 거의 두 시간마다 멈춰 서야만 했어. 하지만 나중에는 기억을 잃곤 했어. 다시 출발한 지 한참이 지났는데, 그제야 정신이 들곤 했지. 그럴 때면 매번 뭔가를 잃어버린 후였어. 처음에는 그게 장갑 한 짝이었는데, 그 추위에 그건 심각한 일이었지! 내 앞에다 벗어 놓았었는데, 그걸 다시 챙기지 않고 그냥 출발했던 거야. 그다음에는 시계였고. 그다음은 칼. 다음에는 나침반. 매번 멈춰 설 때마다, 난 가난해졌지…….

다행인 것은 그래도 한 걸음을 내딛는다는 것이지. 한 걸음 더. 항상 똑같은 걸음을 다시 시작하는 거야……."

"내가 해낸 일은, 맹세컨대, 그 어떤 짐승도 하지 못했을 일이야." 내가 아는 가장 고귀한 그 구절, 인간을 자리매김하고, 명예롭게 하며, 진정한 위계질서를 다시 세우는 그 구절이 내 기억에 되살아나곤 했다. 그대는 마침내 잠이 들었고 의식은 사라졌지만, 잠이 깨면 부서지고 너덜너덜해지고 그을린 그대의 육체에서 다시 의식이 되살아나 육체를 지배하리라. 그때 육체는 좋은 도구, 하인에 지나지 않는다. 기요메, 그대는 그 좋은 도구의 오연함을 표현할 줄 알고 있었다.

"먹을 것이 떨어지고 걸은 지 사흘째 되는 날 생각했지……. 내 심장이 더 이상 그리 강하게 뛰지 않는군……. 그래! 깎아지른 비탈길을 따라 구멍을 파서 주먹을 쑤셔 박으며 허공에 매달려 나아갈 때, 갑자기 심장에 이상이 생긴 거야. 멈칫하더니 다시 뛰더군. 불규칙하게 뛰는 거야. 만일 심장이 1초만 더 머뭇거린다면, 손을 놓고 말 것 같았어. 나는 더 이상 움직이지 않고, 내 몸 속에 귀를 기울였어. 그거 알아? 그 몇 분 동안 내가 내 심장에 매달렸던 것만큼이나 내가 비행기에서 엔진에 바싹 달라붙어 있었던 적은 한 번도 없었어. 나는 심장에게 말했지. '자, 힘내! 더 뛰도록 해봐…….' 그런데 그 심장이란 게 성능이 정말 좋더라고! 멈칫하더니 계속 뛰는 거야……. 내가 내 심장을 얼마나 자랑스럽게 생각하는지 자네가 알아준다면!"

내가 그대를 보살피던 멘도자의 병실에서 그대는 마침내 가쁜 숨을 몰아쉬며 잠에 빠져들었다. 나는 생각했다. '만일 사람들이 그에게 용감하다고 한다면, 기요메는 어깨를 으쓱하리라. 하지만 그가 겸손하다고 칭송하더라도 그 역시 그를 잘못 아는 것이 될 것이다. 그는 그러한 보잘것없는 장점을 훨씬 뛰어넘는 곳에 있다. 그가 어깨를 으쓱한다면, 그것은 그가 지혜롭기 때문이다. 그는 사람이 일단 어떤 사건에 휘말리게 되면, 더 이상 그것을 두려워하지 않는다는 것을 알고 있다. 오로지 미지의 것만이 인간을 두렵게 한다. 하지만 일단 맞닥뜨리고 나면, 그것은 더 이상 미지의 것이 아니다. 특히 그것을 명석한 신중함으로 관찰할 때는 더욱 그러하다. 기요메의 용기는 무엇보다 그 올곧음의 결과이다.'

그의 진정한 장점은 거기에 있지 않다. 그의 위대함, 그것은 자신의 책임감을 느끼는 것이다. 자기 자신, 우편 비행기 그리고 희망을 가지고 있는 동료들에 대한 책임감 말이다. 그는 그들의 고통 혹은 기쁨을 자신의 손에 쥐고 있다. 저 아래 살아 있는 자들이 사는 곳에 새로이 세워지고 자신도 참여해야 하는 것에 대한 책임감. 자신의 일의 한도 내에서 인간의 운명에 대해 어느 정도 가지는 책임감.

그는 자신의 잎사귀들로 기꺼이 넓은 지평을 덮고자 하는 대범한 존재들에 속한다. 인간이라는 것, 그것은 바로 책임을 지는 것이다. 그것은 자신의 탓이 아닌 것처럼 보이는 비참함을 마주했을 때 부끄러움을 아는 것이다. 그것은 동료들이 거둔 승리를 자랑스럽게 여기는 것이다. 그것은 자기 몫의 돌을 놓으며 자신이 세상을 구축하는 데에 기여한다고 느끼는 것이다.

사람들은 그런 사람들을 투우사나 도박사와 혼동하곤 한다. 사람들은 죽음을 하찮게 여긴다며 그들을 추켜세운다. 하지만 나는 죽음을 하찮게 여기는 태도를 우습게 여긴다. 죽음에 대한 멸시가 기꺼이 받아들인 책임감에 그 뿌리를 두는 것이 아니라면 그것은 영혼의 초라함 혹은 젊음의 과잉을 나타내는 징후에 지나지 않는다. 자살한 젊은이를 하나 알고 있다. 나는 그 어떤 사랑의 슬픔이 그로 하여금 조심스럽게 자신의 심장에 총을 쏘도록 했는지 알지 못한다. 그 어떤 문학적 유혹에 굴복해 그 젊은이가 하얀 장갑을 꼈는지 알지 못한다. 하지만 나는 그 서글픈 과시에서 고귀함이 아니라 비참하다는 느낌을 받았다는 것을 기억한다. 그렇듯 사랑스런 그 얼굴 뒤에, 그 인간의 두개골 아래에는 아무것도 없었다. 아무것도. 다만 다른 여자애들과 다를 바 없는 어리석은 어떤 여자애의 모습 외에는.

그 초라한 운명과 마주했을 때, 나는 한 진정한 인간의 죽음을 떠올렸다. 그것은 정원사의 죽음이었는데, 그는 내게 이렇게 말하곤 했다. "아시다시피, 삽질을 할 때면 땀을 흘리곤 한답니다. 관절염이 자꾸 내 다리를 잡아끌어서 나는 그 노예상태를 저주하곤 했지요. 그렇지만 오늘도 나는 땅을 일구고, 또 땅을 일구고 싶습니다. 땅을 일군다는 것이 내게는 정말 너무나도 아름답게 보이거든요! 땅을 팔 때 나는 그렇게나 자유로울 수가 없습니다. 게다가 달리 누가 내 나무들을 손보아주겠어요?" 그는 개간 중인 땅을 남겨두고 갔다. 개간 중인 행성을 남겨둔 것이다. 그는 모든 대지와 대지의 모든 나무들과 사랑으로 엮여 있었다. 그는 관대한 자요, 아낌없이 주는 자였으며, 진정 위대한 영주였다! 창조의 이름으로 죽음과 맞서 싸울 때의 그 사람이야말로 기요메와 마찬가지로 용감한 사람이었다.

III
비행기

기요메, 압력계를 조정하고, 회전의로 균형을 잡으며, 엔진 소리로 진단을 하고 15톤의 금속을 지탱하느라 그대가 밤낮으로 일한들 그 무슨 소용이겠는가. 그대에게 주어지는 문제들은 결국 인간의 문제들이고, 그리하여 그대는 대뜸 산악인들의 고결함을 지니게 된다. 시인과 마찬가지로 그대는 새벽이 다가오는 것을 음미할 줄 안다. 힘들었던 밤의 심연 저 바닥으로부터, 그대는 그토록 자주 그 창백한 빛의 다발, 컴컴한 대지 동쪽에서 솟아오르는 빛의 출현을 기원했다. 때때로 그 기적의 샘은 그대 앞에서 서서히 녹아, 그대가 이제는 죽었구나 생각했을 때 그대를 치유해주었다.

　복잡한 도구를 사용해도 그로 인해 그대가 메마른 기술자로 변하지는 않았다. 우리의 기술적 발전을 지나치게 두려워하는 사람들은 내가 볼 때 목적과 수단을 혼동하는 것 같다. 사실 누구든 오로지 물질적인 부만을 바라며 싸우는 사람은 살 만한 가치가 있는 그 어떠한 것도 거두지 못한다. 기계는 목적이 아니다. 비행기 역시 목적이 아니다. 그것은 도구일 뿐이다. 쟁기와 마찬가지로 하나의 도구.

만일 기계가 인간을 파멸로 몰고 간다고 생각한다면, 그것은 어쩌면 좀 거리를 두고 우리가 겪은 그런 빠른 변화의 결과를 평가하지 못하기 때문일 것이다. 20만 년의 인간 역사에 비교해볼 때 몇 백 년의 기계의 역사란 대체 뭐란 말인가? 이제 겨우 우리는 광산과 발전소가 있는 풍경 속에 자리 잡았을 뿐이다. 이제 겨우 아직 다 완공하지 못한 새로운 집에 살기 시작했을 뿐이다. 우리들 주변으로 모든 것이 너무나 빨리 변했다. 인간관계, 작업 여건, 관례들 등. 우리의 정신도 가장 내밀한 그 근간에서부터 흔들렸다. 이별, 부재, 거리, 회귀의 관념들은 비록 그 단어들이 그대로 남아 있다 하더라도 더 이상 동일한 현실을 담고 있지 않다. 오늘날의 세상을 이해하기 위해 우리는 과거의 세상을 위해 만들어진 언어를 사용하고 있는 것이다. 과거의 삶이 우리의 본성과 더 잘 부합되는 것처럼 보이는 것은 단지 그 삶이 우리의 언어와 더 잘 부합되기 때문이다.

매번 발전할 때마다 우리는 습득한 지 얼마 되지 않는 습성들로부터 조금 더 멀리 밀려났고, 그리하여 우리는 아직 자신들의 조국을 세우지 못한 진정한 이민자들이다.

우리 모두는 아직도 새로운 장난감들에 경탄하는 어린 미개인들이다. 우리의 비행에 다른 의미는 없다. 어떤 비행기는 더 높이 오르고 더 빨리 난다. 잠시 동안은 비행이 그 목적에 앞선다. 언제나 그렇다. 제국을 세우는 식민지 관리에게 있어 삶의 의미는 정복하는 데에 있다. 군인은 식민지 이주민을 경멸한다. 그러나 그 정복의 목적은 식민지 이주민의 정착에 있지 않던가? 우리는 발전에 열광하면서 철도를 만들고 공장을 세우고 석유 시추공을 뚫는 데에 사람들이 봉사하게 했다. 우리는 사람들에게 봉사하도록 하기 위해 그러한 구조물들을 세운다는 것을 잠시 잊었던 거다. 정복이 이루어지는 기간 동안 우리의 윤리는 병사들의 윤리였다. 그러나 이제 우리는 식민화해야 한다. 아직 제 모습을 갖추지 못한 새 집에 사람이 살 수 있도록 해야 하는 것이다. 이전의 진리가 세우는 것이었다면, 현재의 진리는 거주하는 것이다.

분명히 우리의 집은 조금씩 보다 더 인간적으로 되어갈 것이다. 기계 그 자체도 완벽해지면 질수록 그 역할 뒤로 지워진다. 기둥이나 배의 밑바닥, 비행기 동체의 곡선이 차츰차츰 가슴이나 어깨의 곡선처럼 기본적인 순수함을 지니도록 하기까지에 수 세대의 경험이 필요한 것처럼, 인간이 산업에 기울이는 모든 노력, 모든 계산, 설계도 앞에서 뜬눈으로 보내는 모든 밤들도 오로지 단순함에 이르기 위한 뚜렷한 징후들인 것 같다. 엔지니어, 설계사, 연구실의 연구원들은 동체에 붙어 있는 날개가 아니라 마침내 껍질을 깨고 완벽하게 개화한 형태, 한 편의 시처럼 신비하게 결합되어 일종의 자연체가 될 때까지, 날개의 접합 부분을 문지르고 지워 가볍게 만들고 균형을 잡아간다. 완벽함이란 더 이상 덧붙일 것이 없을 때가 아니라 더 이상 떼어낼 것이 없을 때에 이루어진다. 그리고 그 발전의 끝에 이르렀을 때 기계는 스스로 모습을 숨긴다.

이처럼 완벽한 발명이란 발명이 애당초 없는 것이다. 도구에서 눈에 띄는 모든 장치가 조금씩 지워져서, 바닷물에 닳아 반질반질한 조약돌처럼 자연스러운 물체가 우리에게 주어지는 것과 마찬가지로, 기계를 사용하면서 기계 그 자체는 차츰 잊힌다는 것은 그 얼마나 경이로운 일인가.

예전에 우리는 복잡한 공장을 접하곤 했다. 하지만 오늘날 우리는 모터가 돌아가고 있다는 사실도 잊고 있다. 마치 심장이 뛰는 것처럼 모터가 마침내 회전이라는 자신의 기능에 부응한 것이다. 우리가 우리의 심장에 별로 신경을 쓰지 않는 것과 마찬가지다. 도구 역시 우리의 주의를 끌지 못한다. 도구 너머 그리고 도구를 통해 우리는 오래된 본성을, 정원사, 항해사 혹은 시인의 본성을 되찾는다.

이륙하는 조종사가 접하게 되는 것은 물과 공기이다. 엔진을 켜고, 비행기가 이미 바닷물을 가를 때, 동체는 거칠게 부딪치며 찰랑이는 물에 마치 징처럼 울리고, 조종사는 허리의 진동으로 그러한 과정을 뒤쫓을 수 있다. 속도가 붙음에 따라 조종사는 시시각각 수상비행기에 힘이 채워지는 것을 느낀다. 그 15톤의 물체에 비행을 허용할 만큼의 분위기가 무르익어가는 것을 느끼는 것이다. 조종사는 조종간을 단단히 쥐고, 마치 선물처럼 조금씩 쌓이는 힘을 움푹 팬 손바닥 안에 받는다. 그 선물이 조종사에게 주어짐에 따라 조종간의 금속 기관들은 그 힘의 전령이 되어준다. 힘이 무르익으면 조종사는 꽃을 따는 동작보다 더 유연한 동작으로 비행기를 바닷물에서 분리시켜 허공으로 띄운다.

IV
비행기와 지구

1

비행기는 분명 기계지만, 그 얼마나 대단한 분석 도구인가! 이 도구는 우리로 하여금 지구의 진정한 모습을 발견하게 한다. 사실 수 세기 동안 길은 우리를 속여 왔다. 우리는 자신의 백성들을 방문해 그들이 자신의 통치를 기뻐하는지 알고자 하는 여왕과 닮았다. 신하들은 여왕을 속이기 위해 그녀가 가는 길에 몇 가지 화려한 장식을 하고 돈을 주고 춤꾼들을 고용해 춤을 추게 했다. 여왕은 그 좁은 길을 벗어난 자신의 왕국에 대해서는 아무 것도 보지 못했고, 백성들이 넓은 들판에서 굶주려 죽어가면서 그녀를 저주하고 있다는 사실도 알지 못했다.

그렇듯 우리는 구불구불한 길을 따라 걸어왔다. 그 길들은 척박한 땅, 바위, 사막을 피하고 인간의 필요에 맞추어 샘에서 샘으로 이어진다. 길은 농부들을 헛간에서 밀밭으로 이끌고, 외양간 문턱에서 아직도 잠이 덜 깬 가축들을 받아 새벽에 개자리풀이 자란 곳에 내려놓는다. 마을과 마을 사이에 혼인이 이루어지면 길은 그 마을들을 이어준다. 그리고 설령 어떤 길 하나가 모험 삼아 사막을 건넌다 해도 스무 번쯤 돌고 돌아서야 오아시스를 누리게 된다.

그렇듯 너그러운 거짓과 굴곡에 속은 우리는 여행 동안에 잘 관개된 많은 대지와 과수원들, 많은 목장들을 지나왔기에, 오랫동안 우리의 감옥에 대한 이미지를 미화했다. 이 지구를 우리는 젖어 있는 부드러운 땅이라고 믿어왔던 것이다.

그러나 우리의 시력은 날카로워졌고, 엄청난 발전을 이루었다. 비행기를 통해 우리는 직선을 배웠다. 이륙하자마자 우리는 샘터와 외양간으로 향하는 길, 도시와 도시를 구불구불하게 이어주는 길을 버린다. 그때부터 우리는 샘에 대한 욕구에서 해방되고, 그토록 귀하게 여기던 예속성에서 벗어나 곧바로 멀리 떨어진 우리의 목적지로 기수를 돌린다. 직선 항로의 위에서 우리는 비로소 근본적인 지반인 바위, 모래, 소금의 지층을 발견하는데, 그곳에서는 폐허의 틈새에 자라난 이끼처럼 이따금 여기저기 제멋대로 생명이 꽃피고 있다.

그리하여 물리학자, 생물학자로 변한 우리는 계곡 바닥을 장식하는 문명들, 이따금 기적처럼 기후가 유리한 곳에서 공원처럼 피어나는 문명들을 살핀다. 그리하여 우리는 우주적 척도로 인간을 평가하고, 마치 연구 기기들을 통해 보듯 비행기의 유리창을 통해 인간을 관찰한다. 이제 우리는 우리의 역사를 다시 읽어가는 것이다.

마젤란 해협을 향하는 조종사는 리오 갈레고스 약간 남쪽에서 과거 용암이 분출되었던 곳 상공을 비행하게 된다. 그 잔재는 평원을 20미터의 두께로 뒤덮고 있다. 거기를 지나면 두 번째, 세 번째의 용암 분출 지역을 만나게 되고, 그때부터 땅이 불룩 솟아 200미터 높이의 둥근 야산을 이룬 곳은 모두 다 경사면에 분화구가 나 있다. 그것들은 베수비오처럼 오만한 화산이 아니라 평원에 그대로 놓인 곡사포의 아가리들 같다.

그러나 오늘날은 고요하다. 과거 수천 개의 화산들이 지하의 거대한 오르간처럼 불을 뿜으며 서로 화답하던 그곳에 정적이 감돌고 있어, 그 변해버린 풍경이 놀라울 정도다. 이제 우리는 검은 빙하로 장식된 그 말없는 대지 위를 비행한다.

조금 더 가면, 더 오래된 화산들은 벌써 황금빛 잔디를 입고 있다. 때로는 오래된 화분에서 꽃이 핀 것처럼 갈라진 틈에서 나무 한 그루가 자라고 있기도 하다. 황혼의 빛살 아래 짧은 풀들로 가꿔진 평원은 공원처럼 화사했고, 거대한 구멍 주위만 살짝 솟아올라 있었다. 토끼 한 마리가 깡충거리고, 새가 날고, 생명은 마침내 좋은 흙으로 뒤덮인 새로운 지구를 차지했다.

마지막으로 푼타 아레나스 조금 못 미친 곳에서 마지막 분화구들이 메워지고 있다. 편평한 잔디가 화산의 굴곡을 뒤덮고 있다. 그래서 화산들은 이제 잠잠하기만 하다. 갈라진 곳마다 부드러운 아마가 자라면서 틈새를 다시 이어놓았다. 땅은 매끄럽고 경사는 완만하여 사람들은 그 근원이 무엇이었는지 잊었다. 언덕 중턱에 난 잔디가 어두운 징후를 지워놓고 있는 것이다.

그리고 여기 원래의 용암과 남극의 빙하 사이로 우연히 자리 잡은 약간의 진흙에 의해 허용된 세계 최남단의 도시가 있다. 시커먼 용암 가까이에서 우리는 인간의 기적을 얼마나 절실히 느끼게 되는지! 기이한 만남이다! 어떻게 그리고 왜, 인간이라는 행인이 아주 짧은 시간, 지질학상의 한 시대, 많은 날들 중 축복받은 어느 하루에, 사람이 살 수 있게 마련된 그 정원을 방문하게 되었던 것인지 우리는 알지 못한다.

나는 포근한 저녁에 착륙했다. 푼타 아레나스! 나는 분수에 기대어 서서 젊은 아가씨들을 바라본다. 그녀들의 고운 자태를 지척에 두자, 나는 인간의 신비를 더 생생하게 느낀다. 생명과 생명이 서로 잘 엮이는 세계, 바람이 부는 와중에도 꽃들이 꽃들과 뒤섞이는 세계, 백조가 다른 모든 백조들을 다 알아보는 세계에서 인간들만이 자신의 고독을 쌓는다.

인간들 사이에 그 얼마나 커다란 정신적 공간이 자리하고 있는지! 젊은 아가씨의 꿈은 나를 그녀로부터 떼어놓는데, 어떻게 하면 꿈속에서 그녀와 만난단 말인가? 느린 발걸음으로, 눈을 내리깔고, 벌써부터 계교와 멋진 거짓말을 잔뜩 꾸며놓은 채 미소를 지으며 자기 집으로 돌아가는 아가씨에 대해 무엇을 알 수 있단 말인가? 그녀는 연인에 대한 생각, 그의 목소리 그리고 그의 침묵으로 하나의 왕국을 만들 수 있었고, 그때부터 그 애인을 제외하면 그녀에게 있어 모든 사람들은 다 야만인들인 것이다. 나는 그녀가 다른 별에 갇혀 있는 것보다도 더, 자신의 비밀, 습성, 즐거운 자기 기억의 메아리 속에 갇혀 있다고 느낀다. 어제 화산과 잔디와 바다의 소금물에서 태어난 그녀가 지금은 벌써 반쯤 신이 되어 있는 것이다.

푼타 아레나스! 나는 분수에 등을 기대고 서 있다. 노파들이 그곳에 물을 길러 온다. 나는 그녀들의 파란만장한 인생사에서 하녀와도 같은 그 움직임 외에는 알지 못할 것이다. 한 아이가 벽에 기대어 고개를 젖힌 채 조용히 울고 있다. 그 아이는 내 기억 속에서 영원히 달랠 수 없는 귀여운 아이로만 남을 것이다. 나는 이방인이다. 나는 아무것도 모른다. 나는 그들의 제국 속으로 들어가지 못한다.

인간의 증오, 우정, 기쁨의 거대한 극이 그 얼마나 빈약한 무대 장치 속에서 이루어지는지! 아직도 미지근한 용암 위에 위태롭게 서 있고, 앞으로 닥쳐 올 모래와 눈에 벌써부터 위협을 받으면서도 인간들은 대체 어디서 영원에 대한 취향을 끌어오는 것일까? 인간들의 문명이란 허술한 도금에 지나지 않는다. 화산이 터지거나 새로 바다가 만들어지거나 모래바람만 불어도 지워지고 말 것이다.

이 도시는 보스 지방*의 땅처럼 깊숙한 곳까지 풍요롭다고

---

*프랑스 북서부 지방으로, 전통적인 대곡창지 중 하나.

생각되는 진정한 토양 위에 자리하고 있는 듯 보인다. 그래서 다른 곳과 마찬가지로 이곳에서도 생명이란 하나의 사치이며 인간의 발아래 진정 깊숙한 땅은 어디에도 없다는 사실을 잊는다. 그러나 나는 푼타 아레나스에서 10킬로미터 떨어진 곳에 그런 사실을 우리에게 일깨워줄 연못 하나가 있다는 것을 알고 있다. 왜소한 나무들과 나지막한 집들에 둘러싸여 농가 마당의 웅덩이처럼 보잘것없어 보이는 그 연못은 설명이 불가능하긴 하지만 밀물과 썰물의 움직임을 보이고 있다. 수많은 평화로운 정경들, 갈대들, 노는 아이들 틈에서 밤낮으로 느린 호흡을 이어가는 그 연못은 전혀 다른 법칙을 따르고 있다. 잔잔한 수면 아래, 움직이지 않는 얼음 아래, 망가진 한 척의 배 아래로 달의 에너지가 작용하고 있는 것이다. 바다의 소용돌이가 심층에서 그 시꺼먼 덩어리에 영향을 미친다. 저 주위와 마젤란 해협까지 풀과 꽃의 얇은 층 아래 묘한 소화 작용이 이어지고 있다. 사람들이 인간의 대지 위로 단단히 자리 잡아 편안하다고 믿고 있는 도시의 문턱, 그곳에 위치한 폭 100미터의 저 늪에는 바다의 맥박이 뛰고 있다.

3

우리는 떠도는 별에 살고 있다. 비행기 덕분에 이따금 그 별은 우리에게 자신의 기원을 보여준다. 달과 연계되어 있는 늪이 그

감춰진 연관성을 드러내고 있는 것이다. 그러나 나는 다른 징후들도 알게 되었다.

쥐비 곶과 시스네로스 사이의 사하라 해안 상공을 비행할 때면 원추형의 고원들이 띄엄띄엄 떨어져 있는 것을 볼 수 있는데, 그 폭은 몇 백 피트에서 30킬로미터에 이르기까지 다양하다. 또 그 높이는 눈에 확 들어올 정도로 일정해서 모두 300미터이다. 그러나 높이의 일정함 이외에도 그 고원들은 동일한 색조, 동일한 흙의 입자, 동일한 모습의 낭떠러지를 가지고 있다. 사막에 홀로 솟아 있는 사원의 기둥들이 무너진 단의 흔적들을 아직까지 보여주듯, 그 외로운 기둥들은 과거 함께 연결되어 있던 거대한 고원의 존재를 입증하고 있다.

카사블랑카와 다카르를 잇는 노선 개척 초창기, 그러니까 기체가 튼튼하지 못하던 시절에 우리는 고장이나 수색 그리고 구조 활동으로 인해 어쩔 수 없이 종종 반군 지역에 착륙해야만 했다. 그런데 사막은 사람의 눈을 속인다. 단단하다고 믿었던 모래가 밑이 푹 빠져버리고 마는 것이다. 아스팔트처럼 딱딱하고 밟으면 둔탁한 소리가 나던, 과거 암염 광산이었던 곳도 이따금 바퀴 무게에 눌려 꺼져 내려앉기도 한다. 하얀 소금 껍질이 깨지면 검은 늪지의 악취가 올라온다. 그래서 상황이 허락하는 한 우리는 고원의 편평한 표면을 택하곤 했다. 그 고원들은 절대 함정을 숨겨놓지 않았으니 말이다.

안전이 보장되는 것은 잘게 부서진 조개껍질이 어마어마하게 쌓여 굵은 입자의 단단한 모래를 이루었기 때문이었다. 고원

표면에는 고스란히 그대로 남아 있지만 능선을 따라 내려옴에 따라 부서져 한데 엉기는 모래들. 고원 아래의 가장 오래된 층에서는 그 모래들이 벌써 순수한 석회석을 이루고 있었다.

반군들에게 동료인 렌과 세르가 붙잡혀 포로가 되었던 시절, 무어인 전령을 내려주기 위해 나는 그 고원들 중 하나에 착륙했고, 전령과 헤어지기 전 그와 함께 혹시 내려갈 수 있는 길이 있는지 찾아보았다. 그러나 우리가 내린 고원의 가장자리는 모두 다 천처럼 주름이 잡힌 수직의 절벽이고 그 아래는 까마득한 심연이었다. 그러니 탈출은 불가능했다.

그렇지만 다른 곳으로 착륙장을 찾아 이륙하기에 앞서 나는 그곳에서 잠시 시간을 보냈다. 인간이든 짐승이든 아직까지 그 누구에 의해서도 더럽혀지지 않은 땅에 내 발자국으로 흔적을 남기는 것에서 어쩌면 순진한 기쁨을 느꼈는지도 몰랐다. 그 어떤 무어인도 이 철통같은 요새를 공격하러 나서지는 못할 것이었다. 결코 그 어떤 유럽인도 이 땅을 탐사하지 못했었다. 나는 한없이 순결한 그 모래밭을 성큼성큼 걸었다. 나는 마치 귀중한 금처럼 그 조개껍질의 먼지를 이 손에서 저 손으로 흘러내리게 해본 최초의 사람이었다. 그리고 그 침묵을 깬 최초의 사람이기도 했다. 태고 적부터 풀 한 포기 피워보지 않았던 그 북극 빙산과도 같은 곳에서 바람에 실려 온 한 톨 씨앗과도 같은 나는 생명의 첫 번째 증거였다.

벌써 별 하나가 반짝이고 있었고 나는 그 별을 바라보았다. 나는 수십만 년 전부터 이 순백의 표면이 오로지 별들에게만 바쳐진 것이라고 생각했다. 맑은 하늘 아래 티 하나 없이 펼쳐진 식탁보. 내게서 15 혹은 20미터쯤 떨어진 그 식탁보 위에서 검은 조약돌 하나를 발견했을 때, 나는 마치 대단한 발견이라도 한 것처럼 심장이 덜컥 가라앉았다.

내가 있는 곳은 300미터 높이로 쌓인 조개껍질이다. 거대한 지층 전체가 부인할 수 없는 증거처럼 돌 하나의 존재도 인정하지 않고 있었다. 어쩌면 지하 깊은 곳에는 지구의 느릿느릿한 소화 작용에 의해 만들어진 규석이 잠자고 있을지도 모른다. 하지만 그 어떤 기적이 너무나도 깨끗한 이 표면 위까지 그 규석들 중 하나를 올려 보낸단 말인가? 떨리는 가슴을 안고 나는 내가 발견한 것을 주워들었다. 주먹만 한 크기에 금속처럼 무겁고 눈물 모양으로 생긴 단단하고 검은 조약돌.

사과나무 아래 펼쳐놓은 보자기에는 사과만 떨어지듯, 별 아래 펼쳐놓은 보자기에는 오로지 별의 가루만이 떨어질 뿐이다. 그 어떤 운석도 이토록 명증하게 자신의 기원을 보여준 적은 없었다.

그래서 나는 고개를 들며 아주 자연스럽게 하늘의 사과나무에서 분명 다른 사과들도 떨어졌으리라 생각했다. 나는 그 사과들을 그것이 떨어진 바로 그 지점에서 찾아낼 것이다. 왜냐하면 수백만 년 전부터 그 사과들을 건드릴 것은 아무것도 없었기 때문이었다. 또한 다른 물질과 혼동될 수도 없었기 때문이었다. 그래서 나는 내 가설을 입증하기 위해 즉시 탐사에 나섰다.

가설이 입증되었다. 나는 1헥타르 당 하나 꼴로 발견한 돌들을 주워 모았다. 한결같이 용암을 빚어낸 듯한 모양. 한결같이 검은 다이아몬드와 같은 경도. 그렇게 하여 나는 별의 우량계가 된 그 고원 위에서, 놀랄 만큼 축약된 형태로, 느리게 쏟아지는 불의 소나기를 목격했던 것이다.

4

그러나 가장 놀라운 일은 자기를 띤 보자기와 그 별들 사이, 지구의 둥근 등 위에 서 있는 한 인간의 의식이 있었다는 것, 그리고 그 의식 속에 불의 소나기가 거울에 비치듯 비쳐질 수 있었다는 것이었다. 광물 지층 위에서의 꿈이란 하나의 기적이다. 그리고 난 어떤 꿈을 기억한다⋯⋯.

어느 날인가 모래가 두텁게 깔린 지역에 불시착했던 나는 이렇게 새벽을 기다렸다. 황금빛 모래언덕은 달빛에 환히 빛나는 경사면을 내놓았고, 어둠에 잠긴 비탈은 빛과 어둠의 경계선까지 솟아 있었다. 달빛과 그림자가 어우러지는 황량한 작업장 위로 중단된 일의 평화로움과 함정을 숨긴 고요함이 감돌고 있었고, 그 가운데서 나는 잠이 들었다.

얼핏 잠이 깼을 때, 내 눈에는 수조와도 같은 밤하늘만이 보였다. 왜냐하면 나는 모래언덕 위에 누워 팔짱을 낀 채 별들이 노니는 수조를 마주하고 있었기 때문이었다. 저 깊이가 무엇인지 미처 깨닫기도 전에 나는 현기증이 났다. 나는 이미 몸이 떨어져

나와 잠수부처럼 빠져들 것만 같았는데, 나와 저 깊이 사이에 내 몸을 붙들어줄 뿌리, 천장, 나뭇가지 하나도 없었던 것이다.

그러나 나는 빠져들지 않았다. 머리끝에서 발끝까지 내가 대지에 연결되어 있다는 것을 깨달았다. 대지에 내 몸을 맡기면서 일종의 안도감이 들었다. 중력이 사랑처럼 지고한 것으로 여겨졌다.

나는 대지가 내 허리를 떠받치고, 나를 지탱하며, 나를 들어 올려 밤의 공간으로 옮겨준다고 느꼈다. 커브를 돌 때 당신 몸을 차체에 쏠리게 하는 것과 같은 그런 힘으로 내 몸이 지구에 붙어 있음을 알고, 그 경탄할 만한 지지대, 그 견고함, 안전함을 맛보았으며, 내 몸 아래로 날 태운 배의 둥근 갑판을 가늠해보았다.

나는 실려 가고 있다는 것을 너무나도 뚜렷이 의식하고 있었으므로 설령 대지의 저 밑바닥에서 억지로 끼워 맞춰지는 부품들의 탄식, 오래 된 범선들이 기울어지면서 내는 신음소리, 역풍을 맞은 거룻배가 내는 날카롭고 긴 비명소리가 들려온다 해도 놀라지 않았으리라. 하지만 대지 깊은 곳에서는 고요함이 지속되었다. 내 어깨에서 그 힘은 조화롭고 지속적이며 영원히 한결같음을 보여주었다. 죽은 갤리선 선원들의 시신이 납덩이가 달려 바다 밑바닥에 머물러 있듯, 나는 정녕 이 땅에 살고 있었다.

그리고 나는 사막에서 길을 잃고, 모래와 별 사이에 헐벗은 채 지독한 정적에 의해 내 삶의 축에서 동떨어져 위협 당하고 있는 내 처지를 돌아보았다. 만약 어떠한 비행기도 날 찾아내지 못하고, 내일 무어인들이 날 죽이지 않는다면, 내 삶의 축들을 다시 만나기까지 여러 날, 여러 주, 여러 달을 버텨야 한다는 것을 난 알고 있었다. 여기에서 나는 세상 그 어느 것도 더 이상 소유하지 못하고 있었다. 나는 오로지 숨을 쉰다는 아늑함만을 의식하고 있는, 모래와 별 사이에서 길을 잃어버린 필멸의 존재에 지나지 않았다⋯⋯.

그런데도 난 내가 꿈들로 가득 차 있다는 것을 깨달았다.

꿈들은 샘물처럼 소리도 없이 내게 다가왔기에 처음에는 나에게 닥친 그 그윽함을 이해하지 못했었다. 목소리도 영상도 없었지만, 어떤 존재, 아주 가까우면서 이미 반쯤은 알 것 같은 친숙한 존재가 느껴졌다. 그러면 난 알아차리고 눈을 감은 채 기억의 마법에 내 몸을 맡겼다.

어딘가에 검은 전나무와 보리수가 무성히 자란 공원과 내가 좋아하는 오래된 집이 있었다. 그 집이 멀리 있던 가까이 있던 상관없고, 또 여기서는 꿈의 역할밖에 할 수 없기 때문에 내 몸을 따뜻하게 해주지 못하고 또 지켜주지 못한다 해도 상관없었다. 그저 그 존재로 나의 밤을 채워주는 것만으로 족했다. 나는 더 이상 모래톱에 떨어진 몸뚱이가 아니었다. 난 내 위치를 알고 있었고, 그 집의 아이로서 내겐 그 집의 냄새에 대한 기억, 현관의 상쾌한 느낌, 집에 생기를 불어넣는 목소리들이 가득했다. 습지의 개구리 떼의 합창 소리까지 여기 있는 내게로 찾아왔다. 내 자신을 인식하기 위해서는, 이 사막의 느낌은 무엇들이 없어서 생겼는지 알기 위해서는, 개구리들조차 입을 다문 이 수많은 정적으로 이루어진 정적에 어떤 의미가 있는지 알기 위해서는 수많은 지표들이 필요했다.

아니, 나는 더 이상 모래와 별들 사이에 있지 않았다. 그 무대 장치에서는 차가운 메시지밖에 받지 못했다. 내가 그곳에서 받았다고 믿었던 영원성의 느낌이 어디에서 오는 것인지 이제 나는 알았다. 내 눈에 그 집의 으리으리한 큰 장롱들이 다시 보였다. 빠끔히 열린 그 문틈으로 차곡차곡 쌓여 있는 눈처럼 하얀 시트들이 보였다. 늙은 가정부는 이 장롱에서 저 장롱으로 생쥐처럼 종종걸음 치며 세탁한 시트들을 내내 확인하고 펼치고 다시 접고 다시 세곤 했다. 그러다 집의 영속성을 위협하는 마모의 징후가 보일 때마다 "아! 맙소사, 큰일 났네!" 하고 소리쳤다. 그리고 즉시 달려가 램프 불빛 아래 눈을 혹사해가며 제단보의 씨실을 수선하고, 세대박이 범선의 돛처럼 큰 시트들을 기워가며, 뭔지 모르지만 자신보다 더 위대한 신이나 혹은 큰 배를 모시는 듯했다.

아! 당신을 위해 한 페이지를 할애해야 하겠다! 내가 첫 여행에서 돌아올 때면, 매년 조금씩 주름살이 늘고 흰머리가 많아진 당신은 하얀 옷에 무릎까지 파묻힌 채 바늘을 손에 쥐고 우리의 편안한 잠을 위해 항상 주름 하나 잡히지 않은 시트를 손수 준비하고, 우리의 식사를 위해 이음새 하나 없는 식탁보를 준비하고, 파티에 쓸 크리스털 잔과 등을 준비하고 있었지. 나는 내의를 두는 방으로 당신을 찾아갔다. 당신 맞은편에 앉아 당신을 감동시키기 위해, 당신이 세상에 눈뜨게 하기 위해, 당신을 타락시키기 위해 내가 겪은 죽을 뻔한 위험을 이야기하곤 했다. 당신

74

은 말했지. 내가 변한 게 거의 없다고. 나는 아이였을 때부터 벌써 셔츠에 구멍을 내곤 했다고. "아! 야단났네!" 그리고 난 무릎을 긁혀 상처를 내고 집에 돌아와 붕대를 감아달라고 했지. 마치 오늘 저녁처럼 말이야. 아니, 아니라고, 할멈! 나는 공원에서 돌아오는 게 아니라 세상의 끝에서 돌아오는 길이라니까. 그리고 고독의 매운 맛과 소용돌이 모래바람, 열대의 반짝이는 달을 가지고 왔다고! 당신은 말했지. 물론, 사내아이들은 달리다가 뼈도 부러지곤 해, 그리고 자신이 무척 강하다고 생각하지. 할멈, 아니, 아니라니까, 나는 그 공원보다 더 먼 곳을 보았어. 공원의 나무 그늘이 얼마나 하찮은 것인지 할멈이 안다면! 그것은 이 세상의 사막, 화강암들, 처녀림, 늪지대에 비하면 없는 것이나 마찬가지처럼 보인다고. 당신과 마주치면 즉시 카빈 총을 들이댈 그런 사람들이 사는 지역이 있다는 것을 알기라도 할까? 얼어붙은 밤에 지붕도, 침대도, 시트도 없이 잠을 자는 그런 사막이 있다는 것을, 할멈, 당신이 알기라도 한다면…….

"아! 야만인 같으니" 하고 당신은 말하곤 했지.

나는 교회 하녀의 신앙을 흔들지 못한 것과 마찬가지로 그녀의 믿음을 흔들어놓지 못했다. 그래서 나는 그녀를 장님에 귀머거리로 만든 그녀의 초라한 운명을 가엾게 여겼다…….

그러나 오늘밤 사하라에서 모래와 별 사이에서 헐벗은 나는 그녀가 옳았다고 인정했다.

내 안에서 무슨 일이 벌어지고 있는지 나는 모른다. 저 많은 별들이 자기를 띠고 있는데도 나를 땅에 붙들어 매고 있는 이 무게. 나를 나 자신에게 다시 데려가는 이 무게. 나의 무게가 나를 수많은 사물들로 끌어당기는 것이 느껴진다! 내 꿈은 저 모래언덕, 저 달, 저 존재들보다 더 사실적이다. 아! 집에 있어 놀라운 점은 그것이 당신을 보호하거나 몸을 덥혀주거나, 당신이 그 집의 벽들을 소유하고 있다는 점이 아니다. 그것은 천천히 우리들 안에 애정의 식량들을 내려놓는다는 점이다. 마치 샘물처럼 꿈들이 태어나는 희미한 덩어리를 마음속 깊은 곳에 만들어준다는 점이다…….

　　나의 사하라, 나의 사하라여, 너는 털실 잣는 아낙네의 마법에 완전히 사로잡혔구나!

V

오아시스

여러분에게 사막 이야기를 많이 했으므로 그 이야기를 더 하기 전에 오아시스 하나를 그려보고 싶다. 지금 그 모습이 떠오르는 오아시스는 사하라 깊숙한 곳에 외따로 떨어져 있는 곳이 아니다. 비행기가 일으키는 또 다른 기적은 그것이 당신을 신비의 한가운데에 곧바로 빠뜨린다는 것이다. 당신은 비행기 유리창 너머로 개미 무리와 같은 인간을 연구하는 생물학자로서, 평야에 자리한 도시들, 별 모양으로 펼쳐져 마치 동맥처럼 전원의 진액으로 도시를 먹여 살리는 도로들의 한가운데 놓인 도시들을 냉정한 마음으로 관찰하고 있었다. 그러나 압력계의 바늘 하나가 흔들렸고, 그러자 저 아래의 푸른 수풀이 우주가 되어버렸다. 당신은 이제 잠들어 있는 공원 잔디밭의 포로이다.

멀리 떨어져 있음을 가늠하게 해주는 것은 거리가 아니다. 우리가 사는 집의 정원 담벼락 하나가 중국 만리장성의 벽보다 더 많은 비밀을 담고 있을 수 있으며, 사하라의 오아시스들이 모래 두께로 보호되는 것보다 어린 소녀의 영혼이 침묵에 의해 더 잘 보호되기도 한다.

나는 세상 어딘가에 잠깐 기항했던 이야기를 하고자 한다. 그 곳은 아르헨티나의 콩코르디아 부근이었지만, 다른 어디였을 수 도 있을 것이다. 신비란 그처럼 널리 퍼져 있는 것이니 말이다.

나는 어떤 밭에 착륙했었는데, 그곳에서 동화와도 같은 일을 겪으리라곤 전혀 알지 못했다. 나를 태우고 달리던 낡은 포드도 별로 특별한 게 없었고, 나를 맞아주었던 평화로운 가정도 마찬 가지였다.

"오늘 밤 주무시고 가시지요……."

그러나 길모퉁이를 돌자, 달빛 아래 작은 숲이 펼쳐졌고 나무 들 너머로 그 집이 나타났다. 얼마나 묘한 집이었던지! 둔중하 고 육중해서 거의 요새와도 같았다. 전설에 나오는 성처럼 현관 을 넘어서자, 수도원처럼 평화롭고 든든하며 안전한 숙소가 나 왔다.

그때 두 명의 아가씨가 나타났다. 그녀들은 마치 금지된 왕국 의 문간을 지키는 두 명의 재판관처럼 신중한 태도로 나를 꼼꼼 히 살폈다. 둘 중 어린 아가씨가 입을 뾰루퉁 내밀며 작은 초록 색 막대기로 바닥을 두드렸다. 이윽고 소개가 끝나자, 그녀는 말 한 마디 없이 묘하게 도전적인 태도로 악수를 하고는 사라져버 렸다.

나는 재미있기도 하고 기분도 좋았다. 그 모든 것이 마치 비밀의 첫 단어처럼 단순하고 조용하며 은밀했다.

"이런! 이런! 애들이 버릇이 없지요." 그 아버지는 그렇게만 말하고 말았다.

그리고 우리는 안으로 들어갔다.

파라과이의 수도에는 사람을 놀리는 듯 도로의 포석 사이로 코를 내미는 풀이 있는데, 나는 그 풀이 좋았다. 그 풀은 보이지는 않지만 분명히 존재하는 처녀림의 편에 서서 사람들이 아직도 도시를 차지하고 있는지, 혹시 포석들을 몽땅 좀 들쑤셔놓아야 할 시간이 되지는 않았는지 살피고 있었다. 나는 너무도 큰 풍요로움을 나타낼 뿐인 그런 형태의 파손이 좋았다. 그런데 이곳에서 나는 완전히 매혹 당하고 말았다.

왜냐하면 모든 것이 파손되어 있었기 때문이었다. 그것도 세월이 흘러 약간 갈라지고 이끼에 덮인 노목처럼, 그리고 수 세대 전부터 연인들이 와서 앉곤 하던 나무 벤치처럼 멋지게 말이다. 장식용 판자들은 낡았고, 문짝은 부식되었으며, 의자들은 삐걱거렸다. 비록 아무것도 수리하지는 않았지만, 사람들은 이곳을 열심히 닦았다. 모든 것이 깨끗하고, 왁스칠을 해서 반짝반짝 했다.

응접실은 주름으로 쪼글쪼글한 노파의 얼굴처럼 극도로 쇠락한 모습을 띠고 있었다. 벽에는 금이 갔고 천장은 찢겨 있었지만 나는 그 모든 것이 좋았다. 무엇보다도 여기는 푹 꺼지고 저기는 구름다리처럼 흔들흔들하지만 항상 닦고 왁스칠을 해서 윤이 나는 마루가 제일 마음에 들었다. 이 묘한 집에서는 소홀함이나 방임은 전혀 머리에 떠오르지 않고 극도의 존경심만 떠올랐다. 아마도 해가 가면서 그 매력에, 복잡한 면모에, 친근한 분위기의 포근함에 무언가 더해지고 있는 모양이었고, 다른 한편으로는 응접실에서 식당으로 건너가고자 할 때 감수해야 하는 여행의 위험도 가중되고 있었다.

"조심해요!"

구멍이었다. 그런 구멍에 빠졌다간 다리가 부러지기 십상이라고 했다. 그 구멍이 난 것은 누구의 잘못도 아니었다. 시간이 만들어낸 작품이기 때문이다. 일체의 변명도 하지 않는 그 도도함은 대영주의 풍모였다. 그 집 사람들은 이런 말을 하지 않았다. "메우려면 모든 구멍을 다 막을 수 있지요. 우리는 부자니까, 하지만……." 또 이런 말도 하지 않았다. "우리는 여기를 30년 동안 시(市)에 세를 주었답니다. 그러니 수리를 하려면 시가 해야지요. 서로 고집만 부리다보니……." 하지만 이 말은 사실이었다. 그들은 설명을 도외시했고, 나는 그런 여유로움이 무척 마음에 들었다. 기껏해야 그 집 사람들은 이렇게 말할 뿐이었다.

"어! 이런! 좀 부서졌네……."

그러나 그것도 너무나 가벼운 말투로 이야기해서, 나는 이 친구들이 그런 일로 조금도 슬퍼하지 않는다고 짐작했다. 석공, 목수, 가구 세공인, 미장이 무리가 그런 과거 속에 자신들의 불경한 연장을 펼쳐서 일주일 만에 뚝딱 당신이 전혀 알지 못할 그런 집, 당신이 마치 손님처럼 느껴질 그런 집으로 고치는 꼴을 보겠는가? 신비감도 없고, 은밀한 곳도 없고, 발아래 함정도 없으며, 지하 감옥도 없는, 시청 접견실 같은 그런 집으로?

이 요술 집에서 아가씨들이 사라져버리는 건 지극히 자연스러운 일이었다. 응접실이 이미 다락방과 같은 풍요로움을 지니고 있으니, 과연 다락방은 어떠하겠는가! 벽장 문이 살짝 열리기만 해도 누렇게 변색된 편지 다발들, 증조할아버지가 모은 영수증들, 집 안에 있는 자물쇠보다 더 많으면서 당연히 어느 자물쇠에도 맞지 않는 열쇠들이 우르르 쏟아지는 모습이 벌써부터 눈에 선했다. 지하실이나 묻혀 있는 금고들 그리고 금화들을 꿈꾸게 하는, 얼토당토않게 쓸모없고 정신 사납게 만드는 열쇠들.

"식사하러 가실까요?"

우리는 식탁으로 건너갔다. 나는 방에서 방으로 건너갈 때 향처럼 퍼져 있는, 세상의 모든 향기를 다한 것만큼 값진 케케묵은 서가의 냄새를 맡았다. 묵직한 진짜 등잔들, 그곳 사람들은 한 곳에서 다른 곳으로 갈 때, 내 까마득한 유년 시절에 그랬던 것처럼 등잔을 들고 움직였는데, 그럴 때면 벽에 오묘한 그림자들이 어리곤 했다. 빛의 다발과 검은 종려나무들이 솟아올랐다. 이윽고 등잔들이 제자리에 놓이고 나면 그 빛의 해변들은 더 이상 움직이지 않았다. 그 주위를 온통 둘러싼 거대한 밤의 어둠도 멈추고, 나무가 삐걱이는 소리만이 들려왔다.

두 아가씨는 사라질 때와 마찬가지로 신비스럽고 조용하게 다시 나타났다. 그녀들은 조심스럽게 식탁에 자리했다. 아마도 기르던 개와 새에게 먹이를 주고, 청명한 밤에 창문을 열고 저녁 바람에 실려 온 식물들의 내음을 맡고 온 모양이었다. 이제 그녀들은 냅킨을 펼치면서, 곁눈질로 조심스럽게 나를 훔쳐보고 자신들이 키우는 짐승들 수에 나를 포함시킬지 말지 가늠하고 있었다. 왜냐하면 그녀들은 이미 이구아나 한 마리, 몽구스 한 마리, 여우 한 마리, 원숭이 한 마리 그리고 꿀벌들을 키우고 있었으니까. 그 모두가 뒤섞여 살면서 기가 막힐 정도로 사이가 좋아 새로운 지상 천국을 이루고 있었다. 그녀들은 세상의 모든 짐승들 위에 군림하며 앙증맞은 손으로 그들을 귀여워 해주고, 먹을 것과 물을 주고, 이야기를 들려주었는데, 몽구스부터 꿀벌들에 이르기까지 모두가 그녀들의 이야기에 귀를 기울였다.

그래서 나는 무척이나 생기발랄한 두 아가씨가 자신들의 모든 비판정신과 모든 섬세함을 발휘하여 마주 앉은 남성에게 재빠르고 은밀하며 결정적인 판단을 내리지 않을까 기대하고 있었다. 내가 어렸을 적, 내 누이들은 우리의 식탁에 처음으로 자리하게 된 사람들에게 그런 식으로 점수를 매기곤 했었다. 그래서 대화가 중단되면 고요한 가운데 갑자기 "11점" 하는 소리가 들리곤 했는데, 내 누이들과 나 이외에는 어느 누구도 그 재미를 알지 못했다.

그런 장난에 경험이 있기 때문에 나는 약간 떨렸다. 또 나의 심판관들이 무척이나 노련하다는 것을 느꼈기에 그만큼 더 거북하기도 했다. 그 심판관들은 순진한 짐승들을 속이는 짐승을 가려낼 줄 알았고, 여우의 발소리만 들어도 녀석의 기분이 다가가도 될 정도로 좋은지 읽어낼 수 있었고, 마음의 움직임에 대해 깊은 지식을 지니고 있었다.

나는 아주 가느다랗게 뜬 그녀들의 눈과 무척이나 올곧은 그 어린 영혼이 좋았다. 하지만 그녀들이 다른 장난을 쳤더라면 더 좋아했을 것이다. 그럼에도 비열하게, 그리고 '11점'에 대한 두려움 때문에 나는 그녀들에게 소금도 건네주고, 포도주도 따라주었지만, 눈을 들었을 때 심판관으로서의 부드러운 신중함을 보고서 매수가 불가능하다는 것을 알았다.

그녀들은 허영이라는 것을 몰랐기 때문에 아첨을 해봐도 소용없을 것이었다. 허영이 아니라 대단한 자부심을 가지고 있었기에, 두 아가씨는 스스로에 대해 내가 감히 입 밖에 꺼낼 말보다도 훨씬 더 좋게 생각하고 있었다. 나는 직업을 내세워 득을 볼까 하는 생각조차 할 수 없었다. 왜냐하면 플라타너스 맨 꼭대기 가지까지 올라가는 것, 그것도 그저 둥지의 새끼 새들의 깃털이 잘 나는지 보기 위해, 그저 단순히 친구들에게 인사를 하기 위해 올라가는 것 또한 비행만큼 대담한 일이기 때문이었다.

말이 없는 나의 두 요정은 여전히 식사하는 나를 감시 중이었고, 그녀들의 은밀한 시선과 너무나 자주 부딪쳤기에 결국 나는 하던 말을 멈추고 말았다. 그러자 정적이 흘렀고, 조용한 가운데 뭔가가 마루 위에서 가볍게 쉭쉭거렸고, 식탁 아래로 뭔가 울리는 소리가 들렸다. 나는 당황해서 시선을 들었다. 그러자 자신이 낸 시험에 만족했지만 그래도 마지막 시금석을 사용하고자, 둘째 아가씨가 튼실한 이로 빵을 씹으며 간략하게 그리고 천진난만하게 설명해주었다. 행여 내가 그렇다면, 그런 미개인쯤은 놀라게 해주겠다는 천진난만함으로.

"살모사들이에요."

그리고 마치 아주 어리석은 사람이 아니라면 누구든 그 설명만으로 분명 충분하다는 듯 흡족해하며 입을 다물었다. 그녀의 언니는 내 첫 반응을 보기 위해 흘낏 눈길을 던졌다. 그리고 세상에서 가장 다정하고 가장 순진한 얼굴을 한 그녀들은 둘 다 접시 위로 고개를 숙였다.

"아! ……살모사들이군요."

자연스럽게 그 단어가 내 입에서 새어나왔다. 그게 내 가랑이 사이로 스쳐 지나가고 내 장딴지를 간지럽혔는데, 그게 살모사였다니…….

다행히도 나는 빙그레 미소를 지었다. 억지 미소가 아니라는 것을 그녀들도 느꼈을 것이다. 즐거웠기 때문에, 정말이지 시간이 갈수록 이 집이 내 마음에 들었기 때문에, 그 살모사들에 대해 좀 더 자세히 알고 싶은 마음이 들었기 때문에 나는 미소를 지었던 것이다. 언니가 날 도와주었다.

"식탁 아래 구멍이 있는데, 그곳이 걔네들 집이에요."

"밤 10시쯤 되면 돌아와요. 낮에는 사냥을 나가고요" 하고 동생이 덧붙였다.

이번에는 내가 슬그머니 그녀들을 바라보았다. 그녀들의 교묘한 계략과 평온한 얼굴 뒤에 숨은 소리 없는 웃음. 나는 그녀들이 분위기를 주도해가는 모습에 감탄했다…….

오늘, 나는 꿈을 꾼다. 그 모든 것은 까마득히 먼 얘기다. 그 두 요정은 어떻게 되었을까? 아마 결혼했겠지. 그렇다면 변했을까? 처녀에서 여인으로 변한다는 것은 매우 중대한 일이다.

그녀들은 새 집에서 무엇을 하고 있을까? 무성한 잡초와 뱀들과 그녀들 간의 관계는 어떻게 되었을까? 그녀들은 우주적인 무엇인가에 뒤섞여 있었다. 그러나 처녀의 내면에서 여인이 깨어나는 날이 온다. 마침내 19점을 매길 꿈을 꾸게 되는 것이다. 마음 깊은 곳에서 19점의 무게가 느껴진다. 그때 어떤 바보가 나타난다. 그토록 날카롭던 눈길이 처음으로 실수를 하여 그 바보를 아름다운 색채로 비춘다. 바보가 시라도 읊는다면 그를 시인이라고 믿는다. 바보가 구멍 뚫린 마루를 이해한다고 믿으며, 몽구스를 좋아한다고 믿는다. 식탁 아래 그의 다리 사이로 기어 다니는 살모사에 대한 신뢰가 그를 유쾌하게 만든다고 믿는다. 그리하여 가꾸지 않은 정원이나 다름없는 자신의 마음을 그 바보에게 준다. 오직 잘 손질된 공원만을 좋아하는 그 바보에게. 그러면 그 바보는 공주를 데려가 노예로 만들어버린다.

VI
사막에서

1

사하라 노선의 조종사들인 우리가 돌아가지도 못하고 여러 주, 여러 달, 여러 해 동안 사막의 포로가 되어 이 보루에서 저 보루로 비행할 때, 그런 즐거움은 우리에게 금지된 것이었다. 이 사막은 그와 같은 오아시스를 주지 않았다. 정원과 아가씨들이라니, 그 무슨 전설 같은 이야긴가! 물론 일이 끝나 우리가 돌아가 다시 살아갈 수 있을 저 먼 곳에서는 수많은 아가씨들이 우리를 기다리고 있었다. 물론 그곳에는 몽구스들 혹은 책들 사이에서 아가씨들이 참을성 있게 그윽한 마음을 키워가고 있었다. 분명, 아가씨들은 점점 더 아름다워지고 있었다…….

하지만 나는 고독을 안다. 사막에서의 3년이란 세월이 내게 고독의 맛을 가르쳐준 것이다. 그곳에서는 삭막한 풍경 속에서 젊음이 소모되어가는 것을 두려워하지 않는다. 오히려 자신에게 멀리 떨어져 있는 세상 전체가 늙어가는 것처럼 보인다. 나무들은 열매를 맺고, 땅에서는 밀이 났고, 여자들은 이미 아름답다. 계절이 지나가니, 서둘러 돌아가야 할 텐데……. 그러나 계절이 가도 우리는 먼 곳에 붙잡혀 있다……. 그리고 이 땅의 재화는 사구의 가는 모래처럼 손가락 사이로 빠져나간다.

보통, 사람들은 시간의 흐름을 느끼지 못한다. 사람들은 일시적인 안온함 속에서 살고 있다. 그러나 일단 기항지에 도착해 끊임없이 불어대는 무역풍이 우리를 짓누를 때, 우리는 그것을 느꼈다. 우리는 어둠 속에 덜컹거리는 차축의 소음으로 가득 찬 급행열차를 탄 승객과 같아서, 차창 너머로 스러지는 한 줌 불빛에 의지해 들판과 마을과 아름다운 지역들이 스쳐 지나가는 것을 보지만, 여행 중이기 때문에 그것들 중 어느 것도 붙잡지 못한다. 미열에 들뜨고 아직도 비행 중의 소음에 귀가 먹먹한 우리 역시 기항지의 고요함에도 불구하고 아직 비행 중에 있는 것처럼 느꼈다. 우리 역시 바람에 대한 생각을 거쳐 심장의 박동을 통해 알지 못하는 미래로 실려 가고 있음을 깨닫곤 했다.

사막에 반군들까지 가세했다. 쥐비 곶의 밤은 마치 시계의 종소리에 따라 그런 것처럼 15분마다 쪼개졌다. 보초들은 규정에 따른 큰 외침으로 점점 서로 경계를 강화했다. 반군 지역 내에 동떨어져 있는 쥐비 곶의 스페인 요새는 이처럼 모습을 드러내지 않는 위협에 맞서 스스로를 지키고 있었다. 그리고 이 눈먼 배에 탄 승객인 우리는 구호 소리가 점점 커지면서 우리 머리 위로 바닷새가 궤적을 그리는 소리를 들었다.

그럼에도 우리는 사막을 사랑했다.

처음에 사막이 텅 비고 침묵만 존재하는 것으로 보이는 것은, 사막이 뜨내기 연인들에게는 스스로를 내어주지 않기 때문이다. 우리가 사는 곳의 소박한 마을도 이미 스스로를 감추고 있다. 우리가 그 마을을 위해 나머지 세상을 포기하지 않는다면, 우리가 그 전통과 관습과 적대관계 속으로 들어가지 않는다면, 어떤 이들에게는 고향이 되는 그 마을에 대해 아무것도 알지 못할 것이다. 좀 더 자세히 말한다면, 우리들 가까이에 있는 어떤 사람이 자신의 수도원에 들어가 담을 쌓고서 우리가 모르는 규칙에 따라 생활한다면 그 사람은 진정 티베트 오지의 고독 속에 들어가 있는 것이며 그 어떤 비행기도 우리를 내려주지 못할 먼 곳에 있는 것이다. 그렇다면 우리가 왜 그의 독방에 들어간단 말인가! 그곳은 텅 비었다. 인간의 제국은 내면에 있다. 그러므로 사막은 모래로, 투아레그족으로, 무장을 한 무어인으로 이루어진 것이 아니다……

　오늘 우리는 갈증을 경험했다. 그리하여 우리가 알고 있던 그 우물이 넓은 지역으로 뻗쳐나가고 있다는 것을 오늘에서야 비로소 알게 되었다. 이처럼 보이지 않는 여인 한 명이 집 안 전체를 환하게 만들 수 있다. 우물도 사랑처럼 멀리까지 닿는다.

　처음에 사막은 황량하다. 하지만, 반군단체의 접근을 두려워하는 우리가 그들이 두른 커다란 망토의 주름을 사막에서 읽어내는 날이 온다. 반군들 역시 사막을 바꾸어놓는 것이다.

우리는 게임의 규칙을 받아들였고, 그 게임은 우리를 자기 본연의 모습으로 만들어간다. 사하라가 모습을 드러내는 것은 우리들 내면에서이다. 거기에 간다는 것은 오아시스를 찾아가는 것이 아니라, 샘을 우리의 종교로 삼는 것이다.

2

첫 비행부터 나는 사막의 맛을 보았다. 리구엘과 기요메 그리고 나 이렇게 세 사람은 누악쇼트 보루 부근에 불시착했다. 모리타니의 그 작은 초소는 당시 바다 한가운데 있는 작은 섬처럼 모든 삶으로부터 고립되어 있었다. 늙은 하사 한 명이 열다섯 명의 세네갈 병사와 함께 그곳에 갇혀 살고 있었다. 그는 우리를 하늘에서 내려 보낸 사람들처럼 맞아주었다.

"아! 여러분과 말을 하게 되다니, 이럴 수가…… 아! 이럴 수가!"

그는 감격해서 눈물을 흘리고 있었다.

"여섯 달 만에 찾아온 사람이라곤 여러분이 처음입니다. 여섯 달마다 보급을 받는데, 때로는 중위님이 오고, 또 때로는 대위님이 오지요."

우리들은 아직까지 멍한 상태였다. 식사 준비가 한창인 다카르로부터 겨우 2시간 비행했는데, 연결 링크가 나가는 바람에 운명이 바뀐 것이다. 울고 있는 하사에게는 우리가 유령이나 마찬가지였다.

"아! 드세요, 포도주를 대접하게 되다니 기쁘군요! 생각 좀 해보세요! 대위님이 다녀갔을 때는 대접할 포도주도 없었다니까요."

나는 그 이야기를 어느 책에 썼는데, 소설은 아니었다. 그는 우리에게 이렇게 말했었다.

"지난번에는 건배조차 할 수 없었답니다……. 그래서 너무도 부끄러운 나머지 전근 신청을 했었지요."

건배! 뻘뻘 땀을 흘리며 낙타 등에서 내리는 사람과 멋지게 건배하는 것! 하사는 바로 그 순간을 위해 6개월을 살아왔던 것이다. 이미 한 달 전부터 무기를 닦고 지하 창고에서 천장 밑까지 초소를 깨끗이 청소했다. 그리고 며칠 전부터는 축복받은 날이 다가오는 것을 느끼고, 망루 위에 올라가 아타르 기동 소대가 나타나면서 일으킬 먼지 구름을 찾아내기 위해 지칠 줄도 모르고 지켜보았다…….

그런데 포도주가 떨어졌다. 따라서 축제를 축하할 수 없다. 건배를 하지 못하니 말이다. 그 때문에 부끄러운 것이다.

"한시바삐 대위님이 돌아왔으면 합니다. 학수고대하고 있지요……."

"하사, 대위는 어디 있지?"

그러자 하사는 사막을 가리키며 말했다.

"모르지요. 대위님은 도처를 다니니까요!"

초소의 망루에서 별을 이야기하며 보낸 그 밤도 실제 있었던 일이었다. 별 말고는 바라볼 것이 아무것도 없었다. 비행기에서 볼 때와 마찬가지로 별은 하늘을 가득 채우고 있었지만, 움직이지 않았다.

비행기를 타고 갈 때 밤이 너무도 아름다우면 더 이상 조종을 하지 않고 비행기가 제멋대로 가도록 내버려두는데, 그러면 비행기는 조금씩 왼쪽으로 기운다. 아직도 기체가 수평을 이루고 있다고 믿고 있을 때, 오른쪽 날개 아래로 마을이 보인다. 그렇지만 사막에는 마을이 있을 리 없다. 그러면 바다에 떠 있는 고기잡이 배 선단이겠지. 하지만 사하라 사막 한가운데 고기잡이 배 선단이 있을 리 없다. 그렇다면? 그제야 실수를 알아채고 씩 웃는다. 천천히 기체를 바로 세운다. 그러면 마을도 제자리를 찾는다. 아래로 떨어뜨렸던 별자리를 다시 제자리에 가져다 붙이는 것이다. 마을? 그렇다. 별들의 마을이다. 하지만 보루 꼭대기에서 보니 그것은 얼어붙은 사막, 움직이지 않는 모래의 파도에 지나지 않았다. 제자리에 잘 매달려 있는 별자리들. 하사가 우리에게 별자리들에 대해 말해준다.

"자, 제가 방향을 좀 압니다⋯⋯. 저 별로 기수를 향하면, 곧장 튀니스죠!"

"튀니스 출신인가?"

"아뇨. 제 사촌누이가 거기 출신이죠."

그는 한참 동안 침묵을 지켰다. 하지만 하사는 그 어느 것에 대해서도 감히 우리에게 감추지 못한다.

"언젠가는 튀니스에 갈 겁니다."

물론이다. 하지만 곧장 그 별을 향해 걷는 것이 아니라 다른 길을 통해 갈 것이다. 어느 날 길을 나섰다가 말라버린 우물 때문에 정신착란의 시를 읊어대지 않는다면 말이다. 그렇게 되면 별, 사촌누이, 튀니스가 서로 뒤섞이고 말 것이다. 그렇게 되면 세속인들이 고통스럽다고 믿는 영감에 사로잡힌 행진이 시작될 것이다.

"한 번은 대위님께 사촌누이 일로 튀니스에 다녀오겠노라 휴가를 요청했었지요. 그러자 대위님이 대답하시길……"

"뭐라고 대답하던가?"

"대답하시길, '세상에 널리고 널린 게 사촌누이지' 하시더군요. 그리고 덜 먼 곳이라며 다카르로 보내주셨죠."

"자네 사촌누이는 예쁜가?"

"튀니스의 사촌누이요? 물론이죠. 금발이거든요."

"아니, 다카르의 사촌누이 말이야."

하사, 약간 화가 난 듯하면서도 울적한 그대의 대답에 우리는 그대를 껴안을 뻔 했다.

"흑인이지요……."

하사, 너에게 사하라는 무엇이었을까? 그것은 끊임없이 너를 향해 걸어오는 신이었다. 그것은 또한 5000킬로미터의 모래 너머에 있는 금발 사촌누이의 다정함이었다.

우리에게 사막은 무엇이었을까? 그것은 우리의 내면에서 태어나는 것이었다. 우리가 우리 자신에 대해 배운 것. 그날 밤, 우리 역시 어느 사촌누이와 어느 대위와 사랑에 빠졌다…….

3

아직도 항복하지 않은 땅과의 경계에 위치한 포르에티엔은 도
시가 아니다. 거기에는 우리 회사 직원들을 위한 보루 하나, 격
납고 하나 그리고 나무로 지은 임시 막사가 하나 있다. 그 주위
로는 막막한 사막이 펼쳐져 있기 때문에 빈약한 군수물자에도
불구하고 포르에티엔은 거의 난공불락이다. 그곳을 공격하려면
한없이 펼쳐진 모래와 불의 지대를 건너야하기 때문에 반군들
도 소지한 물이 다 떨어지고 기력이 바닥난 후에야 가까스로 그
곳에 도달할 수 있다. 그럼에도 불구하고 사람들의 기억 속에는
북쪽 어딘가에 항상 포르에티엔으로 진군하는 반군 부대가 있
었다. 사령관이 우리 숙소에 와서 차를 한 잔 할 때마다, 그는 마
치 아름다운 공주의 전설을 이야기하는 것처럼 지도를 펼쳐놓
고 우리에게 반군들의 진로를 보여준다. 하지만 그 반군들은 마
치 강물처럼 모래 자체에 의해 말라붙어 여기까지는 결코 도달
하지 않기 때문에, 우리는 그 반군단체를 가리켜 유령 반군이라
고 부른다. 정부에서 저녁이면 배급해주는 수류탄과 탄창은 상
자에 담겨 우리 침대 발치에서 잠자고 있다. 그래서 무엇보다 비
참함에 의해 보호받는 우리들은 침묵 이외에는 다른 적과 싸울
필요가 없다. 공항 책임자인 뤼카는 밤이고 낮이고 간에 항상 축
음기를 틀어놓는다. 일상생활에서 까마득히 멀리 떨어진 이곳
에서 그것은 우리에게는 반쯤 잊힌 언어를 들려주며 묘하게도
갈증과 비슷한 막연한 울적함을 불러일으킨다.

그날 저녁 우리는 보루에서 식사를 했고, 사령관이 우리에게 자신의 정원을 구경시켜주었다. 사실 그는 프랑스로부터 진짜 흙 세 상자를 받았는데, 그러니까 그 흙은 무려 4000킬로미터를 건너온 것이었다. 거기서 푸른 잎 셋이 자라났고, 우리는 그게 보석이라도 되는 양 손가락으로 어루만졌다. 그 잎에 대해 사령관은 이렇게 말했다.

"그게 내 정원이지." 모든 것을 말라붙게 하는 모래바람이 불자, 그 정원은 지하실로 옮겨졌다.

우리들은 보루에서 1킬로미터 떨어진 곳에 살고 있어서, 저녁식사가 끝난 후 달빛을 받으며 숙소로 돌아왔다. 달빛 아래 모래는 분홍색을 띤다. 우리는 초라함을 느끼지만 모래는 장미빛이다. 하지만 보초의 고함이 세상에 다시 비장함을 불러일으킨다. 사하라 전체가 우리의 그림자에 떨며 우리에게 암호를 묻는다. 왜냐하면 반군단체가 진군 중이므로.

보초의 고함소리에 사막의 모든 목소리가 울린다. 사막은 빈집이 아니다. 무어인 카라반이 밤에 매력을 불어넣기 때문이다.

우리들은 안전하다고 생각할 수도 있으리라. 그렇지만 말이다! 질병, 사고, 반군단체 등 얼마나 많은 위협이 다가오고 있는가! 지상의 인간은 숨어 있는 저격수들의 과녁이다. 세네갈인 보초가 예언자처럼 우리에게 그걸 상기시켜주는 것이다.

우리들은 "프랑스인이오!" 하고 대답한 후 검은 천사 앞을 지나친다. 한결 숨쉬기가 편해진다. 그 위협이 우리에게 얼마나 큰 고결함을 주었던가……. 오! 아직도 너무 멀리 떨어져 있고, 별로 급박하지도 않고, 수많은 모래에 의해 무척이나 무뎌졌지만, 세상은 이제 똑같지 않다. 사막은 다시 화려해진다. 어딘가에서 진군하고 있는 반군들, 결코 도달하지는 못하겠지만, 그 반군들이 사막을 신성하게 만든다.

지금은 밤 11시다. 뤼카가 무전실에서 돌아와 다카르발 비행기가 자정 쯤 도착할 것이라고 알려준다. 기내는 모든 것이 정상이다. 0시 10분이면 내 비행기로 우편물을 옮겨 싣고, 나는 북쪽을 향해 이륙할 것이다. 듬성듬성 이가 빠진 거울 앞에서 나는 조심스럽게 면도를 한다. 이따금 수건으로 목 주위를 닦으며, 나는 문으로 가서 벌거벗은 사막을 바라본다. 날씨는 좋은데, 바람이 잔다. 나는 생각한다. 몇 달 동안이나 계속된 바람이 자면, 때로 하늘 전체가 어지러워지기도 한다. 이제 나는 장비를 챙긴다. 구명 램프를 허리띠에 묶고, 고도계와 연필을 챙긴다. 그리고 오늘밤 나의 기내 무선사인 네리에게 간다. 그도 역시 면도를 하고 있다. 내가 그에게 묻는다. "괜찮아?" 현재로선 괜찮단다. 이러한 사전 작업이 비행에서는 가장 쉬운 일이다. 그러나 파닥이는 소리가 들리고, 잠자리 한 마리가 와서 램프에 부딪친다. 이유는 알 수 없지만, 그 잠자리 때문에 가슴이 조여든다.

나는 다시 밖으로 나가 바라본다. 모든 것이 청명하다. 비행장에 인접한 절벽이 대낮인 양 하늘을 배경으로 선명히 드러나 있다. 사막은 잘 정돈된 집처럼 적막감이 감돌고 있다. 그러나 여기 초록색 나비 한 마리와 두 마리의 잠자리가 날아와 내 램프에 부딪친다. 그러자 나는 또 다시 먹먹한 느낌이 든다. 그것은 어쩌면 기쁨일 수도 있고, 두려움일 수도 있지만, 아직은 무척 모호하고 이제야 겨우 싹트기 시작한 느낌으로 내 마음속 저 깊은 곳에서 떠오른 것이다. 누군가 아주 멀리서 내게 말을 걸고 있다. 이것이 본능이라는 것일까? 나는 다시 밖으로 나간다. 바람은 완전히 사그라졌다. 여전히 선선하다. 그러나 내가 받은 것은 경고였다. 나는 내가 무엇을 기다리고 있는지 짐작한다, 아니 짐작한다고 생각한다. 내 생각이 옳은 걸까? 하늘과 모래는 내게 어떤 징후도 보이지 않았지만, 잠자리 두 마리가 내게 말했다. 그리고 초록색 나비도.

나는 모래언덕에 올라가 동쪽을 향해 앉았다. 만일 내 생각이 옳다면, '그것'은 그리 오래지 않아 닥칠 것이다. 그 잠자리들은 내지의 오아시스에서 수백 킬로미터나 떨어진 이곳에서 무엇을 찾으려 했던 것일까?

해변까지 밀려온 자잘한 파편들은 바다에 태풍이 몰아치고 있음을 입증한다. 그렇듯이 이 벌레들은 내게 모래폭풍이 다가오고 있음을 보여준다. 동쪽에서 불어오는 폭풍, 그것은 초록색 나비들이 사는 먼 곳의 종려나무 숲을 황폐하게 만들었다. 이미 그 거품이 내게 와 닿았다. 하나의 증거이기에 장중한, 심각한 위협이기에 장중한, 폭풍을 담고 있으므로 장중한, 동쪽 바람이 인다. 그 가느다란 숨결이 내게 닿을 듯 말 듯 하다. 나는 파도가 혀를 날름거려 핥는 맨 가장자리이다. 내 뒤 20미터 쯤에 있는 천막은 전혀 펄럭이지 않았으리라. 그 뜨거운 불길이 단 한 번 나를 감쌌을 뿐이었다. 단 한 번, 그것도 죽어버린 듯 힘 없는 어루만짐으로 말이다. 하지만 그다음 몇 초 동안에 사하라가 다시 숨을 들이쉬고 두 번째 한숨을 내쉬리라는 것을 나는 안다. 그리고 채 3분도 지나지 않아 우리 격납고의 통풍구가 부르르 떨어댈 것도. 그리고 채 10분이 지나기도 전에 모래가 하늘을 뒤덮으리라는 것도. 다시 돌아오는 사막의 불길, 우리는 곧 그 불길 속으로 이륙할 것이다.

하지만 나를 흥분시키는 것은 그것이 아니다. 강렬한 기쁨으로 나를 채운 것은 입만 벙긋 했는데도 내가 그 비밀스런 언어를 이해했다는 것, 소소한 웅얼거림으로 미래 전체를 아는 태초의 인간처럼 어떤 자취를 냄새 맡았다는 것, 잠자리 날개의 퍼덕거림에서 그 분노를 읽어냈다는 것이다.

4

우리들은 그곳에서 무어인 반군들과 조우했다. 그들은 우리가 비행하여 지나던 그 금지된 지역 깊숙한 곳에서 불쑥 나타났다. 그들은 덩어리 설탕이나 차를 사기 위해 대담하게도 쥐비 곶 보루나 시스네로스 보루까지 다가왔고, 그런 다음 다시 그들의 비밀스런 곳으로 깊숙이 파고들곤 했다. 그들이 지나갈 때, 우리는 그들 중 몇몇을 회유하려고 시도했었다.

영향력 있는 우두머리들의 경우, 우리는 때로 노선이 맞으면 그들을 비행기에 태워 세상 구경을 시켜주곤 했다. 그것은 그들의 오만함을 꺾기 위해서였다. 왜냐하면 그들이 포로를 학살하는 것은 증오로 그런다기보다 멸시해서 그러기 때문이었다. 보루 근처에서 우리와 마주치면, 그들은 우리에게 욕설도 퍼붓지 않았다. 그저 우리에게 등을 돌리고 침을 뱉곤 할 뿐이었다. 그 오만함은 자신들이 가진 힘에 대한 환상에서 비롯된 것이었다. 300명의 소총 부대를 전시 태세로 훈련시켜놓은 후, 그들 중 얼마나 많은 이들이 내게 되풀이해서 말하곤 했는지 모른다. "당신은 운이 좋아, 100일도 넘게 걸어야 갈 수 있는 프랑스에 사니까 말이지⋯⋯."

　　그래서 우리는 그들을 태우고 다녔고, 그렇게 해서 그들 중 세 명이 한 번도 본 적 없는 프랑스를 가보게 되었다. 그들은 언젠가 한 번 나와 함께 세네갈에 갔다가 나무를 보고서 눈물을 흘렸던 그런 부류의 사람들이었다.

　　내가 천막 아래 있던 그들을 다시 만났을 때, 그들은 벌거벗은 여자들이 꽃들 사이에서 춤추는 뮤직홀에 대해 찬사를 늘어놓고 있던 중이었다. 그들은 나무나 샘, 장미를 한 번도 본 적이 없었고, 냇물이 흐르며 코란에서 천국이라 부르는 그런 정원들의 존재를 오직 코란을 통해서만 알고 있는 사람들이었다. 그 낙원과 거기에 있는 미녀들, 그것을 얻는 방법은 30년간 비참하게 살다가 이교도가 쏜 총에 맞아 모래 위에서 쓸쓸하게 죽는 것이다. 하지만 신은 그들을 속였다. 왜냐하면 모든 호사가 허용된 프랑스인들에게는 신이 갈증이나 죽음의 대가를 요구하지 않기 때문이다. 그런 까닭에 늙은 우두머리들은 이제 꿈을 꾼다. 또 그런 까닭에, 자기네 천막 주위로 펼쳐진 황량한 사하라가 그들이 죽을 때까지 그토록 보잘것없는 즐거움만을 주리라고 판단한 그들은 허심탄회하게 속내 이야기를 털어놓는 것이다.

"자네도 알겠지만…… 프랑스인들의 신은…… 그 신은 무어인의 신이 무어인들에게 하는 것보다 훨씬 더 관대하게 프랑스인들을 대해주더군!"

그보다 몇 주 전, 우리는 그들을 사부아 지방으로 데리고 갔었다. 가이드가 그들을 폭포로, 마치 머리를 땋은 기둥처럼 웅장하게 포효하는 폭포 앞으로 데리고 갔다. 그리고 말했다. "맛을 보세요."

그것은 민물이었다. 물이다! 사하라, 이곳에서는 가장 가까운 우물로 가려해도 며칠이나 걸어야 하지 않는가! 또 우물을 발견해도 그것을 덮고 있는 모래를 몇 시간이나 파내야 비로소 낙타 오줌과 뒤섞인 흙탕물이 나오지 않는가! 물이라니! 쥐비 곶, 시스네로스, 포르에티엔에서는 무어인 꼬마들이 돈을 구하러 다니지 않는다. 그들은 통조림 깡통을 손에 들고 물을 구하러 다닌다.

"물 좀 주세요, 물 좀……."

"말을 잘 들으면 주지."

그 무게의 금만큼이나 귀중한 물, 아주 작은 한 방울이라 해도 모래에서 어린 새싹의 푸른빛을 끌어내는 물. 어딘가 비가 오면 사하라 전체가 대이동으로 들썩인다. 부족들은 300킬로미터

나 멀리 떨어져 있는 풀을 찾아 나선다. 10년 전부터 포르에티엔에는 한 방울도 떨어지지 않았던, 그토록 인색한 물이 저기에서는 마치 저수조 탱크가 터지기라도 한 듯 콸콸 쏟아져 내렸다.

"돌아갑시다" 하고 가이드가 말했다.

하지만 그들은 꼼짝도 하지 않았다.

"우리를 좀 더 내버려둬……"

그들은 입을 다물었고, 말없이 침중한 표정으로 장엄한 신비가 펼쳐지는 것을 바라보았다. 산의 배 속에서 저처럼 흘러내리는 것, 그것은 생명이요, 인간들의 피 그 자체였다. 1초 동안 흐르는 양만 있었어도 갈증에 취해 영원히 소금호수와 신기루에 빠져든 카라반 전체를 소생시킬 수 있었으리라. 이곳의 신은 스스로를 드러내고 있었다. 따라서 신에게 등을 돌릴 수는 없었다. 세 명의 무어인은 여전히 꼼짝도 하지 않았다.

"더 보실 것이 뭐가 있다고요? 갑시다……."

"기다려야 해."

"무엇을 기다려요?"

"끝나기를."

그들은 신이 자신의 미친 짓거리에 지칠 시간을 기다리고자 했다. 신은 곧 후회할 것이다. 신은 인색하니까.

"하지만 이 물은 천 년 전부터 쭉 흐르고 있는데요……!"

그리하여 그날 밤, 그들은 더 이상 폭포를 고집하지 않는다. 어떤 기적들 앞에서는 차라리 입을 다무는 편이 낫다. 그것에 대해 지나치게 생각하지 않는 편이 차라리 더 낫다. 그렇지 않으면 아무것도 이해할 수 없게 될 테니까 말이다. 그렇지 않으면 신을 의심하게 될 테니까……

"봤지? 프랑스인의 신은……"

하지만 나는 내 야만인 친구들을 잘 안다. 그들은 신앙이 흔들렸고 당황하여, 이제 막 귀순하려는 참이다. 그들은 프랑스 감독부로부터 보리를 배급받고, 사하라에 주둔한 우리 군대로부터 안전을 보장 받기를 꿈꾼다. 일단 귀순만 하면 물질적 부를 얻을 수 있으리라는 것은 확실했다.

그러나 그들 세 사람은 모두 트라르자의 국왕인 엘 맘문의 혈통이다. (이름은 틀린 것 같다.)

나는 그를 그가 우리의 봉신이었을 때 알게 되었다. 봉사한 대가로 공식적인 행사에 참가할 수 있었고, 총독들에 의해 부자가 되고, 부족들에게 존경을 받는 그는 가시적인 풍족함에 있어서는 부족할 것이 없었다. 그러나 어느 날 밤, 아무런 사전 징조도 없었는데, 그는 사막에서 동행하던 장교들을 학살하고, 낙타와 소총을 강탈해서 반군 부족에 합류했다.

이후 사막에서 추방당하게 되는 한 우두머리의 영웅적이면서 동시에 처절했던 갑작스런 반란과 도주, 그리고 얼마 지나지 않아 아타르 기동 소대의 집중포화 앞에서 불화살처럼 꺼져버리고 말 그 짧았던 영광을 우리는 배반이라고 부른다. 그리고 그 광기의 발작에 놀란다.

그렇지만 엘 맘문의 이야기는 다른 많은 아랍인들의 이야기이기도 했다. 그는 늙어가고 있었다. 사람이 늙으면, 생각이 깊어진다. 그리하여 어느 날 밤 그는 자신이 이슬람의 신을 배신했고, 기독교인들의 손아귀에서 놀아나 자신이 모든 것을 잃게 된 교환에 조인함으로써 자신의 손을 더럽혔다는 사실을 깨달았다.

아닌 게 아니라 그에게 있어 보리와 평화가 무슨 의미가 있었겠는가? 원래 전사였지만 타락해서 목자가 되어버린 그는 자신이 사하라에서 살았던 것을 기억한다. 그곳은 모래 주름마다 수많은 위험이 숨겨져 있었고, 밤을 틈타 전진 배치한 주둔지에서는 목표 지점으로 불침번들을 파견했고, 모닥불 주위에서 적들의 동태에 관한 소식을 들으며 가슴을 두근거렸었는데…… 그는 사람이 한번 맛을 보면 결코 잊을 수 없는 먼 바다의 맛을 기억한다.

그런데 오늘 그는 아무런 영광도 없이 모든 위엄이 사라져버린 평화로운 땅을 헤매고 있다. 오늘에서야 사하라는 하나의 사막에 지나지 않는다.

그가 살해하게 될 장교들, 어쩌면 그는 그들을 존경했는지도 모른다. 그러나 알라에 대한 사랑이 그보다 앞선다.

"잘 자게, 엘 맘문."

"신의 가호가 깃들기를!"

장교들은 마치 뗏목 위에서처럼 담요로 몸을 둘둘 말고 모래 위에 누워 별들을 마주한다. 모든 별들이 느릿느릿 돌고 하늘 전체가 시각을 나타낸다. 신의 지혜에 의해 무(無)로부터 다시 불려온 달이 사막 위로 기운다. 기독교인들은 곧 잠이 들 것이다. 몇 분만 더 있으면 오직 별들만이 빛을 발할 것이다. 전락한 부족들이 과거의 찬란함을 회복하기 위해서는, 사막이 빛을 발하도록 할 수 있는 유일한 길인 그 추격을 재개하기 위해서는, 자신들의 잠 속으로 더 깊이 빠뜨려버릴 저 기독교인들의 가냘픈 비명만 있어도 될 것이다……. 몇 초만 더 있으면, 돌이킬 수 없는 것으로부터 하나의 세상이 태어날 것이다…….

그리하여 그는 잠들어 있는 저 멋진 장교들을 살해한다.

5

쥐비에서 오늘 케말과 그의 동생 무얀이 나를 초대해서, 나는 그들의 천막 아래에서 차를 마신다. 푸른색 베일을 입술까지 올린 채 말없이 나를 바라보는 무얀은 야성의 수줍음을 간직하고 있다. 케말 혼자 내게 말을 건네며 예를 차린다.

"나의 천막, 내 낙타들, 내 아내들, 내 노예들은 다 당신 것이오."

무얀이 여전히 내게서 눈을 떼지 않은 채 자신의 형 쪽으로 몸을 기울여 몇 마디 말을 하고 다시 침묵에 잠긴다.

"뭐라고 합니까?"

"동생이 말하길 '보나푸가 낙타 천 마리를 르게이바트에게서 훔쳤다'고 하는군요."

아타르 기동 소대의 낙타병 장교인 보나푸 대위를 나는 모른다. 하지만 무어인들 사이에 퍼져 있는 그의 전설적인 이야기는 알고 있다. 무어인들은 그에 대한 이야기를 할 때 화를 내지만, 그를 일종의 신처럼 대한다. 그의 존재는 사막에 그 가치를 부여한다. 방법은 알 수 없지만, 오늘도 그는 남쪽을 향해 진군하던 반군 무리의 후방에서 갑자기 나타나 그들의 낙타를 수백 마리씩 훔쳤고, 그리하여 안전하다고 믿고 있던 자신들의 재산을 되찾기 위해 그들이 어쩔 수 없이 자기 쪽으로 방향을 돌리도록 만들었다. 그리고 이제, 대천사처럼 나타나 아타르 소대를 구한 후, 높은 석회암 암반에 자신의 야영지를 구축하고서 마치 담보물을 잡아놓은 양 당당하게 버티고 서 있다. 그의 위세가 그토록 당당하니 부족들은 그의 칼을 향해 진격할 수밖에 없다.

무얀은 더 험악한 시선으로 날 보며 또 다시 말을 한다.

"뭐라고 합니까?"

"동생이 말하길, '우리는 내일 보나푸와 싸우러 간다. 소총수 300명으로'라고 하오."

짚히는 바가 있었다. 사흘 전부터 우물로 끌고 가던 그 낙타들, 그 집회들, 그 열기. 마치 보이지 않는 범선의 장비를 갖추는 듯했다. 그 범선을 먼 바다로 실어다 줄 바람이 벌써 감돌고 있다. 보나푸 때문에 남쪽으로 향하는 발걸음은 영광으로 가득 찬 발걸음이다. 그래서 이제 나는 그러한 출발에 담겨 있는 것이 증오인지 애정인지 알 수가 없다.

이 세상에, 죽여야만 할 그토록 훌륭한 적을 가진다는 것은 멋진 일이다. 그가 출현하면, 가까운 곳에 있는 부족들은 그를 정면으로 마주칠까 두려워 천막을 접고 낙타를 끌어 모아 도망친다. 하지만 가장 멀리 떨어진 부족들은 사랑에 빠졌을 때와 똑같이 도취경에 빠진다. 사람들은 평화로운 천막 생활, 여자들과의 포옹, 행복한 잠에서 빠져나와 깨닫게 된다. 두 달 동안 기진맥진할 정도로 남쪽으로 행군하고, 불타는 듯한 갈증을 겪고, 모래바람을 맞으며 엎드려 기다린 끝에, 마침내 새벽 무렵 아타르 기동 소대를 기습하고, 거기서 만일 신이 허락한다면 보나푸 대위를 죽이는 것보다 더 값진 일은 세상에 없다는 것을 말이다.

"보나푸는 강하지" 하고 케말이 내게 고백한다.

이제 나는 그들의 비밀을 안다. 한 여자를 열망하는 남자들이 무심히 거니는 그녀의 발걸음을 꿈꾸고, 그들의 꿈속에서까지 계속되는 그녀의 무심한 산책에 상처 입고 속을 태우며 밤새도록 이리저리 몸을 뒤척이는 것처럼, 그들은 까마득히 먼 곳에서 걷는 보나푸의 발걸음에 고통 받는 것이다. 무어인 복장을 한 그 기독교인은 자신에 대한 반군의 공격을 우회하여 무어인 비적 200명을 이끌고 반군 지역으로 침투했다. 프랑스군의 통제를 벗어난 말단 부하 하나가 자신이 노예와 다름없었음을 깨닫고 배신하여 돌 제단 위에 지휘관인 그를 올려 자신이 믿는 신의 제물로 바칠 수도 있는 그곳, 그의 위세 하나만으로도 그들을 제어할 수 있는 그곳, 그의 약점조차도 그들을 두렵게 하는 그곳으로 침투한 것이다. 그리고 오늘 밤, 그는 그들의 황량한 잠 속에서 무심히 오가고, 그의 발소리는 사막의 심장부까지 울려퍼진다.

무얀은 청색 화강암 부조처럼 천막 안에서 꼼짝도 않고 생각에 잠겨 있다. 오직 그의 눈과 더 이상 장난감이 아닌 그의 은제 단검만이 반짝인다. 반군에 합류하면서 그는 변했다! 그는 어느 때보다도 더 자신의 고귀함을 느끼며, 경멸감으로 나를 짓누른다. 왜냐하면 그는 보나푸를 향해 진격할 것이므로, 왜냐하면 애정의 모든 징후를 지닌 증오에 떠밀려 새벽녘에 행군을 시작할 것이므로.

다시 한 번 그는 형 쪽으로 몸을 기울여 나지막한 소리로 말하고 나를 바라본다.

"뭐라고 합니까?"

"만일 요새에서 멀리 떨어진 곳에서 당신을 만나면 쏠 거라 하오."

"왜요?"

"그가 말하길, '당신에겐 비행기가 있고 무전기가 있어, 당신에겐 보나푸가 있지만, 당신에게 진리는 없어'라고 하는군."

동상의 옷자락 같은 푸른색 베일 속에서 꼼짝도 않고 있는 무얀은 나를 평가한다.

그는 말한다. "당신은 염소처럼 채소를 먹고, 돼지처럼 돼지고기를 먹어. 당신네 여자들은 수치스러운 줄도 모르고 얼굴을 드러내 보이지." 하기야 그도 우리 여자들을 본 적이 있다. 그는 말한다. "당신은 한 번도 기도를 하지 않는다." 그는 말한다. "당신에게 진리가 없는데, 당신 비행기, 무전기, 당신의 보나푸가 무슨 소용이 있지?"

사막에서는 언제나 자유롭기 때문에 굳이 자유를 지키지 않는 그 무어인을, 사막은 헐벗었기 때문에 눈에 보이는 재물을 지키지 않지만 비밀스런 왕국을 지키는 그 무어인을 나는 존경한다. 모래 파도가 몰아치는 정적 속에서 보나푸는 낡은 해적선을 몰 듯 자신의 소대를 이끌고, 보나푸가 있기에 쥐비 곶의 이 야영지는 더 이상 한가한 목자들의 보금자리가 아니다. 보나푸라는 폭풍이 쥐비 곶의 옆구리를 덮치면, 그 폭풍 때문에 저녁이면 사람들은 천막들을 꼭 쥔다. 남쪽의 침묵, 그것은 얼마나 사람의 가슴을 애타게 하는가! 그것은 바로 보나푸의 침묵이다. 그리고 노련한 사냥꾼인 무안은 바람 속에서 그가 걸어오는 소리를 듣는다.

  보나푸가 프랑스로 돌아가면, 그의 적들은 그걸 기뻐하기는커녕 애석해하며 울 것이다. 마치 그가 떠나는 것이 자신들의 사막에서 한 축을 앗아가고, 그들의 존재에서 약간의 위엄을 빼앗아가는 것처럼. 그리고 내게 말할 것이다.

  "당신의 보나푸, 그 사람은 왜 가버린 거지?"

  "나는 모르지요……."

  그는 그들의 목숨에 자신의 목숨을 걸었다. 그것도 여러 해 동안. 그는 그들의 규칙을 자신의 규칙으로 삼았다. 그는 그들의 돌들에 머리를 기대고 잠을 잤다. 끝나지 않는 추격전 동안,

그는 그들처럼 별과 바람으로 이루어진 성서의 밤을 보냈다. 그리고 이제 그는 떠나며 자신이 꼭 필요한 도박을 한 것은 아니었다는 것을 보여준다. 그는 미련 없이 테이블을 떠난다. 도박판에 홀로 남겨진 무어인들은 이제는 더 이상 인간의 몸뚱이까지는 끌어들이지 않는 삶에서 의미를 잃게 된다. 그래도 그들은 그를 믿고 싶어한다.

"당신의 보나푸는 돌아올 거요."

"모르겠군요."

그가 돌아올 것이라고, 무어인들은 믿는다. 유럽의 도박은 더이상 그를 만족시킬 수 없을 것이다. 주둔지에서의 브릿지 게임도, 진급도, 여자들도 마찬가지다. 그는 잃어버린 고귀함을 떨쳐버리지 못하고 마치 사랑을 향해 내딛는 발걸음처럼 걸을 때마다 심장이 뛰는 곳으로 다시 돌아올 것이다. 그는 여기서는 모험만 했을 뿐이고 그곳에서 본질적인 것을 되찾을 것이라 믿었을 테지만, 유일하고 진정한 부를 여기 사막에서 소유했었다는 사실을 환멸과 함께 깨달을 것이다. 그 부는 모래의 위엄, 밤, 적막, 바람과 별들의 고향인 것이다. 만일 언젠가 보나푸가 돌아온다면, 첫날 밤부터 당장 그 소식이 반군 지역에 퍼질 것이다. 무어인들은 사하라 어딘가에 200명의 수하들 한복판에서 그가자고 있다는 사실을 알게 될 것이다. 그러면 그들은 조용히 낙타들을 우물로 끌고 갈 것이다. 그리고 식량인 보리를 준비할 것이다. 그러고 나면 총의 노리쇠를 점검할 것이다. 증오에 떠밀려서건, 아니면 사랑에 떠밀려서건.

6

"나를 비행기에 숨겨 말라케치까지 데려가주세요⋯⋯."

쥐비에서는 매일 저녁 무어인들의 노예 하나가 내게 짧은 기도를 올렸다. 그렇게 살기 위해 할 수 있는 일을 다 하고 나서, 그는 책상다리로 앉아 내가 마실 차를 준비했다. 그렇게 하면 자신을 낮게 해줄 수 있는 유일한 의사에게 자신을 맡겼기 때문에, 자신을 구원해줄 수 있는 유일한 신에게 부탁했기 때문에, 하루 동안은 마음이 편하다고 그는 생각했다. 그런 다음 주전자 위로 몸을 숙인 채 자기 삶의 소박한 이미지들, 말라케치의 검은 땅, 장밋빛 집들, 자신이 빼앗긴 최소한의 소유물들을 반추했다. 그는 내가 침묵을 지켜도, 자신을 살려주는 일에 내가 늑장을 부리는 것에 대해서도 원망하지 않았다. 나는 자신과 같은 사람이 아니라 움직이게 하는 힘이며, 순풍과 같은 무엇으로서 언젠가는 자신의 운명 위로 불어 올 것이라고 믿었기 때문이었다.

그렇지만 일개 조종사이자 몇 달 동안 쥐비 곳에서 공항 책임자로 있으면서, 가진 재산이라고는 스페인 요새에 기대어 세워진 가건물 하나, 그리고 가건물 안에 놓인 대야 하나, 소금물이 담긴 물병 하나, 매우 짤막한 침대 하나밖에 없는 나로서는 내 능력에 대해 별로 환상을 가지고 있지 않았다.

"바르크 영감, 그 문제는 두고 보자고⋯⋯."

모든 노예들은 바르크라고 불린다. 그래서 그도 바르크라 불린다. 4년 동안의 포로 생활에도 불구하고 그는 아직도 체념하지 않았다. 그는 자신이 왕처럼 지냈다고 기억하고 있었다.

"바르크, 말라케치에서는 뭘 했어?"

아마 아직도 그의 아내와 세 자녀가 살고 있을 말라케치에서 그에게는 훌륭한 직업이 있었다.

"나는 가축 몰이꾼이었고, 내 이름은 모하메드였지요!"

그곳 지방관들이 그를 호출하곤 했다.

"모하메드, 내가 소들을 팔아야겠네. 산에 가서 소를 찾아오게."

혹은 "들판에 양을 천 마리 풀어 놓았으니, 녀석들을 더 높이 있는 풀밭으로 데려가게."

그러면 바르크는 감람나무 지팡이를 들고 가축들의 대이동을 지휘했다. 양 떼로 이루어진 백성의 유일한 책임자로서 그는 곧 새끼를 낳을 어미 양을 위해 가장 날렵한 녀석들의 걸음을 늦추고 게으른 녀석들은 조금 재촉해가면서 모두의 신뢰와 복종 속에 걸음을 옮겼다. 양 떼가 어떤 약속의 땅으로 올라가는지 아는 유일한 자, 양들은 모르는 지식을 풍부히 갖추고 있어 별들에게서 길을 읽어낼 줄 아는 유일한 자로서 그는 자신의 지혜로 휴식을 취할 시간과 물을 마시는 시간을 홀로 결정했다. 밤에 양들이 자고 있는 동안, 의사이자 예언자이며 왕인 그는 무릎까지 오도록 양털에 파묻힌 채 무지함과 연약함에 대한 연민에 사로잡혀 자기 백성을 위해 기도를 드리곤 했다.

어느 날, 아랍인들이 그에게 접근해왔다.

"가축들을 찾으러 우리와 함께 남쪽으로 가자."

그들을 그를 한참 걷게 했고, 사흘이 지났을 때 반군 지역 경계선에 있는 험난한 산길로 접어들게 한 후 그저 손을 그의 어깨에 얹고 바르크라 이름 지은 후 팔아버렸다.

나는 다른 노예들도 알고 있었다. 그래서 매일 천막을 찾아가 차를 마시곤 했다. 나는 유목민들의 사치품이자 몇 시간 동안 그들의 거처가 되어주는 푹신한 양탄자 위에 맨발로 누워 그날의 비행을 음미했다. 사막에서는 시간의 흐름이 느껴진다. 이글거리는 태양 아래 우리는 저녁을 향해, 사지를 어루만지며 모든 땀을 씻어줄 선선한 바람을 향해 나아간다. 이글거리는 태양 아래, 가축들과 사람들은 죽음을 향해 가는 것처럼 확실하게 그 커다란 물웅덩이를 향해 나아간다. 그처럼 무위는 헛된 것이 아니다. 하루하루가 바다로 향하는 저 길들처럼 아름답게 보인다.

나는 그 노예들을 알고 있었다. 그들은 주인이 풍로와 주전자와 잔들을 보물 상자에서 꺼내면 천막으로 들어온다. 열쇠 없는 자물쇠, 꽃이 없는 화병, 서푼짜리 거울, 낡은 무기들과 같이 사막 한복판에 떨어져 난파선의 잔해를 생각나게 하는 어처구니없는 물건들이 든 그 무거운 보물 상자.

그러면 노예는 말없이 풍로에 마른 풀잎을 얹고, 불씨를 후후 불고, 주전자에 물을 채우면서 어린 여자아이가 하면 족할 일에 삼나무를 뿌리 채 뽑아버릴 만한 근육을 움직인다. 그는 평온하다. 그는 차를 끓이고, 낙타들을 돌보고, 밥을 먹는 이 놀이에 빠졌다. 한낮의 뜨거운 열기 아래에서는 밤을 향해 걷고, 헐벗은 별들이 얼어붙은 때에는 한낮의 열기를 소원한다. 여름에는 눈의 전설을 만들고 겨울에는 태양의 전설을 만드는 북쪽 나라들은 행복하다. 변하는 것이 아무것도 없는 한증막 같은 열대지방은 슬프다. 그러나 낮과 밤이 무척 간단하게 사람들을 하나의 희망에서 다른 희망으로 균형을 잡아주는 사하라 역시 행복하다.

이따금 흑인 노예가 문 앞에 몸을 웅크리고 저녁 바람을 맞는다. 포로 신세가 된 무거운 육체 속에 이제는 더 이상 추억이 되살아나지 않는다. 그저 유괴된 시간, 구타, 비명, 현재의 암흑 속으로 그를 떨어뜨린 남자의 팔이 언뜻 기억날 뿐이다. 그 시간 이후 그는 맹인처럼 느릿느릿 움직이는 세네갈의 강이나 남부 모로코의 하얀 도시들을 보지 못하고, 또 귀머거리처럼 친근한 목소리들을 듣지 못한 채 이상한 잠에 빠져든다. 흑인 노예, 그는 불행하지 않다. 그저 불구일 뿐이다. 어느 날 유목민의 생활 주기 속에 빠져, 유목민의 이동에 엮이고, 그들이 사막에서 그리는 궤도에 평생 얽매인 그에게, 과거와 가정과 그에게는 이제 죽은 사람이나 다름없는 그의 처자식들을 이어줄 무슨 공통점이 남아 있겠는가.

오랫동안 지독한 사랑을 하다 그 사랑을 잃은 사람들은 때때로 자신의 고독한 고귀함에 싫증을 낸다. 그들은 겸허하게 삶에 다가가 초라한 사랑을 자신들의 행복으로 삼는다. 그들은 체념하는 것을, 비굴해지는 것을, 사물들의 평화로움에 빠지는 것을 편하다고 판단했다. 노예는 주인의 불을 지피는 것을 자신의 긍지로 삼는다.

"자, 마셔" 하고 때때로 주인이 포로에게 말한다.

모든 피로와 불볕더위에서 벗어났기 때문에, 그리고 나란히 선선함 속으로 들어섰기 때문에, 주인이 노예에게 친절히 대해 주는 시간이다. 그러면서 주인은 노예에게 차를 한 잔 내려준다. 그러면 포로는 그 한 잔의 차에 감사해서 어쩔 줄 몰라 하며 주인의 무릎에 입이라도 맞출 것이다. 노예는 한 번도 쇠사슬에 매인 적은 없다. 그게 무슨 필요가 있겠는가! 그는 무척이나 충실하다! 그는 지혜롭게도 권력을 잃은 흑인 왕을 자신의 마음속에서 부인하고 있다. 그래서 그는 이제 행복한 포로일 뿐이다.

그렇지만 어느 날인가 그는 풀려날 것이다. 너무 늙어서 밥값이나 옷값 구실을 할 수 없을 때 그에게는 엄청난 자유가 주어질 것이다. 사흘 동안 이 천막 저 천막을 다니며 자신을 써달라고 하지만 소용없는 짓이 될 터이고, 하루하루 더 쇠약해져 사흘째 날이 저물 때쯤이면 언제나처럼 얌전하게 모래 위에 몸을 뉠 것이다. 쥐비에서 나는 그런 식으로 헐벗은 채 죽어가는 노예들을 본 적이 있다. 무어인들은 그들의 긴 임종을 곁에 두고 지나다니지만 잔인해서 그런 것은 아니다. 또 무어인 꼬마들은 검은 잔해 가까이에서 놀며, 새벽마다 놀이 삼아 그 잔해가 아직 꿈틀거리는지 달려가 보지만 늙은 하인을 조롱하지는 않는다. 그것은 자연적인 질서를 따르는 것이다. 그것은 마치 그 하인에게 이렇게 말하는 것 같았다. "너는 훌륭하게 일했으므로, 잘 권리가 있다. 가서 자거라." 하인은 여전히 누워서 현기증에 지나지 않는 허기를 느끼지만, 유일하게 그의 마음을 괴롭게 할 부당함은 느끼지 않는다. 그는 차츰차츰 대지에 뒤섞였다. 태양에 마르고 대지에 받아들여진 것이다. 30년의 노동 끝에 영면과 대지에 대한 권리를 얻은 것이다.

내가 처음 마주친 노예는 신음소리조차 내지 않았다. 하기야 그에게는 신음소리로 하소연할 사람도 없었다. 나는 그에게서 길을 잃고 탈진하여 눈밭에 누운 채 자신의 꿈과 눈으로 덮여가는 산악인의 희미한 동의와도 같은 것을 느꼈다. 나를 괴롭히는 것은 그의 고통이 아니었다. 나는 그가 고통스럽다고 생각하지 않았다. 하지만 한 남자의 죽음 속에서 미지의 세계 하나가 죽어가고 있고, 그의 안에서 꺼져가는 영상들이 어떠한 것인지 궁금했다. 세네갈의 어느 대농장들이, 남부 모로코의 어느 하얀 도시들이 차츰차츰 망각 속으로 잠겨들었다. 나는 알 수 없었다. 그 검은 물체 속에서 단지 준비해야 할 차, 우물로 끌고 갈 가축들과 같이 하찮은 근심들만이 꺼져가고 있는 것인지……. 노예의 영혼이 잠들어가는 것인지 아니면 기억이 다시 되살아나 위대했던 풍모를 되찾은 채 죽어가는 것인지. 두개골의 단단한 뼈가 내게는 오래된 보물 상자와도 같았다. 어떤 형형색색의 비단들이, 어떤 축제의 이미지들이, 여기서는 정말 쓸모없는, 이 사막에서는 너무도 무용한 잔해들이 어떻게 난파를 피해 그 안에 들어가게 되었는지 나는 알지 못했다. 잠금대가 채워진 무거운 상자가 거기 있었다. 나는 마지막 나날에 거대한 꿈을 꾸는 동안 인간의 내부에서, 차츰차츰 어둠과 뿌리로 되돌아가는 그 의식과 육신 속에서 세계의 어떤 부분이 해체되어 가는지 알지 못했다.

"나는 가축 몰이꾼이었고, 내 이름은 모하메드였지요……."

흑인 포로 바르크는 내가 아는 바로는 최초로 저항했던 사람이었다. 무어인들은 아무렇지도 않게 그의 자유를 침해했고, 하루 사이에 그를 이 지상에서 갓 태어난 아이보다 더 헐벗은 자로 만들어버렸다. 그런 식으로 신의 폭풍은 한 인간의 수확을 한 시간 만에 짓밟아버린다. 그러나 그의 재산보다 더 심각하게 무어인들이 위협했던 것은 그의 인격이었다. 다른 많은 포로들이 빵을 벌기 위해 한 해 내내 열심히 일한 가축 몰이꾼이 자신의 내면에서 죽어가도록 내버려둔 반면, 바르크는 포기하지 않았던 것이다!

다른 이들이 기다리다 지쳐 초라한 행복에 머물 때, 바르크는 노예 상태에 안주하지 않았다. 그는 노예 주인의 선심을 자신의 기쁨으로 삼지 않았다. 그는 지금은 없는 모하메드를 위해 모하메드가 살았던 집을 자신의 가슴 속에 보관하고 있었다. 비어 있어서 슬픈 집, 그러나 다른 누구도 살 수 없는 그 집을. 바르크는 오솔길 풀밭과 지겨울 정도의 고요함 속에서 충직하게 죽어가는 백발의 문지기와 닮았다.

그는 "나는 모하메드 라우신이오"라고 말하지 않고, "내 이름은 모하메드였지요"라고 말했다. 그때의 그는 그 잊힌 인물이 되살아나고, 그 되살아남만으로 노예로서의 외양을 쫓아버릴 그런 날을 꿈꾸고 있었다. 이따금 고요한 밤이면 그의 모든 추억이 어린 시절의 노래처럼 온전히 되살아나곤 했다. "무어인 통역이 우리에게 이야기하길, 한밤중에 그가 말라케치 이야기를 하면서 울더라고 하더군요." 고독할 때는 그 누구도 회상을 벗어나지 못한다. 그의 내면에서 다른 사람이 예고도 없이 깨어나 그의 사지를 통해 기지개를 켜고, 결코 어떠한 여자도 가까이 오지 않았던 이 사막에서 자기 곁에 있을 여자를 찾았다. 바르크는 결코 어떠한 샘물도 흐르지 않는 그곳에서 샘물이 노래하는 소리를 듣고 있었다. 사람들이 거친 모직으로 된 집에서 살며 바람을 뒤쫓는 그곳에서, 바르크는 눈을 감은 채 매일 밤 똑같은 별 아래 자리 잡은 하얀 집에서 자신이 살고 있다고 믿었다. 신비하게도 생생해진 오래된 애정을 가득 품은 바르크는 그 애정의 축이 가까이 있기라도 한 양 나를 찾아왔다. 그는 준비가 되었노라고, 자신의 모든 애정도 준비가 되었노라고, 그 애정을 나누어주기 위해서는 자신의 집으로 돌아가기만 하면 된다고 내게 말하려 했다. 그저 내가 신호만 보내주면 충분하리라. 그래서 바르크는 미소를 지으며 아마 내가 아직까지 그 생각을 해보지 않았다고 생각했는지 내게 그 사실을 지적했다.

"내일 우편기가 뜬다던데요……. 아가디르로 가는 비행기에 날 숨겨주십시오……."

"가엾은 바르크 영감!"

우리가 반군 지역에 살고 있는데, 어떻게 그가 도망치도록 도와줄 수 있단 말인가? 다음 날이면 무어인들이 상상할 수 없는 학살과 도적질 그리고 욕설로 보복할 것이다. 나는 기항지의 정비사들인 로베르그, 마르샬, 아브그랄의 도움을 받아 그를 사려

고도 해봤지만, 무어인들이 노예를 구하는 유럽인들을 매일같이 만나는 것도 아니어서, 그들은 유럽인들을 우려먹으려 했다.

"2만 프랑이오."

"우리를 놀리는 거요?"

"얼마나 튼튼한 팔을 가지고 있는지 보시오……."

그렇게 여러 달이 흘렀다.

마침내 무어인들이 주장하는 가격도 내린 데다, 내가 편지를 써 보낸 프랑스의 친구들 도움을 받아 나는 바르크 영감을 살 수 있게 되었다.

대단한 협상이었다. 그 협상은 일주일이나 계속되었다. 열다섯 명의 무어인과 내가 모래 위에 둥그렇게 퍼져 앉아 협상을 진행했다. 비적으로서 노예 주인의 친구이자 내 친구이기도 한 진 울드 라타리가 은밀히 나를 도와주었다.

"팔아버려, 어쨌건 잃게 될 테니까." 내 조언에 따라 그는 이렇게 말했다. "그 놈은 병이 들었어. 처음에는 병이 보이지 않지, 속에 숨어 있으니까. 그러다 어느 날 갑자기 확 부어오른다고. 어서 빨리 프랑스 사람에게 팔아 넘겨."

또 다른 비적인 라기에게는 만일 나를 도와 매매가 성사되도록 한다면 구전을 주기로 약속했던 터라, 라기도 주인을 부추겼다.

"그 돈으로 낙타와 총과 탄약을 사라고. 그러면 습격대를 만들어서 프랑스놈들과 전쟁도 할 수 있어. 그렇게 해서 아타르에서 새 노예를 서너 명 데려오는 거지. 저 영감은 치워버리라고."

그렇게 해서 바르크는 내게 팔려왔다. 나는 엿새 동안 우리 가건물에 그를 가두고 자물쇠를 채웠다. 왜냐하면 행여 비행기가 출발하기 전 그가 밖에서 돌아다니면 무어인들이 다시 그를 붙잡아 먼 곳에 가 팔아버릴 지도 모르기 때문이었다.

하지만 나는 그를 노예 상태에서 풀어주었다. 그건 멋진 의식이었다. 이슬람교 원로가 왔고, 예전 주인과 쥐비의 지방관인 이브라힘도 왔다. 요새의 벽에서 20미터만 떨어져도 나를 골탕 먹이는 즐거움만으로 기꺼이 바르크의 목을 잘랐을 그 세 명의 도적은 바르크를 뜨겁게 포옹하고 공식 문서에 서명했다.

"이제 너는 우리의 아들이다.

또한 법률에 따라 나의 아들이기도 하다."

그러자 바르크는 세 명의 아버지를 포옹했다.

그는 출발 시각이 될 때까지 우리의 가건물에서 편안한 감금 생활을 누렸다. 그는 하루에도 스무 번씩 그 쉬운 여행에 대해 이야기해달라고 했다. 아가디르에 도착하면 그는 비행기에서 내린다. 그리고 그 기항지에서 그에게 말라케치로 가는 버스표를 건네줄 것이라고 얘기해주곤 했다. 아이가 탐험가 행세를 하듯, 바르크는 자유인 행세를 즐겼다. 삶을 향한 발걸음, 버스, 군중들, 그가 다시 보게 될 그 도시들……

로베르그가 마르샬과 아브그랄 대신에 나를 찾아왔다. 바르크가 비행기에서 내린 후 굶어죽어서는 안 된다는 것이었다. 그들은 바르크에게 건네주라고 내게 1000프랑을 주었다. 그러면 바르크는 일자리를 구할 수도 있을 것이었다.

나는 20프랑을 주며 감사 인사를 하도록 강요하는 '자선사업' 사회단체의 노부인들을 떠올렸다. 비행기 정비사들인 로베르그, 마르샬, 아브그랄은 1000프랑을 내놓았고, 자선을 하는 것도 아니었으며 더군다나 감사의 표시를 강요하지도 않았다. 그들은 행복을 꿈꾸는 그 노부인들처럼 연민에 의해 행동하는 것이 아니었다. 그들은 그저 한 사람이 인간의 존엄성을 회복할 수 있도록 도와주는 것이었다. 나와 마찬가지로 그들도, 일단 귀환했다는 도취의 순간이 지나가면 제일 먼저 바르크 앞에 나타날 충실한 친구는 가난이 될 것이며, 석 달이 가기도 전에 그가 철로 어딘가에서 침목을 뽑느라 고생할 것이라는 사실을 알고 있었다. 그러면 우리가 있는 이곳 사막에서보다도 덜 행복할 것이었다. 그러나 그에게는 자신의 동족들 틈에서 저 자신을 찾을 권리가 있었다.

"자, 바르크 영감, 가서 인간이 되시게."

출발 준비가 된 비행기가 부르릉 떨었다. 바르크는 마지막으로 쥐비 곶의 거대한 황무지로 몸을 기울였다. 비행기 앞에는 삶의 문턱에 선 노예가 어떤 얼굴 표정을 지을지 보기 위해 200명의 무어인들이 모여 있었다. 만일 조금 떨어진 곳에서 비행기가 고장이 난다면, 그들은 다시 그를 붙잡을 것이었다.

우리는 쉰 살 먹은 신생아를 위태롭게 세상에 내보내는 것을 걱정하며 작별인사를 했다.

"잘 가시오, 바르크!"

"아니오."

"뭐라고, 아니라고?"

"아니지요. 나는 모하메드 벤 라우신이니까요."

우리가 마지막으로 바르크의 소식을 들은 것은 우리 요청에 따라 그와 아가디르까지 동행했던 아랍인 아브달라를 통해서였다.

버스는 저녁이 되어야 출발하므로, 바르크는 한나절의 시간 여유가 있었다. 처음에 그가 한 마디 말도 없이 한참이나 조그만 도시를 쏘다녔기에 아브달라는 그를 불안하게 여기고 걱정했다.

"무슨 일 있어?"

"아무것도……."

바르크는 갑작스런 휴가에 너무도 가슴이 벅차서 아직도 자신의 부활을 실감하지 못했다. 그는 은근한 행복을 맛보고 있었지만, 그 행복감을 제외하면 어제의 바르크와 오늘의 바르크 사이에 별다른 차이가 없었다. 그렇지만 이제부터 그는 다른 사람들과 함께 평등하게 햇볕을 누리고, 아랍 카페의 정자에 앉을 권리를 누리게 되었다. 그는 정자에 앉았다. 그리고 아브달라와 자신을 위해 차를 주문했다. 그것이 그의 첫 번째 주인 행세였으니, 자신이 가진 권력이 그를 변모시켰음이 틀림없었으리라. 하지만 종업원은 별 놀라는 기색도 없이 마치 그런 행동이 일상적인 양 그에게 차를 따라주었다. 차를 따르면서, 종업원은 자신이 한 자유로운 인간을 찬양한다는 것을 느끼지 못했다.

"다른 데로 가자" 하고 바르크가 말했다.

그들은 아가디르를 굽어보는 카스바까지 올라갔다.

어린 베르베르족 무희들이 그들에게 다가왔다. 그녀들이 얼마나 길들여진 애교를 부렸는지 바르크는 자신이 다시 살아갈 것이라 생각했다. 그녀들은 자신들도 모르는 사이에 그를 삶 속으로 영접한 셈이었다. 그녀들은 그의 손을 붙잡았고, 친절하게 그에게 차를 대접했지만, 사실 그녀들은 다른 누구에게라도 그리 했을 것이었다. 바르크는 자신이 다시 살아난 이야기를 하고 싶어했다. 그녀들은 부드럽게 웃어주었다. 그가 흡족해했으므로 그녀들도 그에 대해 흡족해했다. 그는 그녀들이 감탄하라고 이렇게 덧붙였다. "나는 모하메드 벤 라우신이다." 그러나 그녀들은 그 말을 듣고도 놀라지 않았다. 사람들은 누구나 이름을 하나씩 가지고 있으며, 아주 멀리서 돌아오는 사람도 많으니까…….

그는 또 다시 아브달라를 시내 쪽으로 이끌었다. 그는 유대인 노점 앞을 어슬렁거렸고, 바다를 보았으며 이제 자신은 자유로우므로 어느 방향이든 마음대로 걸어갈 수 있다고 생각했다……. 그러나 그 자유가 그에게는 씁쓸해 보였다. 왜냐하면 그 자유는 무엇보다도 얼마만큼이나 그가 세상과의 연관성이 없는가를 깨닫게 했기 때문이었다.

그때 한 아이가 지나가자, 바르크는 부드럽게 아이의 뺨을 어루만졌다. 아이가 미소를 지었다. 아이는 아부해야 하는 주인집 아들이 아니었다. 바르크가 어루만진 아이는 연약한 아이일 뿐이었다. 그리고 아이가 미소 지었다. 그 아이는 바르크를 일깨웠고, 바르크는 자신에게 미소를 보여야 했던 약한 아이 때문에 자신이 지상에서 좀 더 중요한 사람이라고 생각했다. 그는 어렴풋이 무언가에 눈을 뜨기 시작했고, 이제는 성큼성큼 걸어갔다.

"뭘 찾는 거야?" 하고 아브달라가 물었다.

"아무것도" 하고 바르크가 대답했다.

그러나 길모퉁이를 돌다 놀고 있는 아이들을 보자, 그는 걸음을 멈췄다. 바로 거기였다. 그는 말없이 아이들을 바라보았다. 그러다가 유대인 노점으로 가서 양 팔에 선물을 가득 안고 돌아왔다. 아브달라가 화를 냈다.

"바보 같기는, 돈을 아껴!"

하지만 바르크는 귓전으로 흘렸다. 그는 점잖게 아이들 하나하나에게 손짓을 했다. 그러자 아이들이 장난감, 팔찌, 금실로 꿰맨 슬리퍼를 향해 고사리 손을 내밀었다. 아이들은 저마다 자신의 보물을 채가지고 염치없이 내뺐다.

그 소식을 듣고 아가디르의 다른 아이들이 그에게 몰려왔다. 바르크는 그들에게 황금빛 슬리퍼를 신겨주었다. 그러자 이번에는 아가디르 근방에 사는 다른 아이들이 그 소문을 듣고 일어나 함성을 지르며 흑인 신을 향해 몰려왔고, 낡은 노예 옷에 매달려 자신들의 몫을 요구했다. 바르크는 파산했다.

아브달라는 그가 '기뻐서 미쳤다'고 생각했다. 하지만 나는 바르크에게 있어 그 행동은 주체할 줄 모르는 기쁨을 아이들과 함께 나누는 것이 아니었다고 생각한다.

그는 자유로웠으므로 기본적인 재산, 사랑받을 권리, 북쪽이나 남쪽으로 걷고, 노동으로 자신의 빵을 벌 권리가 있었다. 그러니 그깟 돈이 무슨 소용이 있겠는가……. 우리가 강렬한 배고픔을 느끼듯이, 그는 사람들 틈에서의 한 사람이 될 필요를 느꼈고 사람들과 엮인 사람이 될 필요를 느꼈다. 아가디르의 무희들은 바르크 영감에게 다정한 모습을 보였지만, 그는 왔던 것처럼 수월하게 그녀들과 작별했다. 왜냐하면 그녀들은 그를 필요로 하지 않았기 때문이었다. 아랍 카페의 종업원, 길거리의 행인들, 그들 모두 자유인으로서의 그를 존중했고, 그와 함께 평등하게 자신들의 햇빛을 나누었지만, 그 누구도 그가 필요하다는 모습을 보이지 않았다. 그는 자유로웠지만, 무한히 자유로워 더이상 대지 위에서 무게감을 느끼지 못할 정도였다. 그에게는 걸을 때 거치적거리는 인간관계의 무게, 눈물, 작별, 비난, 기쁨, 사람이 어떤 몸짓을 할 때마다 아껴주거나 고통을 주게 되는 그 모든 것, 그를 다른 사람들과 묶어 무겁게 만드는 수많은 관계들이 없었다. 하지만 바르크에게는 벌써 수천 가지의 희망의 무게가 생겼다…….

그리하여 아가디르 위로 지는 석양의 영광 속에서, 그토록 오랫동안 그가 기다려왔던 유일한 편안함이자 유일한 외양간이었던 선선함 속에서 바르크의 통치가 시작되었다. 출발 시간이 다가왔으므로 바르크는 예전에 양 떼들 속에서 그러했듯, 아이들의 물결에 파묻혀 세상에 첫 밭이랑을 내며 나아갔다. 자신의 늙은 팔이 먹여 살릴 수 있을 것보다 더 많은 생명에 대한 책임을 지고 그는 내일 가난한 가족들 품으로 돌아갈 것이다. 하지만 여기서 이미 그는 자신의 진정한 무게를 느꼈다. 너무 가벼워 인간의 삶을 살지 못하지만 속임수로 허리띠에 납을 단 대천사처럼, 바르크는 금빛 슬리퍼를 간절히 원하는 수많은 아이들에 의해 땅으로 당겨지며 힘겨운 발걸음을 옮겼다.

7

그런 것이 사막이다. 하나의 게임의 규칙일 뿐인 코란이 사막의 모래를 제국으로 바꾸어놓는다. 텅 비어 있을 사하라 오지에서 한 편의 은밀한 연극이 공연되며 사람들의 열정을 움직인다. 사막의 진정한 삶은 초지를 찾는 부족들의 대이동으로 이루어지는 것이 아니라, 그곳에서 아직도 공연되는 놀이로 이루어진다. 굴복한 모래와 그렇지 않은 모래 사이에 질료의 차이는 그 얼마나 큰 것인가! 그리고 그것은 모든 사람들에게도 마찬가지가 아닐까? 변모된 그 사막을 앞에 두면, 난 유년 시절의 놀이, 우리가 신들로 가득 채웠던 어둡고도 황금빛으로 빛나는 그 공원, 우리가 속속들이 알지도 못했고 완전히 뒤져보지도 못했던, 1평방킬로미터로 우리가 만들어낸 한없이 넓은 왕국이 생각난다. 우리들은 폐쇄적인 하나의 문명을 만들어냈는데, 그 안에서는 발걸음에도 취향이 있고 사물들도 다른 어느 곳에서도 갖지 못할 의미를 지녔었다. 어른이 되어 다른 법칙의 지배를 받으며 살

때, 유년 시절의 그림자로 가득 찼던 그 공원, 얼어붙기도 하고 불타는 듯 뜨겁기도 했던 그 마법의 공원에는 무엇이 남았을까? 이제 그곳으로 돌아가면 일종의 절망감 같은 것을 느끼며 우리는 그 공원 밖에서 회색빛 돌담을 따라 걷는다. 그러면서 무한한 세계로 여겼던 그곳이 그렇게도 좁은 테두리 안에 갇혀 있는 것을 보며 놀라고, 이제 그 무한한 세계로 다시 돌아갈 수 없음을 깨닫는다. 왜냐하면 돌아가야 할 곳은 그 공원 안이 아니라 그 놀이 속이기 때문이다.

하지만 이제 반군 지역은 없다. 쥐비 곶, 시스네로스, 푸에르토 칸사도, 라 사구에-엘-하므라, 도라, 스마라, 이제 더 이상 신비는 없다. 우리가 향해 달렸던 그 지평선들은 따뜻한 손의 함정에 한 번 사로잡히면 색채를 잃는 곤충들처럼 하나씩하나씩 꺼져갔다. 하지만 그 지평선들을 쫓던 사람은 환상의 희생자는 아니었다. 우리가 그런 발견들을 하러 다닐 때, 우리들은 속지 않았다. 천일야화의 술탄 역시 속지 않았다. 그는 너무나도 미묘한 것을 추구하였기 때문에 사로잡힌 미녀들은 손을 대기 무섭게 날개의 황금빛을 잃고 새벽녘에 그의 품에서 하나하나 죽어갔다. 우리들은 사막의 마법을 먹고 살았지만, 다른 이들은 아마 그곳에 유정을 파서 그 물건을 팔아 부자가 될지 모른다. 그러나 그들은 너무 늦게 왔다. 왜냐하면 출입이 금지된 종려나무 숲과 사람의 손이 닿지 않은 조개껍데기 가루가 우리들에게 가장 귀중한 몫을 넘겨주었기 때문이다. 그것들은 열정의 짧은 한때만을 건네주는데, 그 시간을 체험한 것은 우리들이다.

*

사막? 어느 날 마음으로 사막에 다가가는 것이 내게 허용되었
다. 1935년 인도차이나 반도를 향해 비행하던 중, 나는 리비아
국경과 인접한 이집트에서 마치 끈끈이주걱에 사로잡힌 것처럼
사막에 붙잡혔고, 그때 이제는 죽었구나 하고 생각했었다. 그
이야기는 이렇다.

VII
사막 한가운데에서

1

지중해 쪽으로 접근하다가, 나는 나지막이 깔린 구름들을 발견했다. 나는 고도 20미터까지 하강했다. 폭우가 방풍창에 휘몰아치며 바다는 연기로 자욱한 것 같다. 나는 안간힘을 쓰며 뭔가를 포착하여 선박의 마스트와 충돌하지 않으려 한다.

내 비행기의 정비사 앙드레 프레보가 담뱃불을 붙여준다.

"커피……."

그는 비행기 뒤편으로 사라졌다가 보온병을 가지고 온다. 나는 커피를 마신다. 나는 엔진 회전수를 2100으로 유지하기 위해 이따금 연료 핸들을 툭툭 튕긴다. 흘낏 계기판을 훑어본다. 내 신하들은 말을 잘 들어서 모든 바늘이 제자리에 있다. 바다에 눈길을 준다. 비 내리는 바다는 달아오른 커다란 냄비처럼 수증기를 피워 올리고 있다. 만일 내가 수상비행기를 타고 있다면 '높은 파도가 치는 것'을 유감스럽게 여겼을 것이다. 하지만 나는 일반

비행기를 타고 있다. 파도가 높건 그렇지 않건 내가 바다에 내릴 수는 없다. 그래서 이유는 모르겠지만 안전하다는 얼토당토않은 느낌을 받는다. 바다는 어떤 세계의 일부이지만 내 세계는 아니다. 여기서 고장 나는 것은 나와 상관이 없고, 나에게 위협조차 되지 않는다. 어차피 난바다에 대비한 장비를 갖추고 있지 않기 때문이다.

1시간쯤 비행하자, 비가 뜸해진다. 구름은 여전히 매우 낮게 깔려 있지만, 벌써 빛줄기가 활짝 미소를 짓는 것처럼 구름을 뚫고 비친다. 나는 서서히 날씨가 개는 것에 감탄한다. 머리 위로 하얀 솜이 얇게 덮여 있다고 짐작된다. 나는 돌풍을 피하기 위해 비스듬히 돌아간다. 이제 돌풍의 심장부를 지나가지 않아도 된다. 그리고 처음으로 구름 사이 틈새가……

나는 보지도 않고 그것이 있음을 예감했다. 왜냐하면 정면의 바다 위로 환하면서도 그윽한 일종의 초록색 오아시스 같은 풀빛 색채가 길게 늘어져 있는 것이 보였기 때문이다. 그것은 마치 3000킬로미터의 사막을 지난 후 세네갈에서 올라올 때 남부 모로코에서 내 가슴을 찡하게 했던 보리밭 같았다. 여기서도 나는 사람이 살 만한 지방에 다가간다는 느낌이 들어 가벼운 기쁨을 맛보았다. 나는 프레보를 돌아보며 말한다.

"다 끝났어, 좋아!"

"그래, 좋네……"

튀니스. 연료를 채우는 동안 나는 서류에 서명을 한다. 그러나 내가 사무실을 떠나는 순간, 다이빙하는 것처럼 "픽" 하는 소리가 들린다. 울림도 없는 먹먹한 소리다. 그 순간 나는 격납고에서 폭발 사고가 났을 때 그와 같은 소리를 들었던 기억이 난다. 그 탁한 기침소리와 함께 두 사람이 죽었었다. 나는 활주로를 따라 난 도로를 향해 돌아선다. 약간의 먼지가 피어오르고 있다. 빠른 속도로 달리던 두 대의 차량이 심하게 충돌해 마치 갑자기 얼음 속에 갇힌 듯 꼼짝도 하지 않고 있었다. 사람들이 차를 향해 달려가고, 다른 사람들은 우리에게 뛰어오면서 소리친다.

"전화를…… 의사를…… 머리가……"

가슴이 조여든다. 저녁의 고즈넉한 빛 속에서 숙명은 방금 습격에 성공했다. 어떤 아름다움이 짓밟혔고, 어떤 지성 혹은 생명이……. 사막의 비적들도 이처럼 접근한다. 어느 누구도 모래를 밟는 그들의 유연한 발걸음 소리를 듣지 못했다. 숙영지에서 짧은 소란과 함께 약탈이 이루어졌었다. 그런 다음 모든 것이 다시 황금빛 침묵 속에 잠겼다. 똑같은 평온, 똑같은 침묵……. 내 곁의 누군가가 두개골 파열이라고 말한다. 나는 미동도 없는 피투성이 이마에 대해 아무것도 알고 싶지 않아서, 도로를 등지고 내 비행기로 간다. 하지만 마음속에 위협에 대한 강한 인상이 남는다. 그리고 곧 그 소리를 다시 듣게 될 것이다. 시속 27킬로미터로 검은 고원을 스치고 지나갈 때 나는 똑같은 탁한 기침 소리를 듣게 될 것이다. 약속 장소에서 우리를 기다리던 운명이 "영차" 하고 힘을 쓰는 그 똑같은 소리를.

벵가지를 향해 출발.

출발. 아직도 해가 지려면 2시간 남았다. 나는 벌써 선글라스를 벗어 던지고 트리폴리타니아로 접근한다. 모래가 황금빛을 띠어간다. 지구는 정말이지 황량하기 그지없다! 다시 한 번 강들과 녹음과 사람들의 거주지란 행복한 우연의 결합 덕분이란 생각이 든다. 암석과 바위가 차지한 부분이 얼마나 많은지!

하지만 그 모든 것은 나와 상관없는 일이다. 나는 비행의 영역에서 살고 있으니 말이다. 밤이 다가오는 것이 느껴진다. 밤은 사원처럼 우리를 가둔다. 밤에 우리는 본질적인 의례의 비밀을 지키며 출구 없는 명상 속에 갇힌다. 모든 세속적인 세상이 벌써 지워지며 사라져간다. 이 모든 풍경이 아직도 황금빛으로 살아 있지만, 이미 풍경 속의 무언가가 증발되고 있다. 이 시간만큼 가치 있는 것을 나는 모른다. 아무것도. 비행에 대한 설명할 수 없는 사랑을 겪어본 사람들은 내 말이 무슨 뜻인지 이해하리라.

나는 조금씩 해를 단념한다. 고장이 날 경우 나를 받아줄 저 넓은 황금빛 지표면을 단념한다……. 내게 방향을 인도해줄 표지들을 포기한다. 하늘을 배경으로 우뚝 솟아 내가 암초를 피할 수 있게 해줄 산의 옆모습을 포기한다. 나는 밤으로 들어선다. 나는 비행한다. 이제 내게 남은 것은 별들뿐이다…….

이러한 세상의 죽음은 서서히 이루어진다. 그리고 조금씩 빛이 사라져간다. 땅과 하늘이 차츰 뒤섞인다. 땅이 솟아올라 수

증기처럼 퍼져가는 것 같다. 제일 먼저 나타난 별들이 마치 푸른 물속에 잠긴 듯 깜빡인다. 그것들이 단단한 다이아몬드처럼 변하려면 여전히 한참을 기다려야 한다. 별똥별의 말없는 놀이를 보려면 여전히 한참을 기다려야 한다. 어느 날인가는 깊은 밤, 얼마나 많은 불꽃들을 보았는지 마치 별들 사이로 세찬 바람이 부는 것만 같았다.

프레보가 고정 램프와 비상 램프를 시험해본다. 우리는 붉은색 종이로 전구를 싼다.

"한 겹 더 싸⋯⋯."

그는 한 겹을 더 싸고 스위치를 켠다. 빛이 아직 너무 밝다. 그 빛은 사진관에서처럼 바깥세상의 희미한 이미지를 가릴 것이다. 그리고 때로는 밤에, 사물에 달라붙어 있는 연한 살을 파괴할 것이다. 밤이 되긴 하였다. 하지만 아직 진정한 밤이라고는 할 수 없다. 초승달이 남아 있는 것이다. 프레보는 뒤로 가서 샌드위치를 가지고 온다. 나는 포도 한 송이를 깨작거리며 먹는다. 배고프지 않다. 시장기도 갈증도 느끼지 못한다. 피로감이 전혀 없어서, 이 상태라면 10년 동안 비행기를 조종할 수도 있을 것 같다.

달이 죽었다.

컴컴한 어둠 속에서 벵가지가 나타난다. 벵가지는 너무도 깊은 어둠의 밑바닥에 잠겨 있어서 빛 무리 하나 두르고 있지 않다. 거기 닿아서야 비로소 도시가 보였다. 나는 착륙장을 찾고 있었는데, 그제야 붉은 항공 표지등이 켜진다. 불빛이 검은 직사각형을 그리고 있다. 나는 선회한다. 하늘로 향한 서치라이트 불빛이 분출되는 화염처럼 곧장 솟아올라 선회하며 착륙장에 황금빛 길을 그려놓는다. 나는 한 번 더 선회하며 장애물이 있나 살핀다. 이 기항지의 야간 장비는 뛰어나다. 나는 속도를 줄이고 검은 물속으로 잠기듯 하강하기 시작한다.

현지 시각 23시에 나는 착륙한다. 서치라이트를 향해 비행기를 몬다. 세상에서 가장 예의바른 장교들과 병사들이 어둠 속에서 탐조등의 강한 빛 앞으로 지나가며 보이다가 안보이다가 한다. 그들은 내게서 서류를 받고, 연료를 가득 채우기 시작한다. 내가 통과하는 데까지는 20분이 소요될 것이다.

"한 번 선회한 후 우리 위로 지나가십시오. 그렇게 하지 않으면 우리가 이륙이 제대로 되었는지 알 수 없을 테니까요."

출발.

나는 황금빛 길 위를 달려 아무 장애 없는 통로로 향했다. '시문'* 타입의 내 비행기는 사용 가능한 활주로를 다 달리지도 않고 기체를 이륙시킨다. 탐조등이 내 뒤를 쫓아와서 선회하는 것이 거북하다. 마침내 탐조등에 내 눈이 부실 거란 생각이 들었는지 불빛이 나를 놓아준다. 내가 수직으로 반 바퀴를 돌 때 다시 한 번 탐조등 불빛이 얼굴을 때리지만, 내게 닿자마자 나를 쫓던 긴 황금빛 피리를 다른 곳으로 향한다. 나는 그런 배려에서 극도

---

*프랑스의 코드롱 항공회사에서 제작한 비행기로 180마력의 르노 엔진을 달았음.

의 정중함을 느낀다. 그리고 이제 나는 다시 사막을 향해 방향을 바꾼다.

파리, 튀니스, 벵가지의 기상예보가 시속 30에서 40킬로미터의 역풍을 알려주었다. 나는 시속 300킬로미터의 순항 속도를 기대한다. 나는 알렉산드리아에서 카이로로 향하는 직선 항로의 중간 쪽으로 기수를 돌린다. 그렇게 하면 해안의 금지 구역을 피할 것이고, 비록 예기치 못한 편류를 만날 수도 있겠지만 왼쪽이나 오른쪽으로 두 도시의 불빛들 중 하나를 붙잡고 가거나 아니면 더 폭넓게 나일 계곡의 불빛들을 따라 갈 것이다. 바람이 바뀌지 않으면 나는 3시간 20분 동안 비행하게 될 것이다. 바람이 약해지면 3시간 45분 걸릴 것이다. 그리하여 나는 1050킬로미터의 사막을 잠식해가기 시작한다.

이제는 달도 없다. 시커먼 타르가 별들에게까지 번졌다. 불빛하나 보이지 않아 나는 어떠한 지표도 이용할 수 없을 것이고, 무전기가 없어 나일 강 이전까지 사람의 신호도 받지 못할 것이다. 나는 컴퍼스와 스페리*말고 다른 것은 아예 보려는 시도도하지 않는다. 나는 이제 계기판의 깜깜한 화면 위로 나타난 가느다란 라듐 광선 하나의 느린 호흡 주기 이외에는 그 어떤 것에도 관심을 두지 않는다. 프레보가 자리를 뜨면, 나는 천천히 기체의 수평 유지 편차를 수정한다. 기상예보대로 순풍이 불면 나는 고도를 2000까지 올린다. 한참 시간을 두고 나는 램프를 켜서

*발명가인 엔지니어의 이름을 딴 항공기기로 자동 조종장치나 회전계를 가리키며, 전문용어로는 자이로파일로트라고 한다.

환하지 않은 엔진 지침판을 본다. 하지만 대부분의 시간 동안 나는 어둠 속에서 별처럼 광물성 빛을 발하는, 닿지 않으며 은밀한 빛을 발하고 별과 똑같은 언어로 말을 하는 나의 작은 성좌 안에 갇혀 있다. 천문학자들처럼 나 역시 천체 역학 책을 읽는다. 나 역시 내 자신이 근면하고 순수하다고 느낀다. 바깥세상에서는 모든 불이 꺼졌다. 프레보는 애써 버티다가 결국 잠이 들고, 나는 내 고독을 더 깊이 음미한다. 부드럽게 엔진 돌아가는 소리가 나고, 내 정면으로는 지침판 위에 그 모든 별들이 있다.

그러는 동안 나는 명상에 잠긴다. 우리는 달의 혜택도 받지 못하고 무전기도 없다. 우리가 나일 강의 반짝이는 물줄기에 이마를 들이대기 전까지는 우리를 세상과 연결시켜주는 가느다란 끈 하나 없을 것이다. 우리는 모든 것에서 벗어나 있고, 오직 엔진만이 우리를 지탱해주며 이 타르 속에서 버티게 해준다. 우리는 동화에 나오는 커다란 검은 계곡, 시련의 계곡을 지난다. 이곳에선 구조 행위가 없다. 실수는 용납되지 않는다. 우리는 신의 재량권에 맡겨져 있는 것이다.

조명장치 접합부에서 가느다란 빛이 새어나온다. 나는 프레보를 깨워 그걸 끄라고 한다. 프레보는 어둠 속에서 곰처럼 꾸물거리며 몸을 흔들고 다가온다. 그는 손수건과 검은 종이로 뭔지 모를 것을 만드느라 골몰한다. 빛줄기가 사라졌다. 그 빛이 이 세상에 틈을 냈었다. 그것은 라듐의 창백하고 아득한 빛과는 성질이 달랐다. 그것은 나이트클럽의 빛이지, 별빛은 아니었다. 하지만 그 빛은 다른 빛들을 지우고 내 눈을 부시게 했다.

3시간 동안의 비행. 오른쪽에서 환한 빛이 솟아난다. 그쪽을 바라본다. 그때까지 눈에 띄지 않았던 날개 끝의 램프에 빛의 긴 꼬리가 달려 있다. 그것은 켜졌다 꺼졌다 하는 단속적인 빛이다. 이제 나는 구름 속으로 다시 들어간다. 구름에 내 램프가 반사된다. 표지 가까운 곳이었더라면, 차라리 맑은 하늘이 더 좋았을 것이다. 빛 무리 아래에서 날개가 환해진다. 빛이 자리를 잡고 움직이지 않더니, 뻗어나가 저 아래 장밋빛 다발을 이룬다. 깊은 소용돌이가 날 뒤흔든다. 나는 바람 속에서 도저히 두께를 가늠할 수 없는 뭉게구름 어딘가를 날고 있다. 고도를 2500까지 올려보지만 구름을 벗어나지 못한다. 꽃다발은 여전히 그대로 있으며 움직이지 않고 점점 더 환해진다. 좋아. 그래. 어쩔 수 없지. 나는 다른 것을 생각한다. 언제 빠져나갈 수 있을지 두고 보자. 하지만 질이 안 좋은 여인숙 불빛 같은 저 불빛이 싫다.

나는 계산을 해본다. '여기서 좀 흔들리는데, 그거야 정상이지. 하지만 맑은 하늘과 높은 고도에도 불구하고 항로 내내 난기류에 시달렸단 말이야. 바람이 멎질 않으니, 시속 300킬로미터를 넘어선 게 틀림없어.' 어쨌든 정확한 건 전혀 알지 못하므로 구름에서 벗어나면 방향을 잡아야겠다.

마침내 구름에서 벗어난다. 빛의 다발이 갑작스레 사라졌다. 그것이 사라짐으로써 나는 일이 생겼음을 알게 된다. 전방을 바라보니, 눈이 닿는 곳까지 좁은 하늘 골짜기와 다음 뭉게구름의 벽이 보인다. 빛다발이 어느새 다시 나타났다.

몇 초 동안을 제외하면 나는 끈끈이주걱에서 빠져나가지 못한 것이다. 3시간 30분의 비행 이후 끈끈이주걱이 나를 불안하게 만들기 시작한다. 왜냐하면 내가 생각한 대로 나아가고 있다면 나일 강에 근접하기 때문이다. 운이 좋다면 아마 구름 사이로 나일 강을 볼 수 있을 테지만, 구름 사이의 틈새는 많지 않다. 감히 더 내려가 보지는 못한다. 행여 내가 생각한 것보다 속도가 빠르지 않다면 아직도 나는 고지대 위를 날고 있을 것이다.

여전히 불안감은 들지 않지만, 시간 낭비를 할까 걱정이 된다. 하지만 나는 내 평온함에 한계를 설정한다. 4시간 15분의 비행. 그만큼의 시간이 흐르고 나면, 바람이 전혀 없다 해도, 그리고 바람이 전혀 없다는 것은 있을 수 없는 일이니까, 아마 나일 강의 계곡을 지나쳤을 것이다.

구름 가장자리에 이르렀을 때 빛 다발이 점점 더 빨리 깜빡거리는 불빛을 내더니 갑자기 꺼져버린다. 나는 밤의 악마들과의 저런 암호 통신을 좋아하지 않는다.

녹색 별 하나가 내 앞에 나타나는데, 등대처럼 불을 밝히고 있다. 저것은 별일까 아니면 등대일까? 나는 초자연적인 광명, 마법사 왕의 별, 저런 위험한 초대 역시 좋아하지 않는다.

프레보가 잠에서 깨어나 엔진 지침판을 밝힌다. 나는 프레보와 그의 램프를 밀어낸다. 나는 막 두 구름 사이의 단층에 접근했고, 그걸 이용해 아래쪽을 본다. 프레보는 다시 잠든다.

하기야 볼 게 아무것도 없다.

비행시간 4시간 5분. 프레보가 내 곁에 와서 앉는다.

"카이로에 도착할 시간인데⋯⋯."

"내 생각도 그래……."

"저건 별이야 아니면 등대야?"

내가 엔진을 조금 감속했는데 아마 그 때문에 프레보가 잠이 깬 모양이었다. 그는 비행하는 소리의 변화에 민감하다. 나는 구름 덩어리 아래로 빠져나가기 위해 서서히 하강한다.

방금 지도를 체크했다. 어쨌든 고도 제로에 근접했는데, 아무 위험도 없다. 나는 여전히 하강을 하며 정북 방향으로 선회한다. 그렇게 하면 창으로 도시의 불빛들이 비칠 것이다. 아마 도시들을 지나쳤을 테니, 불빛은 내 왼편으로 나타날 것이다. 지금 나는 뭉게구름 아래로 비행하고 있다. 하지만 내 왼쪽으로 보다 더 아래로 내려가는 다른 구름 끝을 스친다. 나는 그 그물에 잡히지 않기 위해 선회해서 기수를 북북동으로 돌린다.

믿겨지지 않을 정도로 그 구름이 더 낮게 내려와 내 시야를 온통 가린다. 나는 감히 고도를 더 낮출 수 없다. 고도계가 고도 400을 가리키는 곳까지 도달했지만, 여기서 압력은 어떻게 되는지 모른다. 프레보가 몸을 숙인다. 나는 그에게 고함을 지른다. "바다까지 달려야겠어. 땅에 충돌하지 않으려면 바다에 내리는 수밖에 없어……."

내가 이미 바다로 표류하고 있지 않았다는 증거는 전혀 없다. 이 구름 아래의 칠흑 같은 어둠은 도저히 뚫을 수가 없다. 나는 창에 바싹 몸을 붙인다. 발아래의 상황이 어떤지 읽으려고 애를 쓴다. 불빛들, 신호를 찾으려고 애를 쓴다. 나는 잿더미를 뒤지는 사람이다. 나는 아궁이 밑바닥에서 생명의 불씨를 찾으려고 애쓰는 사람이다.

"해안 등대다!"

우리는 동시에 깜빡거리는 그 함정을 보았다! 이 무슨 미친 짓인가! 밤으로의 초대를 알리는 저 유령 등대는 대체 어디에 있었더란 말인가? 비행기 날개 아래 300미터에서 다시 그 등대를 찾으려 프레보와 내가 몸을 숙인 바로 그 순간 돌연……

"아!"

나는 그것 외에 다른 말은 아무것도 하지 못했다고 생각한다. 우리의 세계를 그 근본부터 뒤흔들어놓은 엄청난 충격 이외에 다른 것은 전혀 느끼지 못했던 것 같다. 우리는 시속 270킬로미터의 속도로 지상과 충돌했다.

그다음 100분의 1초 동안 나는 우리 둘이 뒤섞여버릴 폭발의 커다란 주홍빛 별 외에 다른 것은 아무것도 기대하지 않았다. 프레보도 나도 조금도 동요하지 않았다. 나는 내 안에서 엄청난 기다림, 바로 그 순간 우리가 소멸되어야 할 눈부신 그 별에 대한 기다림만 느꼈다. 그러나 주홍빛 별은 없었다. 다만 지진이라도 난 듯 조종석이 엉망이 되고, 조종석 창이 뽑히고, 금속판이 100미터 멀리 날아가버렸으며 우리 창자까지 굉음이 들어찼다. 비행기가 멀리서 던져 단단한 나무에 박힌 칼처럼 부르르 떨렸다. 그 분노에 우리 몸도 마구 흔들렸다. 1초, 2초…… 기체는 여전히 떨리고 있었고, 나는 비축된 에너지가 수류탄처럼 비행기를 폭발시키기를 무척이나 초조하게 기다렸다. 그러나 지하의 진동이 이어지면서도 결정적인 분출에 이르지는 않았다. 그

래서 그 눈에 보이지 않는 일의 어느 것도 이해하지 못했다. 나
는 그 진동도, 그 분노도, 그 끝나지 않는 유예도 이해할 수 없었
다……. 5초, 6초, 7초…… 그러다 갑자기 우리가 핑 돈다는 느
낌이 들었다가 또 다시 창밖으로 담배가 튀어나갈 정도의 충격
이 왔고, 우측 날개가 산산조각나면서 잠잠해졌다. 얼어붙은 듯
움직임이 전혀 없었다. 나는 프레보에게 소리쳤다.

"빨리 피해!"

그도 동시에 외쳤다.

"불이야!"

우리는 이미 창문이 뽑혀나간 쪽으로 튕겨져 나와 있었다. 비행
기에서 20미터 떨어진 곳에 서 있었다. 내가 프레보에게 물었다.

"다치진 않았어?"

그가 대답했다.

"전혀!"

하지만 그는 무릎을 문지르고 있었다.

나는 그에게 말했다.

"만져봐, 움직여도 보고, 부러진 데가 아무 데도 없다고 맹세
할 수 있겠어?"

그러자 그가 대답했다.

"이건 아무것도 아니야. 보조 소화기가……."

나는 그가 머리에서 배꼽까지 갈라지며 푹 고꾸라질 것이라
고 생각했는데, 그는 시선을 고정한 채 되뇌었다.

"보조 소화기라고!"

나는 생각했다. '미쳤구나, 곧 춤도 추겠네…….'

그러나 마침내 불길에 휩싸이지 않은 비행기에서 시선을 뗀 그가 나를 바라보며 대꾸했다.

"아무것도 아냐. 보조 소화기가 무릎에 걸렸었어."

3

우리가 살아났다는 것은 불가사의한 일이다. 나는 손에 플래시를 들고 비행기가 땅에 낸 흔적을 되짚어 올라가본다. 비행기가 멈춘 지역에서 250미터 떨어진 곳에서 우리는 벌써 뒤틀린 쇳조각들과 철판들을 발견하는데, 그것들은 기체가 모래 위를 미끄러지면서 흩어진 것들이다. 날이 밝으면 우리는 황량한 고원 꼭대기에 있는 완만한 비탈을 거의 접선을 이루며 들이박았다는 것을 알게 될 것이다. 충돌 지점의 모래에 난 구멍은 마치 쟁기로 판 구멍처럼 생겼다. 비행기는 곤두박질치지 않고 파충류가 꼬리를 흔들 듯 잔뜩 성난 모습으로 배밀이를 한 것이었다. 그것은 시속 27킬로미터로 기었다. 우리가 목숨을 건진 것은 아마 모래 위에 아무렇게나 굴러다니며 당구대를 형성한 둥글고 검은 돌 덕분인 듯하다.

프레보는 누전으로 인해 뒤늦게 화재가 발생하는 것을 방지하기 위해 축전지들을 분리시킨다. 나는 엔진에 등을 기대고 곰

곰 생각한다. 내가 고공에서 4시간 15분 동안 시속 50킬로미터의 바람을 맞았을 수도 있겠다 싶었다. 실제로 기체가 흔들렸었다. 그렇지만 기상예보 이후에 바람이 바뀌었다 해도 바람이 분 방향에 대해서는 전혀 모른다. 따라서 나는 변의 길이가 400킬로미터인 정사각형 안에 위치하고 있는 셈이다.

프레보가 내 곁에 와서 앉으며 말한다.

"살아 있다니 정말 이상한 일이군⋯⋯."

나는 아무 대꾸도 하지 않는데, 전혀 기쁘지도 않다. 짤막한 생각이 떠오르며 머리를 헤집고 다니는데, 벌써부터 약간 지끈지끈하다.

나는 프레보에게 램프를 켜서 표지를 만들어달라고 하고, 플래시를 손에 들고 곧장 앞으로 걸어간다. 그리고 주의 깊게 땅을 살핀다. 천천히 전진하며 커다랗게 반원을 그리고 여러 번 방향을 바꾼다. 나는 잃어버린 반지를 찾듯이 계속해서 땅을 훑는다. 이렇게 해서 조금 전에 불씨를 찾았다. 하얀 반원을 앞세우고 거기에 몸을 숙인 채 나는 어둠 속을 나아간다. 그렇구나⋯⋯ 정말 그래⋯⋯. 나는 천천히 비행기 쪽으로 되돌아온다. 조종석 가까이에 앉아 생각해본다. 나는 희망을 걸 수 있는 근거를 찾아보았으나, 발견하지 못했다. 생명이 주는 징후를 찾아보았으나, 생명은 어떤 징후도 보여주지 않았다.

"프레보, 풀 한 가닥도 보지 못했어⋯⋯."

프레보가 말을 하지 않아, 그가 내 말을 이해했는지 알 수 없다. 우리는 어둠의 장막이 거두어지고 날이 밝으면 다시 얘기를

할 것이다. 나는 다만 심한 무기력감을 느끼며 생각한다. '400킬
로미터나 떨어진 사막에서……!' 나는 벌떡 일어난다.

"물!"

연료 탱크, 오일 탱크들은 터졌다. 우리의 물탱크 역시 사정
은 마찬가지다. 모래가 모든 것을 빨아들여버렸다. 우리는 부서
진 보온병 밑바닥에서 커피 2분의 1리터, 또 다른 보온병 바닥
에서 백포도주 4분의 1리터를 찾아낸다. 그것들을 필터로 걸러
섞는다. 우리는 또 포도 조금과 오렌지도 하나 찾아낸다. 내가
계산해본다. "사막에서 햇볕을 받으며 5시간만 걸어도 저건 다
없어지겠지……."

날이 밝기를 기다리며 우리는 조종석에 자리를 잡는다. 나는
드러누워 잠을 잘 것이다. 나는 잠을 청하며 우리가 겪는 모험을
하나하나 따져본다. 우리의 위치에 대해서는 아는 바가 전혀 없
다. 마실 것도 1리터밖에 없다. 만일 우리가 거의 제대로 된 노
선 상에 있다면, 일주일 만에 우리를 찾아낼 것이고 그 이상을
바랄 수는 없을 텐데, 그래도 너무 늦다. 만일 우리가 옆으로 비
껴났다면 우리를 찾아내는 데에 여섯 달이 걸리리라. 비행기에
기대를 걸어서는 안 된다. 비행기는 장장 3000킬로미터에 걸쳐
우리를 찾을 테니까.

"아! 유감이야……" 하고 프레보가 내게 말한다.

"왜?"

"단번에 끝날 수도 있었는데 말이야……!"

하지만 그렇게 빨리 포기할 필요는 없다. 프레보와 나, 우리

둘은 다시 냉정을 되찾는다. 아무리 가능성이 희박하더라도 하늘 길을 통해 기적적으로 구조될 수 있는 기회를 놓칠 수는 없다. 마찬가지로 있던 자리에 그대로 머물러, 혹시 가까이 있을지도 모르는 오아시스를 놓쳐서도 안 된다. 우리는 오늘 하루 종일 걸을 것이다. 그리고 다시 우리 비행기가 있는 곳으로 돌아올 것이다. 그리고 출발하기 전에 모래 위에 커다란 대문자로 우리의 계획을 적어놓을 것이다.

그리하여 나는 몸을 둥글게 말고 새벽까지 자고자 한다. 잠을 잘 수 있어서 무척 행복하다. 피로가 겹겹의 존재로 나를 감싼다. 사막에서 나는 혼자가 아니다. 어렴풋이 든 잠 속에는 목소리, 추억, 속삭이는 속내 이야기들이 가득하다. 아직 목마르지 않고 편안해서 나는 모험에 몸을 내맡기듯 잠에 몸을 맡긴다. 현실은 꿈 앞에서 설 땅이 없다…….

아! 날이 밝자, 사정은 얼마나 달랐던지!

4

나는 사하라를 매우 좋아했다. 반군 지역에서 몇 날 밤을 보낸 적도 있었다. 바람이 바다에서 그러듯 금빛 모래를 넘실거리게 만들어놓은 그 막막한 곳에서 나는 잠이 깼었다. 그리고 비행기 날개 아래서 잠을 자며 구조를 기다렸지만, 그때는 지금과는 비교할 바가 아니었다.

우리는 굽은 모래언덕의 사면을 걷는다. 토양은 반짝이는 검은 자갈층 하나로 완전히 뒤덮인 모래로 이루어져 있다. 그것은 마치 금속성 비늘 같아서 우리를 둘러싼 모든 둥근 언덕들이 갑옷처럼 반짝인다. 우리는 광물의 세계에 떨어진 것이다. 우리는 강철의 풍경 속에 갇혀 있다.

첫 번째 봉우리를 넘자, 저 멀리 반짝이는 또 하나의 검은 봉우리가 비슷한 모습을 드러낸다. 우리는 나중에 다시 돌아올 때 단서로 쓰기 위해 발로 땅을 긁으며 걷는다. 우리는 해를 마주 보고 걸어간다. 내가 방향을 정동쪽으로 결정한 것은 전적으로 논리에 어긋나는 일이었다. 기상예보와 비행 시간 등 모든 것이 우리가 나일 강을 지나왔다고 말해주었으니까. 서쪽으로도 잠깐 가보았는데, 뭐라 설명할 수 없는 막연한 불안감이 들었다. 그래서 나는 서쪽은 내일로 미루어놓았다. 그리고 바다로 향하는 방향이긴 하지만 북쪽도 잠시 내버려두었다. 사흘 후, 우리가 반쯤 실성한 상태에서 결국 우리 비행기를 포기하고 쓰러질 때까지 앞만 보고 곧장 걷기로 결정했을 때도 우리는 동쪽을 향해 가게 된다. 보다 정확하게 말하자면 동북동 방향이다. 그것은 모든 희망을 거스르는 것임과 동시에 모든 이성적 사고에서 벗어나는 행위였다. 구조되자마자, 우리는 다른 어떤 방향으로 갔어도 돌아올 수 없었으리라는 것을 알게 된다. 북쪽으로 갔다면 너무 지쳐 바다에 이르지도 못했을 것이다. 아무리 터무니없어 보인다 해도, 지금 와서 보면 우리의 방향 선택에 도움을 줄 단서가 전혀 없는 상황에서, 안데스 산맥에서 내가 그토록 찾았던 내 친구 기요메의 생명을 구한 것이 바로 그 방향이라는 단 하나의 이유로 방향을 선택했던 것 같다. 내게 있어 그 방향은 어렴풋이 생명의 방향이 되어버렸다.

5시간 동안 걷고 나니 풍경이 바뀐다. 계곡으로 모래 강물이 흘러드는 듯해서 우리는 계곡 바닥을 택한다. 가능한 한 멀리 가야하고 또 아무것도 발견하지 못했을 경우 밤이 되기 전에 돌아와야 하기 때문에 우리는 성큼성큼 걷는다. 그러다 갑자기 내가 걸음을 멈춘다.

"프레보."

"무슨 일이야?"

"흔적을……."

우리가 온 길에 고랑을 만들어놓아야 한다는 것을 얼마 동안이나 잊고 있었던 걸까? 만일 우리가 고랑을 다시 찾지 못한다면, 죽음이다.

우리는 뒤로 돌았고, 오른쪽으로 비스듬히 돌아간다. 꽤 멀리 가서 처음 방향을 향해 수직으로 돌면, 아직까지 표시를 하고 있었던 곳에서 우리 흔적을 다시 만날 수 있을 것이다.

그 연결선을 잇고 난 후, 우리는 다시 출발한다. 열기가 올라오고 그와 함께 신기루들이 생겨난다. 하지만 아직은 초보적인 신기루일 뿐이다. 거대한 호수가 생기고, 우리가 다가가면 사라진다. 우리는 모래 계곡을 건너고 가장 높은 둥근 산을 기어올라 지평선을 확인하자고 결정한다. 걸은 지 벌써 6시간째다. 큰 걸음으로 걸었으니 다 합쳐서 35킬로미터는 걸었음에 틀림없다. 산등성이에 도착하자, 우리는 말없이 앉는다. 발에 닿는 모래 계곡이 돌이 없는 모래사막으로 이어지는데, 사막의 눈부신 흰빛에 눈이 쓰라리다. 빈 공간이 까마득히 펼쳐져 있다. 그러나 지평선에는 빛이 장난을 쳐 벌써부터 더 혼란스러운 신기루들을 만들어놓고 있다. 요새와 첨탑들, 수직의 선으로 만들어진 기하학적 물체들. 또한 식물들이 자라고 있는 것처럼 커다란 검은 반점도 보이는데, 그것은 낮에는 사라졌다가 저녁에 다시 생겨날 구름들 중 마지막까지 남은 구름 아래에 있다. 그러니 그것은 뭉게구름의 그림자에 지나지 않는다.

더 가봐야 헛수고다. 이렇게 시도해보았자 어디에도 도달하지 못한다. 다시 우리 비행기로 돌아가야 한다. 어쩌면 우리 동료들이 빨간색과 하얀색의 항공 표지를 발견했을 수도 있다. 동료들의 수색에 희망을 걸고 있지는 않지만, 그래도 그 수색이 구조될 수 있는 유일한 가망성처럼 보인다. 하지만 무엇보다도 우리가 마실 마지막 몇 방울의 음료를 거기에 남겨두었고, 벌써부터 그것을 꼭 마셔야 할 지경에 이르렀다. 살기 위해서는 돌아가야만 한다. 우리의 갈증을 스스로 다스릴 수 있는 짧은 시간, 그 강철 같은 원 속에 우리는 붙잡혀 있다.

어쩌면 생명을 향해 걸어가고 있는 중인지도 모르는데, 발길을 돌린다는 것은 그 얼마나 어려운 일인가! 저 신기루 너머 지평선에는 어쩌면 진짜 도시들, 민물이 흐르는 운하들, 초원들이 잔뜩 기다리고 있을지도 모른다. 발길을 돌리는 것이 옳다는 것을 안다. 하지만 끔찍하게 여기면서도 그렇게 방향을 돌릴 때 나는 파멸한다는 느낌을 받는다.

우리는 비행기 근처에서 잤다. 60킬로미터 이상을 걸었다. 마실 것도 다 떨어졌다. 동쪽에서는 아무것도 찾아내지 못했고, 동료들도 이 지역으로는 비행을 하지 않았다. 우리는 얼마 동안 버틸 수 있을까? 벌써부터 갈증에 목이 탄다…….

우리는 산산조각 난 날개의 파편 몇 개를 주워 커다란 장작더미를 쌓았다. 강한 흰 빛을 발하는 마그네슘 판과 휘발유도 준비했다. 활활 불을 피워 올리기 위해 우리는 밤이 이슥하기를 기다렸다……. 하지만 사람들은 어디에 있는 것일까?

이제 불길이 오른다. 우리는 경건하게 사막에서 우리의 표지등이 타오르는 모습을 지켜본다. 조용하면서 환한 우리의 메시지가 어둠 속에 찬란하게 빛나는 모습을 지켜본다. 그리고 나는 그 메시지는 벌써부터 비장한 호소를 싣고 있지만, 또한 많은 사랑도 싣고 있다고 생각한다. 우리는 마실 것을 요구하면서 또한 소통할 것을 요구한다. 사람만이 불을 다루므로 만일 어둠 속에 다른 불이 피어오른다면 그들이 우리에게 화답하는 것이리라!

내 아내의 눈이 다시금 떠오른다. 그 눈 외에 다른 것은 보이지 않을 것 같다. 아내의 눈이 묻는다. 어쩌면 나를 아끼고 있을 모든 이들의 눈이 다시 보인다. 그리고 그 눈들이 묻는다. 그 시선들이 한데 모여 나의 침묵을 비난한다. 나는 대답한다! 나는 대답한다! 온 힘을 다해 대답하지만, 어둠 속으로 더 환하게 불길을 던질 수가 없다!

내가 할 수 있는 일은 다 했다. 우리는 우리가 할 수 있는 일을 다 했다. 마시지도 않고 거의 60킬로미터를 걸었다. 이제는 마실 것도 없다. 충분히 기다리지 못한 우리 잘못일까? 수통이나 빨면서 얌전히 여기 머물러 있었을 수도 있었으리라. 그러나 주석으로 만든 수통의 밑바닥을 빨아들이는 바로 그 순간부터 시계가 가기 시작했다. 마지막 한 방울을 빨아먹는 바로 그 순간 나는 비탈길을 내려가기 시작했다. 시간이 강물처럼 날 데려가는데 내가 거기서 뭘 할 수 있단 말인가? 프레보는 운다. 나는 그의 어깨를 토닥인다. 그를 위로하기 위해 말한다.

"끝장난 거라면 끝장난 거지, 뭐."

그가 내게 대답한다.

"내가 우는 게 나 때문이라고 생각한다면……."

그래, 물론 아니지, 그 명백한 사실을 난 이미 알고 있다. 견딜 수 없는 것은 아무것도 없다. 내일, 모레, 나는 배울 것이다. 견딜 수 없는 것은 아무것도 없다는 것을. 나는 고통에 대해 반신반의한다. 나는 이미 그런 생각을 해보았다. 어느 날 내가 선실에 갇혀 물에 빠져 죽는다고 생각해보았는데, 그리 고통스럽지 않았다. 때로 나는 내 머리가 깨진다는 생각도 해보지만, 그리 대단한 일처럼 여겨지지 않았다. 여기서도 나는 단말마의 고통역시 느끼지 않을 것이다. 내일이 되면 그런 것에 대해 더 묘한 것들을 배우게 되리라. 그리고 활활 불을 피웠음에도 불구하고 내가 과연 사람들에게 내 말을 전하는 걸 포기했는지는 신만이 알 것이다……!

"나 때문이라고 생각한다면……." 그래, 그렇다, 견딜 수 없는 것은 이것이다. 나를 기다리는 눈들이 다시 보일 때마다, 나는 불에 덴 듯 쓰라림을 느낀다. 갑자기 벌떡 일어나 마구 달려가고 싶은 욕망이 치민다. 저 아래에서 구해달라고, 난파를 당했다고 외치는 소리가 들린다.

역할이 묘하게 전도되었지만, 난 언제나 일이 그러하다고 생각했다. 그렇지만 이 생각에 대해 확신을 가지기 위해서는 프레보가 필요했다. 그렇다, 프레보 역시 귀가 따갑게 들어온 죽음 앞에서 그런 단말마의 고통은 느끼지 않을 것이다. 그러나 그가 견딜 수 없는 것이 있고, 나 역시 마찬가지다.

아! 나는 기꺼이 잠들리라, 하룻밤 혹은 수 세기 동안이라도 잠들리라. 잠들게 되면 나는 그 차이를 모른다. 게다가 얼마나 평화로울까! 하지만 저 아래에서 들려오는 외침, 커다랗게 타오르는 절망의 불길……. 나는 그 모습을 견딜 수 없다. 난파선들 앞에서 팔짱을 끼고 있을 수는 없다! 침묵을 지키는 매 순간이 내가 사랑하는 이들을 조금씩 죽인다. 그러자 내 안에서 엄청난 분노가 치밀어 오른다. 제때 도착해서 죽어가는 이들을 구하려는 나를 왜 이 사슬들이 얽매는가? 왜 우리가 지핀 불은 우리의 외침을 세상 끝까지 전하지 못하는가? 조금만 참아! ……우리가 간다! ……우리가 간다고! ……우리가 구해줄게!

마그네슘이 다 타자, 불은 붉은색을 띤다. 이제는 숯 더미만 남았고, 우리는 그 위에 몸을 기울여 불을 쬔다. 우리의 커다란 불빛 메시지는 끝났다. 그것이 세상에서 무엇을 움직이게 하였는가? 아! 그것이 아무것도 움직이지 못했다는 것을 나는 안다. 그것은 아무도 듣지 않은 기도였다.

　괜찮다. 가서 자리라.

5

새벽에 우리는 비행기 날개를 헝겊으로 닦아 페인트와 기름이 뒤섞인 이슬을 잔 바닥에 고일만큼 받았다. 구역질이 났지만, 우리는 그것을 마셨다. 어찌 할 도리가 없어서 입술만이라도 축인 것이다. 짤막한 연회가 끝나자, 프레보가 말했다.

　"다행히도 리볼버가 있어."

　순간 갑자기 나는 공격적이 되어 불타는 적개심을 품고 그를 향해 돌아선다. 이 순간 감상적인 토로만큼 내가 미워할 것은 아무것도 없다. 나는 절실하게 모든 것이 단순하다고 생각할 필요가 있다. 태어나는 것은 단순하다. 자라는 것도 단순하다. 그리고 목이 말라 죽는 것도 단순하다.

　나는 곁눈으로 프레보를 살피며 그가 입을 다물게 하기 위해 필요하다면 모욕이라도 줄 작정이다. 그러나 프레보는 차분하게 내게 말했다. 그는 위생 문제를 검토한 것이었다. 그는 마치 "손을 씻어야겠네" 하고 말하는 것처럼 그 문제를 다루었다. 그렇다면 우리는 같은 생각이었다. 나는 어제 이미 가죽 케이스를 보고 생각했었다. 나의 생각은 합리적인 것이지 비장한 것이 아니었다. 비장한 것은 사회적인 것뿐이다. 우리가 책임지고 있는 사람들을 안심시키지 못하는 무능함 같은 것이 바로 그러하다. 리볼버는 그렇지 않다.

사람들은 여전히 우리를 찾지 않는다, 아니 정확하게 말하자면 분명 다른 곳에서 찾고 있는 중일 것이다. 아마도 아라비아에서. 게다가 내일까지는 아무 비행기 소리도 듣지 못할 터인데, 내일이면 우리는 이미 우리의 비행기를 버린 이후일 것이다. 그러면 행여 멀리서 한 대가 지나가더라도 우리는 신경을 끊을 것이다. 사막에서 수천 개의 검은 점들 속에 섞여 있는 검은 점 같은 우리를 알아봐달라고 주장할 수는 없을 것이다. 사람들이 내가 이 괴로움에 대해 이러저러하게 생각할 것이라고 한다면 천만에 말씀이다. 나는 어떤 괴로움도 겪지 않을 것이다. 내게는 구조원들이 다른 세상에서 돌아다니는 것처럼 보일 것이다. 3000킬로미터 떨어져 있다는 것 외에는 전혀 사정을 알 수 없는 비행기를 사막에서 찾으려면 보름 동안 수색을 해야 한다. 그런데 사람들은 아마 트리폴리타니아에서 페르시아 사이에서 우리를 찾고 있을 것이다. 그렇지만 다른 희망이 없기에 오늘도 난 그 미약한 가능성을 간직한다. 그리고 전략을 바꿔 나 혼자 탐사에 나서기로 결정한다. 프레보는 불을 피울 준비를 하고 있다가 누군가 찾아오면 피울 것이다. 하지만 누군가 우릴 찾아오지는 않을 것이다.

그래서 나는 길을 나선다. 내게 돌아올 기력이 있을지조차도 알지 못한다. 내가 리비아 사막에 대해 알고 있는 바가 기억난다. 사하라에서는 습도가 40퍼센트인데, 이쪽은 습도가 18퍼센트로 떨어진다. 그래서 생명이 수증기처럼 증발된다. 베두인족과 여행자들, 식민지 장교들은 사람이 물 없이도 9시간을 버틴다고 가르친다. 20시간이 지나면 두 눈이 빛으로 가득 차며 임종이 시작된다. 갈증의 진전이 벼락 같이 빨라지는 것이다.

그러나 이 북동풍, 우리가 속아 넘어갔고 모든 예측에서 벗어났던 이 비정상적인 바람은 우리를 고원에 못 박아놓고서 이제는 우리의 생명을 연장시키고 있다. 그러나 처음으로 눈에 빛이 차는 시간까지 우리에게 얼마만큼 유예 기간을 줄까?

그래서 나는 길을 나선다. 그렇지만 그건 망망대해로 카누를 타고 출발하는 것과도 같은 일이다.

오로라 덕분인지 주변 풍경이 덜 음산해 보인다. 나는 농작물이나 훔치는 좀도둑처럼 주머니에 손을 넣고 걷는다. 어제 저녁 우리는 몇 개의 묘한 땅굴 입구에 올가미를 설치해놓았다. 내 안에서 밀렵꾼이 눈을 뜬다. 우선 올가미들을 확인하러 간다. 아무것도 걸리지 않았다.

그러니 피도 마시지 못할 것이다. 사실 그건 바라지도 않았다.

실망하지는 않았다. 오히려 그와 반대로 나는 궁금했다. 도대체 저 짐승들은 사막에서 무얼 먹고 산단 말인가? 아마도 그것들은 토끼처럼 통통하고 귀가 무척 긴 육식동물인 페넥 여우나 사막여우일 것이다. 나는 욕심을 참지 못하고 녀석들 중 하나의 발자취를 따라간다. 그걸 따라가다 보니 모래로 된 좁은 강 같은 것이 나오고 거기에는 모든 발자국들이 선명하게 찍혀 있다. 나는 부채꼴 모양으로 퍼진 세 개의 발가락이 만들어 놓은 예쁜 종려나무 잎사귀 형태에 감탄한다. 그리고 이 꼬마 친구가 새벽에 조용히 종종거리면서 돌 위의 이슬을 핥아먹는 모습을 상상한다. 여기서 발자국 폭이 넓어진다. 페넥 여우가 달린 것이다. 또 여기서는 친구 하나와 만나서 나란히 걸었다. 이처럼 나는 야릇한 즐거움을 느끼며 녀석들의 아침 산책에 동참한다. 나는 생명의 징후들을 사랑한다. 그리하여 갈증도 조금 잊는다⋯⋯.

마침내 나는 여우들의 식품 저장고에 도달한다. 여기 모래 바닥에는 100미터의 간격을 두고 수프 그릇 크기의 작고 메마른 관목들이 나 있는데, 그 가지에는 작은 금빛 달팽이들이 매달려 있다. 페넥 여우는 새벽에 먹이를 마련하러 가는 것이다. 그리하여 나는 여기서 자연의 커다란 신비를 접하게 되었다.

나의 페넥은 관목마다 멈춰서지는 않는다. 달팽이들이 매달려 있지만 녀석이 눈길도 주지 않는 관목들이 있다. 또 눈에 띨 정도로 신중하게 빙 돌아가는 관목들도 있다. 또 다가가기는 하지만 달팽이들을 몽땅 다 먹어치우지는 않는 관목들도 있다. 두세 마리의 달팽이를 남겨두고 다른 식당으로 옮겨가는 것이다.

아침 산책의 재미를 좀 더 길게 끌어보려고 단번에 허기를 채우지 않고 장난을 치는 것일까? 나는 그렇게 생각하지 않는다. 그 장난은 꼭 필요한 전략과 너무나도 잘 들어맞는다. 만일 페넥 여우가 첫 번째 관목의 달팽이들로 포식을 한다면 두세 번의 식사로 그 관목에 사는 달팽이는 다 사라지고 말 것이다. 그렇게

이 관목 저 관목 옮겨 다니다 보면 자신의 달팽이 양식장이 사라지고 말 것이다. 그렇지만 페넥 여우는 번식을 방해하지 않으려 조심한다. 단 한 끼 식사를 위해 100여 그루 정도의 갈색 수풀을 찾을 뿐 아니라, 같은 가지에 이웃하고 있는 두 마리를 다 떼어 먹지도 않는다. 마치 위험을 의식하고 있는 것처럼 모든 일이 이루어진다. 조심성 없이 배를 채우다간 달팽이들이 다 없어지고 말 것이다. 달팽이가 없으면, 페넥 여우도 없을 것이다.

발자취를 따라가다 보니 다시 땅굴로 돌아오게 되었다. 녀석은 아마도 내 발소리가 울리는 것에 놀라 저 안에서 내 소리를 듣고 있을 것이다. 그래서 나는 녀석에게 말한다. "꼬마 여우야, 난 이제 글렀어. 하지만 이상하기도 하지. 그렇기는 해도 네 기분이 어떨까 하는 데에 관심이 쏠리거든……."

난 거기에 멈춰 서서 공상에 잠긴다. 사람이란 어떤 것에도 적응하는 모양이다. 자신이 아마 30년쯤 후에 죽을 것이라는 생각이 사람의 기쁨을 망치지는 않는다. 30년, 사흘…… 그것은 관점의 문제다.

하지만 어떤 이미지들은 잊어야만 한다…….

지금 나는 내 길을 가고 있으며, 벌써부터 피로가 몰려옴과 동시에 내 안의 무언가가 변하고 있다. 있지도 않은 신기루들을 내가 만들어내고 있다…….

"어이!"

나는 팔을 들어 소리쳤지만, 손짓을 하던 그 사람은 검은 바위일 뿐이었다. 벌써부터 사막에서는 모든 것이 살아난다. 나는 자고 있던 베두인 사람을 깨우려고 했지만, 그 사람은 검은 나무토막으로 변해버렸다. 나무토막으로? 그런 것이 있다는 사실에 놀라 나는 몸을 숙인다. 부러진 나뭇가지를 줍고자 하는데, 그것은 검은 대리석이다! 나는 다시 몸을 일으켜 주변을 둘러본다. 다른 검은색 대리석들이 보인다. 태고의 숲이 바닥에 부러진 줄기들을 뿌려놓았다. 그 숲은 십만 년 전에 천지창조를 이루는 폭풍에 성당처럼 무너져 내렸다. 그리고 수 세기가 흐르면서 강철 조각들처럼 굳어지고 유리처럼 변해 잉크 색깔을 띠게 된 이 거대하고 반질반질한 기둥 둥치들을 내게까지 굴려온 것이었다. 아직도 나뭇가지의 마디가 구분되고, 생명의 뒤틀림까지 보여서 나는 나무 테를 헤아려본다. 새들과 음악으로 가득 찼던 그 숲은 저주를 받아 소금으로 변해버렸다. 나는 이 풍경이 내게 적대감을 보인다고 느낀다. 언덕들이 둘러쓴 철로 된 갑옷보다 더 새까만 색의 이 엄숙한 잔해들이 나를 거부하고 있다. 썩지도 않는 여기 이 대리석들 틈에서 살아 있는 내가 할 일이 뭐가 있겠는가? 몸이 분해될 내가, 소멸될 수 있는 내가 이 영원성 속에서 할 일이 뭐가 있겠는가?

나는 어제부터 거의 80킬로미터를 주파했다. 아마 저 신기루는 갈증 때문일 것이다. 혹은 태양 때문이거나. 태양은 기름으로 얼어붙은 듯 보이는 저 나무토막들 위로 빛난다. 태양은 사방의 단단한 껍데기 위로 빛난다. 이제 여기에는 모래도, 여우도 없다. 거대한 모루 하나만이 있을 뿐이다. 그래서 나는 모루

위를 걷는다. 내 머리 속에서 태양이 울리는 느낌이다. 아! 저기……

"어이! 어이!"

'저기에는 아무것도 없어, 흥분하지 마, 착란 현상이라고.'

나는 이처럼 스스로에게 말한다. 왜냐하면 내 이성에 호소할 필요가 있기 때문이다. 내 눈에 보이는 것을 부인하기가 어렵다. 저 대상 행렬을 향해 달려가지 않기가 너무도 어렵다…… 저기…… 네 눈에도 보이잖아……!

'멍청이 같으니, 저걸 만들어낸 게 너라는 걸 잘 알잖아…….'

"그러면 세상에 진짜는 아무것도 없어……."

내게 20킬로미터 떨어진 언덕 위의 저 십자가가 진짜가 아니라면, 세상에 진짜는 아무것도 없다. 저 십자가인지 아니면 등대인지…….

하지만 저곳은 바다로 향하는 방향이 아니다. 그렇다면 저것은 십자가다. 밤새도록 나는 지도를 연구했었다. 하지만 내 위치를 모르기 때문에 내가 한 일은 소용없었다. 그래도 지도에 머리를 파묻고 사람이 있는 곳을 알려주는 모든 표시들을 살펴보았다. 그리고 어디에선가 저와 같은 십자가를 위에 단 작은 원을 발견했었다. 범례를 참조하니 '종교 시설'이라고 적혀 있었다. 그 십자가 옆에 검은 점이 보였다. 다시 범례를 참조하니 '마르지 않는 우물'이라고 적혀 있었다. 심장이 덜컥 해서 다시 큰 소리로 읽었다. "마르지 않는 우물! ……마르지 않는 우물 ……마르지 않는 우물!" 마르지 않는 우물에 비하면 알리바바와 그의 보물이 뭐 그리 대수이겠는가? 조금 더 떨어진 곳에서 나는 두 개의 흰 원을 보았다. 범례에 적혀 있기로는 '일시적 우물'. 이건 벌써 멋이 떨어진다. 그리고 주위를 보니 아무것도 없었다. 아무것도.

저기 나의 종교 시설이 있다! 수도사들이 난파당한 사람들을 부르기 위해 언덕 위에 커다란 십자가를 세웠다! 저기까지 걷기만 하면 된다. 저 도미니카 수도사들을 향해 달려가기만 하면 된다…….

'하지만 리비아에는 콥트 수도원밖에 없는데.'

"……저 근면한 도미니카 수도사들을 향하여. 저들에겐 붉은 타일이 깔린 쾌적하고 멋진 주방이 있고, 뜰에는 녹이 슨 멋진 펌프가 있겠지. 녹슨 펌프 아래에는, 녹슨 펌프 아래에는, 이미 짐작했겠지…… 녹슨 펌프 아래에는 바로 마르지 않는 우물이 있는 거야! 아! 내가 문에서 초인종을 누르면, 내가 줄을 당겨 저 큰 종을 울리면, 저곳에선 잔치를 벌여주겠지……."

'바보 같으니, 넌 프로방스 지방의 저택을 묘사하는 거야. 게다가 거긴 종이 없다고.'

"……내가 줄을 당겨 저 큰 종을 울리면! 문지기가 하늘을 향해 번쩍 손을 들고 내게 외칠 거야. '주님이 보내신 분이군요!' 그리고 그가 수도사들을 모두 불러 모을 거야. 수도사들이 재빨리 달려오겠지. 그리고 날 가난한 아이처럼 반겨줄 거야. 나를 주방 쪽으로 떠밀겠지. 그리고 말할 거야. '아들아…… 잠깐만,

잠깐만…… 마르지 않는 우물까지 달려갈 테니까…….'

그러면 나는 행복에 겨워 몸을 떨겠지……."

하지만 아니, 언덕 위에 십자가가 없다는 이유만으로 울고 싶지는 않다.

유망했던 서쪽이 거짓뿐이다. 나는 정북 방향으로 진로를 바꿨다.

북쪽, 그곳은 적어도 바다의 노래로 가득 차 있다.

아! 이 봉우리를 넘으면, 지평선이 펼쳐진다. 저기에 세상에서 가장 아름다운 도시가 있다.

'저게 신기루인 건 너도 알잖아…….'

나도 저것이 신기루라는 것을 안다. 누구든 날 속이지는 못한다. 하지만 신기루 속으로 뚫고 들어가는 것이 내 마음에 든다면? 희망을 가지는 것이 좋다면? 온통 햇빛으로 장식되고 가장자리가 삐죽삐죽한 저 도시를 내가 좋아서 사랑한다면? 더 이상 피로를 느끼지 못하니까, 행복하니까, 내가 경쾌한 발걸음으로 곧장 걸어가는 게 좋다면…… 프레보와 리볼버, 나 좀 웃자! 나는 도취된 상태를 좋아한다. 나는 취했다. 나는 목말라 죽어간다!

황혼이 날 정신 차리게 했다. 너무 멀리 온 것 같은 느낌이 들어 나는 우뚝 걸음을 멈췄다. 황혼이 되면 신기루는 죽는다. 지평선에선 펌프가, 궁전이, 사제들의 제의가 사라졌다. 그것은 사막의 지평선이다.

'넌 너무 멀리 왔어! 밤이 너를 덮칠 거야. 넌 날이 밝기를 기

다려야 하겠지. 내일이면 너의 자취가 지워지고 더 이상 어느 곳으로도 가지 못할 거야.'

"그렇다면 그냥 앞으로 곧장 걸어가야 하겠지……. 돌아선들 무슨 소용이 있겠어? 더 이상 방향을 바꾸고 싶지는 않아. 그러다보면 어쩌면 바다를 향해 팔을 벌리게 되겠지. 팔을 벌리면……."

'바다를 어디서 보았는데? 넌 절대 바다에 도달하지 못해. 아마 300킬로미터는 떨어져 있을 걸. 그리고 프레보가 시문 비행기 옆에서 망을 보고 있어. 어쩌면 어느 카라반의 눈에 띄었을 수도 있지…….'

그래, 돌아가겠어. 하지만 우선 사람들을 불러봐야지. "어이!"

빌어먹을, 이 행성에는 그래도 사람들이 산다고…….

"어이! 사람들……!"

나는 목이 쉰다. 더 이상 목소리가 나오지 않는다. 이처럼 소리를 지르자니 내 자신이 우스꽝스럽다……. 나는 한 번 더 고함을 질러본다.

"인간들아!"

과장되고 거드름 피우는 듯한 소리가 나온다.

그래서 나는 돌아선다.

2시간 동안 걸은 끝에, 내가 길을 잃은 줄 알고 놀라서 프레보가 하늘 높이 피워 올린 불길이 보였다. 아……! 저건 나와 전혀 상관없다…….

1시간 더 걷고…… 500미터 더 걷고, 100미터 더 걷고. 또 50미터.

　"아!"

　난 깜짝 놀라 걸음을 멈췄다. 내 마음에 기쁨이 넘쳐흘러, 나는 그 격한 기쁨을 억누른다. 모닥불에 비친 프레보는 엔진에 등을 기대고 있는 두 명의 아랍인과 이야기를 나누고 있다. 그는 아직 날 보지 못했다. 그도 너무 기뻐 정신이 없는 것이다. 아! 프레보처럼 나도 여기서 기다렸다면…… 벌써 구조되었을 텐데! 나는 기뻐서 소리친다. "어이!"

　두 명의 베두인족이 벌떡 일어나 나를 본다. 프레보가 그들을 내버려두고 혼자 내 앞으로 다가온다. 나는 팔을 벌린다. 프레보가 내 팔꿈치를 붙잡는다. 내가 넘어질까 봐? 내가 그에게 말한다.

　"마침내, 그래, 잘 됐어."

　"뭐가?"

　"아랍인들 말이야!"

　"무슨 아랍인들?"

　"저기 있잖아, 자네와 함께……!"

　프레보가 묘한 표정으로 날 바라보자, 난 그가 마지못해 중대한 비밀을 털어놓는다는 느낌이 든다.

　"아랍인들은 없어……."

　이번에는 아마 나도 울 것 같다.

6

우리는 이곳에서 물 없이 19시간을 살았다. 어제 저녁 이후로는 무엇을 마셨던가? 새벽에 몇 방울의 이슬이 전부다! 하지만 여전히 북동풍이 불어 우리의 증발을 늦춘다. 그 가림막이 하늘에 높은 구름들이 생겨나는 데에 유리하게 작용한다. 아! 저 구름들이 우리에게까지 내려와 비가 내릴 수만 있다면! 하지만 사막에는 결코 비가 오지 않는다.

"프레보, 낙하산을 삼각형으로 자르자. 그리고 그 천 조각들을 돌로 땅에다 고정시키는 거야. 새벽에 바람이 바뀌지 않으면 천을 짜서 연료 탱크에 이슬을 모으자고."

우리는 별 아래로 여섯 개의 하얀 천을 나란히 늘어놓았다. 프레보가 연료 탱크 하나를 해체했다. 이제는 날이 밝기를 기다리기만 하면 된다.

프레보가 잔해 속에서 기적적으로 살아남은 오렌지 하나를 발견했다. 우리는 그것을 나눈다. 그것만으로도 나는 가슴이 설레었지만, 물이 20리터는 필요한 우리에게 그것은 없는 거나 매한가지다.

모닥불 가까이 누워서 찬란한 그 과일을 바라보며 나는 생각한다. '사람들은 오렌지가 무엇인지 모른다……' 나는 또한 이런 생각도 한다. '우리들은 죽음을 면할 수 없지만 그렇더라도 그 확신이 내게서 기쁨을 앗아가지는 못한다. 내가 손에 움켜쥔 이 반쪽의 오렌지가 내 생애 가장 큰 기쁨 중 하나를 가져다

준다……' 나는 등을 대고 누워 오렌지를 빨아 먹으며 별똥별을 헤아린다. 단 1분일지라도 난 여기서 무한히 행복하다. 나는 다시 생각한다. '우리가 질서를 지키며 살고 있는 이 세상은 우리가 그 안에 스스로 갇혀보지 않으면 가늠할 수 없다.' 나는 겨우 오늘에서야 사형수에게 주어지는 담배와 한 잔의 럼주를 이해한다. 나는 사형수가 그런 초라함을 받아들이리라고는 생각하지 않았었다. 그렇지만 사형수는 그런 것에서 큰 기쁨을 얻는다. 만일 그가 미소를 짓는다면 사람들은 그가 용감하다고 생각할 것이다. 그러나 그는 럼주를 마실 수 있기에 미소를 짓는 것이다. 사람들은 그가 관점을 바꾸었으며 그 마지막 순간을 인간적인 삶으로 만들었다는 것을 알지 못한다.

우리는 엄청난 양의 물을 모았다. 어쩌면 2리터가 될 듯하다. 이제 갈증은 끝났다! 우리들은 살아났으며, 물을 마시게 될 것이다!

나는 주석 잔으로 연료 탱크에서 내용물을 뜬다. 하지만 그 물은 예쁜 녹황색을 띠고 있고 첫 모금을 마시자마자 너무도 맛이 끔찍해서 나를 괴롭히는 갈증에도 불구하고 그 한 모금을 다 마시지도 못하고 숨을 돌린다. 흙탕물이라도 마시겠으나, 독성을 띤 금속의 맛은 나의 갈증보다도 더 강하다.

나는 프레보를 보니 무엇인가 열심히 찾는 듯 눈을 땅에 고정하고 빙빙 돌고 있다. 갑자기 그가 몸을 숙이더니 구토를 하고 그러면서도 빙빙 도는 것을 그치지 않는다. 30초 후, 이번에는 내 차례다. 구토의 발작이 너무도 심해 나는 무릎을 꿇고 손가락을 모래 속에 쑤셔 박는다. 우리는 서로 말도 잊은 채 15분 동안 몸을 뒤틀며 담즙만을 쏟아낸다.

끝났다. 이제는 어렴풋하게 욕지기만 느껴질 뿐이다. 하지만 우리는 마지막 희망을 잃었다. 나는 우리의 실패가 낙하산의 방수제 때문인지 아니면 연료 탱크에 달라붙은 사염화탄소 때문인지 알지 못한다. 우리에게는 또 다른 용기나 다른 천들이 있어야 했을 것이다.

그렇다면, 서두르자! 날이 밝는다. 출발! 우리는 이 저주 받은 고원을 빠져나가 쓰러질 때까지 곧장 큰 걸음으로 걸어갈 것이다. 나는 기요메가 안데스 산맥에서 보여주었던 선례를 따른다. 어제 저녁부터 기요메 생각이 많이 난다. 나는 비행기 잔해 곁에 머물러 있어야 한다는 엄중한 규정을 어긴다. 이제 사람들은 여기서 우리를 찾지 않을 것이다.

다시 한 번, 난파당한 사람은 우리가 아니라는 걸 깨닫는다. 난파당한 사람들, 그들은 기다리는 사람들이다! 우리의 침묵에 위협을 느끼는 사람들이다. 끔찍한 실수로 이미 가슴이 찢길 대로 찢긴 사람들이다. 그들을 향해 달려가지 않을 수 없다. 기요메 역시 안데스 산맥에서 돌아오자 내게 자신은 난파당한 사람들을 향해 달려가고 있는 것이라고 말하지 않았던가! 이것은 보편적인 진리다.

"내가 이 세상에 혼자라면, 난 그냥 누워버릴 텐데" 하고 프레보가 내게 말한다.

그리하여 우리는 동북동 쪽으로 곧장 걷는다. 만일 우리가 나일 강을 이미 지났다면, 우리는 걸을 때마다 아라비아 사막의 오지로 더 깊숙이 들어가는 것이다.

그날에 대해서는 더 이상 기억이 나지 않는다. 내가 기억하는 것은 서둘렀다는 것뿐이다. 아무것이나 상관없는 서두름, 쓰러져 죽는 것에 대한 서두름. 신기루에 신물이 나서 땅만 보고 걸었던 기억도 난다. 때때로 우리는 나침반을 보며 방향을 수정했다. 또한 숨을 좀 돌리기 위해 몸을 뻗고 눕기도 했다. 나는 밤에 쓰려고 보관하고 있던 방수복을 어딘가에 던져버렸다. 그 이상은 아무것도 모른다. 선선한 저녁이 되어서야 기억이 다시 이어진다. 나 역시 모래와 다름없었고, 내 안의 모든 것이 지워져버렸다.

해질 무렵이 되자, 우리는 야영을 하기로 결정한다. 물도 없이 밤을 지내다간 끝장날지도 모르기 때문에 우리가 더 걸어가야 한다는 걸 나는 잘 안다. 하지만 우리는 낙하산 조각들을 가지고 왔다. 방수제에서 독성 물질이 나오는 것이 아니라면, 내일 아침 우리는 물을 마실 수 있을 것이다. 한 번 더 별들 아래로 이슬 포획 장치를 펼쳐놓는다.

그러나 북쪽으로 오니, 오늘 저녁 하늘은 구름 한 점 없이 청명하다. 그런데 바람의 맛이 바뀌었다. 맛뿐 아니라 방향도 바뀌었다. 벌써 사막의 뜨거운 숨결이 우리를 간지럽힌다. 맹수가 깨어나는 것이다! 나는 그 맹수가 우리의 손과 얼굴을 핥는 것을 느낀다.

하지만 더 걷는다면, 채 10킬로미터도 가지 못할 것이다. 사흘 전부터 나는 아무것도 마시지 못한 채 180킬로미터 이상을 걸었다…….

그러나 막 멈추려고 하는 그 순간이었다.

"장담컨대 저건 호수야" 하고 프레보가 내게 말한다.

"미쳤군!"

"석양이 지는 이 시간에 저게 신기루일 수 있어?"

나는 아무 대답도 하지 않는다. 오래전부터 나는 내 눈을 믿기를 단념했다. 어쩌면 신기루가 아닐 수도 있겠지, 하지만 그렇다면 그것은 우리의 광기가 만들어낸 작품이다. 어떻게 프레보는 아직도 저런 걸 믿을 수 있을까?

프레보는 고집한다.

"20분 거리에 있어, 내가 가서 보고 올게…….'

그의 고집에 나는 화가 난다.

"가서 봐, 바람 좀 쐬라고……. 건강에는 그게 좋지. 하지만 그거, 네가 말하는 호수가 실제로 있다 해도 짠물일 거야. 알아두라고. 짜건 아니건 멀리 있어. 그리고 무엇보다도 호수는 존재하지 않아."

시선을 고정한 채 프레보는 벌써 멀어져간다. 나는 어찌할 수 없는 그 절대적 이끌림을 안다! 그래서 나는 생각한다. '기관차 밑으로 곧장 몸을 던지는 몽유병자들도 있긴 하지.' 나는 프레보가 돌아오지 못하리라는 걸 안다. 텅 비어 있는 것에 대한 현기증이 그를 사로잡을 것이고, 그래서 이제 그는 돌아올 수 없을 것이다. 그리고 조금 더 가서 쓰러지겠지. 그는 그대로, 나는 나대로 죽을 것이다. 그리고 이 모든 것은 하등 중요하지도 않다⋯⋯!

내게 생긴 이 무관심이 그리 썩 좋은 징조라고 생각하지는 않는다. 물에 빠져 반쯤 죽었을 때에도 나는 똑같은 평온함을 느꼈었다. 하지만 나는 그 평온함을 이용해 돌 위에 배를 깔고 엎드려 유서를 쓴다. 내 유서는 퍽이나 아름답다. 품위도 있고. 나는 거기에 현명한 조언들을 잔뜩 늘어놓는다. 그것을 다시 읽어보자니 슬머시 으쓱하는 즐거움도 느낀다. 사람들은 유서에 대해 이렇게 말하리라. "참으로 훌륭한 유서로군! 이걸 쓴 사람이 죽다니 정말 유감이야!"

내 현재 상태가 어떤지 알고 싶기도 하다. 나는 억지로 침을 고이게 하려 애쓴다. 침을 뱉지 않은 지 몇 시간이나 흘렀을까? 더 이상 침이 생기지 않는다. 입을 다물고 있으면 끈적끈적한 뭔가가 내 입술을 봉한다. 그것이 마르면서 입 가장자리로 단단한 테를 만든다. 그렇지만 침을 삼키려고 시도한 끝에 마침내 성공한다. 내 눈은 아직 빛으로 차지 않았다. 환한 광경이 내 눈에 들어오면, 그것은 내게 2시간이 남았다는 뜻이다.

밤이 된다. 지난밤보다 달이 더 커졌다. 프레보는 돌아오지 않는다. 나는 등을 대고 누워 그런 뻔한 사실들을 곱씹는다. 머릿속에 옛날의 어떤 느낌이 되살아난다. 나는 그것이 무엇인지 명확히 알고자 한다. 나는⋯⋯ 나는⋯⋯ 나는 배를 타고 있었다! 남미로 가는 중이었는데, 지금처럼 상갑판에 누워 있었다. 마스트 끝이 별들 사이로 이리저리 아주 천천히 움직였다. 여기는 마스트가 없다. 하지만 어쨌건 배를 타고 내가 노력해보았자 어쩔 수 없는 목적지를 향해 가고 있는 중이다. 노예 상인들이 나를 배에 내동댕이치고 묶어놓았다.

나는 돌아오지 않는 프레보를 생각한다. 나는 그가 신음하는 소리를 단 한 번도 들은 적이 없다. 무척 좋은 일이다. 신음하는 소리를 듣는다면 난 견딜 수 없었을 것이다. 프레보는 사내다.

아! 내게서 500미터 떨어진 곳에서 그가 램프를 흔들고 있다! 그는 자신의 흔적을 놓친 것이다! 내게는 그에게 화답할 램프가 없어서, 일어나 소리친다. 하지만 그는 듣지 못한다……

그에게서 200미터 떨어진 곳에서 두 번째 램프가 켜지고, 세 번째 램프도. 맙소사, 수색이 진행되면서 나를 찾고 있구나!

나는 외친다.

"어이!"

하지만 그들은 내 소리를 듣지 못한다.

세 개의 램프가 호출 신호를 이어간다.

오늘 밤 나는 미친 것이 아니다. 정신이 멀쩡한 데다 평온한 상태다. 나는 주의 깊게 바라본다. 500미터 떨어진 곳에 램프 세 개가 있다.

"어이!"

하지만 그들은 여전히 내 소리를 듣지 못한다.

그러자 순간 나는 극도의 공포에 사로잡혔다. 앞으로도 겪지 못할 그런 공포. 아! 나는 아직 달릴 수 있다. "기다려…… 기다리라고……." 그들은 돌아가려고 한다! 그들은 여기서 멀어져 다른 곳을 찾을 것이고, 나는 여기서 쓰러지고 말 것이다! 나를 받아줄 사람들의 팔이 저기 있는데, 나는 삶의 문턱에서 주저앉게 되리라……!

"어이! 어이!"

"어이!"

그들이 내 소리를 들었다. 나는 헐떡거리고 또 헐떡거리면서도 계속 달린다. 그 목소리가 나는 방향으로 나는 달린다. "어이!" 프레보의 모습이 보이자 나는 쓰러진다.

"아! 저 램프들을 봤을 때……"

"램프들이라니?"

맞다, 그는 혼자다.

이번에는 전혀 실망감이 들지 않고 다만 은근히 화가 난다.

"자네가 말한 호수는?"

"다가갈수록 멀어지더군. 30분 정도 호수를 향해 걸었지. 30분이 지났는데도 너무 멀리 있는 거야. 그래서 돌아왔어. 하지만 지금도 나는 그게 호수라고 확신해……."

"돌았군, 완전히 돌았어. 아! 대체 왜 그런 거야? ……왜?"

그는 무엇을 했는가? 왜 그랬는가? 나는 화가 나서 울고 싶었지만, 왜 화가 났는지는 지금도 모른다. 그러자 프레보가 목이 멘 목소리로 내게 설명한다.

"정말이지 너무나도 마실 물을 찾고 싶었어……. 자네 입술이 너무도 하얗게 말라붙었더라고!"

아! 화가 가라앉는다……. 잠에서 깨는 양 나는 손으로 이마를 문지른다. 그리고 슬퍼진다. 그래서 나는 부드럽게 이야기한다.

"지금 자네를 보는 것처럼 난 보았어, 똑똑히 보았어, 세 개의 램프를 말이야, 잘못 보았을 가능성은 추호도 없어……. 다시 말하건대, 프레보, 난 분명히 그것들을 보았다고!"

프레보는 입을 다문다. 그러다 마침내 고백한다. "그래 맞아, 일이 잘못되고 있어."

수증기가 전혀 없는 대기 아래에서 대지는 열을 빨리 발산한다. 벌써 무척이나 춥다. 나는 일어나서 걷는다. 하지만 이내 견딜 수 없는 오한에 사로잡힌다. 탈수에 시달리는 내 피는 순환이 잘 되지 않고, 얼음장 같은 추위가 몸속으로 파고드는데, 그것은 단순히 밤의 추위만은 아니다. 이가 딱딱 부딪치고 몸이 갑자기 부들부들 떨린다. 손이 너무 떨려서 이제 플래시를 사용할 수도 없다. 나는 한 번도 추위를 탄 적이 없었는데, 지금은 추위 죽을 지경이다. 이 무슨 야릇한 갈증의 효과란 말인가!

더위에 걸치고 있기가 힘들어서 어디선가 내 방수복을 떨어뜨렸었다. 그런데 바람이 점차 거세진다. 사막에는 몸을 피할 곳이 없다는 사실을 깨닫는다. 사막은 대리석처럼 매끈매끈하다. 낮 동안에는 전혀 그늘이 없고, 밤에는 헐벗은 당신을 바람에 내맡겨야 한다. 몸을 피할 나무 한 그루, 수풀 하나, 돌멩이 하나도 없다. 바람은 환히 드러난 지형에서 기병대처럼 나를 공격한다. 나는 바람을 피하기 위해 몸을 둥글게 만다. 누웠다가 다시 일어나기도 한다. 눕든 서 있든 내 몸은 얼음의 채찍에 노출되어 있다. 더 이상 달릴 수도 없고, 기력도 없다. 나는 살인자들을 피할 수 없어 휘두르는 칼날 아래 손으로 머리를 감싼 채 무릎을 꿇으며 쓰러진다!

내가 쓰러졌다는 사실을 잠시 후 깨닫는다. 나는 다시 일어섰고, 여전히 벌벌 떨면서 곧장 앞으로 걸어간다! 여기는 어디지? 아! 나는 방금 출발했어, 프레보의 소리가 들려! 날 부르는 소리에 난 깨어났다……

나는 여전히 벌벌 떨면서, 온몸을 사시나무 떨 듯 떨면서, 그에게로 돌아간다. 그러면서 생각한다. '추위 때문이 아니야. 뭔가 다른 것이야. 그래, 끝이구나.' 나의 탈수 증세는 이미 너무 심각했다. 그저께 너무도 많이 걸었고, 어제 혼자 있을 때에도 많이 걸었다.

추위로 끝을 맞는다는 것이 고통스럽다. 차라리 내면의 신기루가 더 나았을 텐데. 그 십자가, 그 아랍인들, 그 램프들. 결국 내 관심이 거기로 쏠리기 시작했다. 나는 노예처럼 매질을 당하는 게 싫다……

나는 다시 무릎을 꿇었다.

우리는 약간의 의약품을 가져왔다. 순수한 에테르 100그램, 90도의 알코올 100그램 그리고 요오드 한 병. 나는 순수 에테르를 두세 모금 마셔보려고 한다. 마치 단도를 삼키는 것 같다. 그다음 순도 90도의 알코올 약간, 하지만 그것이 목구멍을 막아버린다.

나는 모래 속에 구덩이를 파서, 거기에 눕고 모래를 덮는다. 오직 내 얼굴만이 밖으로 나와 있다. 프레보가 잔가지들을 발견해 불을 피우지만, 그 불길은 곧 꺼져버릴 것이다. 프레보는 모래 속에 몸을 파묻고 들어가기를 거부한다. 그는 발을 동동 구르며 추위를 버티는 편을 선호한다. 잘못된 생각이다.

목구멍이 여전히 꽉 죄는데, 나쁜 징조다. 그렇지만 나는 한결 나아졌다는 느낌이 든다. 평온한 느낌이다. 모든 희망을 넘어서서 나는 평온함을 느낀다. 나는 노예선 갑판에 묶여 별빛을 받으며 원치 않았던 여행을 떠나는 것이다. 하지만 어쩌면 난 그리 불행하지 않을지도 모른다…….

근육을 움직이지 않고 있으면 더 이상 추위가 느껴지지 않는다. 그러자 나는 모래 아래 잠든 내 육신을 잊는다. 더 이상 움직이지 않을 것이며, 그렇게 해서 더 이상 결코 고통을 느끼지 않을 것이다. 게다가 정말로 우리는 별로 고통스럽지 않다……. 저 모든 고통들 이면에는 피로와 착란의 합주가 있다. 그리고 그 모든 것이 그림책으로, 약간 잔혹한 동화로 변한다……. 조금 전 바람은 마치 사냥개처럼 나를 몰았고, 나는 그 바람을 피하기 위해 짐승처럼 몸을 둥글게 말았다. 그런 다음 숨쉬기가 힘들어졌다. 한쪽 무릎이 내 가슴을 짓눌렀기 때문이었다. 무릎 하나가. 그래서 나는 그 천사의 무게에 맞서 발버둥 쳤다. 나는 사막에서 혼자 있어본 적이 한 번도 없었다. 더 이상 나를 둘러싸고 있는 것을 믿지 않게 된 지금, 나는 나의 내면으로 물러나 눈을 감고 눈썹 하나 까딱하지 않는다. 나는 느낀다. 이 모든 이미지들이 나를 고요한 꿈으로 데려다주는 것을. 강물들이 깊은 바다 속으로 잠겨든다.

내가 사랑했던 그대들이여, 안녕히. 인간의 육신이 물을 마시지 않고 사흘을 견디지 못하는 것은 내 잘못이 아니다. 나는 내가 샘의 포로가 되리라고는 생각하지 않았다. 물 없이 이렇게 잠깐밖에 버티지 못한다고는 생각하지 못했다. 인간은 자신의 앞으로 곧장 갈 수 있다고 믿는다. 인간은 자신이 자유롭다고 믿는다……. 하지만 인간은 자신을 우물에 매어두는 끈, 마치 탯줄처럼 지구의 배에 묶어두는 끈을 보지 못하고 있다. 거기서 한 발짝만 더 가면, 인간은 죽는다.

그대가 겪을 고통을 제외하면, 나는 아무것도 아쉽지 않다. 이모저모로 따져보니 내가 제일 좋은 몫을 차지했다. 만일 내가 돌아간다면, 나는 다시 시작하리라. 내게는 살아야 할 필요성이 있다. 도시에는 더 이상 인간의 삶이 없다.

여기서 비행은 문제가 아니다. 비행기는 수단이지 목적이 아니다. 사람이 목숨을 거는 것은 비행기를 위해서가 아니다. 농부가 경작을 하는 것도 쟁기를 위해서가 아니다. 그러나 비행기를 타면, 사람은 도시와 도시의 회계사들을 떠나 농촌의 진리를 되찾게 된다.

그러면 인간의 일을 하게 되고 인간의 근심을 알게 된다. 인간은 바람, 별, 밤, 모래, 바다와 접촉하게 된다. 자연의 힘과 계교를 겨루게 된다. 인간은 정원사가 봄을 기다리듯 새벽을 기다린다. 약속의 땅을 기다리듯 기항지를 기다리고 별들 속에서 자신의 진리를 찾게 된다.

나는 신음소리를 내지 않을 것이다. 사흘 전부터 나는 걸었고, 목이 탔고, 모래 속에서 자취를 좇았고, 이슬을 내 희망으로 삼았다. 이 대지 위 어디에 사는지 잊어버린 내 동류를 찾고자 했다. 그것이 바로 살아 있는 자가 신경 쓰는 것이다. 나는 그것들이 저녁에 어떤 뮤직홀을 고르는 것보다 더 중요한 것이라고 판단하지 않을 수 없다.

나는 더 이상 교외선을 탄 그 사람들, 자신이 인간이라고 믿지만 스스로 느끼지 못하는 압력에 의해 마치 개미들처럼 이미 만들어진 관습에 빠져 있는 사람들을 이해하지 못한다. 자유로울 때, 그들은 무엇을 하며 어리석고 짧은 휴일을 보내는가?

한번은 러시아의 어느 공장에서 모차르트 곡을 연주하는 걸 들은 적이 있다. 나는 그 일을 글로 썼다. 그리고 욕설이 담긴 200통의 편지를 받았다. 나는 싸구려 카페에서 부르는 노래를 더 좋아하는 사람들을 비난하지 않는다. 그들은 다른 곡을 모르는 것이다. 나는 그런 싸구려 카페의 주인들을 비난한다. 나는 사람들이 몽매하게 만드는 게 싫다.

난 내 직업에서 행복을 느낀다. 나는 기항지들을 경작하는 농부다. 교외선 열차에서는 여기에서와 달리 큰 고통을 겪는다. 따져보면 여기서는 이 무슨 호사인가!

나는 아무것도 후회하지 않는다. 나는 내기를 걸었고, 졌다. 내 직업에서는 일어나는 일이다. 하지만 그래도 난 바닷바람을 호흡했다.

한 번이라도 바닷바람을 맛본 사람들은 그 자양분을 잊지 못한다. 동료들이여, 그렇지 않은가? 위험하게 산다는 것이 아니다. 위험하게 산다는 그 말은 잘난 체 하는 것이다. 나는 투우사들이 마음에 들지 않는다. 내가 좋아하는 것은 위험이 아니다. 나는 내가 무엇을 좋아하는지 알고 있다. 그것은 삶이다.

하늘이 부옇게 되려는 것 같다. 나는 팔 하나를 모래에서 내민다. 손이 닿을 곳에 천 조각 하나가 있어서 더듬어 보는데, 말라붙어 있다. 기다리자. 이슬은 새벽에 내린다. 그러나 새벽은 우리가 가진 천을 적시지 않고 밝아온다. 그러자 내 상념이 약간 뒤엉키는데, 이런 소리가 들려온다.

"무정한 마음이 여기 있네……. 무정한 마음…… 눈물을 흘릴 줄 모르는 무정한 마음이……!"

"프레보, 출발! 우리의 목구멍은 아직 막히지 않았어. 그러니 걸어야지."

7

19시간 만에 사람을 말려버리는 서풍이 분다. 내 식도는 아직

막히지 않았지만 딱딱하고 아프다. 뭔가 목구멍을 세게 긁는 것 같다. 곧 사람들이 내게 설명해주었던 그 기침이 시작될 것이고, 나는 기침이 나오기를 기다린다. 혀가 거추장스럽다. 그러나 가장 심각한 것은 벌써 반짝이는 반점들이 보인다는 것이다. 그 반점들이 불꽃으로 변하면 나는 죽으리라.

우리는 걸음을 재촉한다. 선선한 새벽녘을 활용하는 것이다. 우리는 사람들 말처럼 해가 중천에 뜨면 더 이상 걷지 못하리라는 것을 알고 있다. 해가 중천에 뜨면…….

우리에겐 땀을 흘릴 권리도 없다. 기다릴 권리조차 없다. 이 선선함은 습도 18퍼센트의 선선함에 지나지 않는다. 지금 바람은 사막에서 불어오고 있다. 그리고 거짓을 품은 이 부드러운 어루만짐에 우리의 피가 증발되는 것이다.

우리는 첫째 날 포도를 조금 먹었다. 사흘 전부터 먹은 것이라고는 오렌지 반쪽과 마들렌 반쪽이다. 설령 음식이 있다 해도 무슨 침으로 우리가 그것을 씹었겠는가? 하지만 나는 조금도 배고프지 않다. 그저 갈증만 날 뿐이다. 그리고 이제부터는 갈증보다도 갈증이 야기하는 증상들을 겪는 것 같다. 이 굳은 목구멍. 석고로 만든 것 같은 혀. 긁는 느낌과 입안에서 느껴지는 끔찍한 맛. 그 감각들은 내게 새롭다. 아마도 물이 이런 감각들을 치유해주겠지만, 물이라는 약을 그런 감각들에 연상시켜본 기억이 없다. 물은 점점 욕망의 대상으로서의 자리를 잃고 질병이 되어간다.

샘과 과일들의 모양새를 떠올려도 이제는 이미 가슴이 그리

아프지 않다. 나는 애정을 잊었듯 오렌지의 광채도 잊는다. 어쩌면 이미 모든 것을 잊었는지 모른다.

우리들은 앉아 있지만 다시 출발해야 한다. 우리는 구간을 길게 잡는 것을 포기했다. 500미터만 걸어도 우리는 피곤해서 쓰러진다. 그리고 나는 드러눕는 게 무척 기쁘다. 하지만 다시 출발해야 한다.

풍경이 변한다. 돌들의 간격이 점점 커진다. 우리는 지금 모래 위를 걷는다. 우리 전방 2킬로미터 되는 곳에 모래언덕들이 있다. 그 모래언덕들 위에는 키가 작은 식물들의 흔적이 있다. 강철 갑옷보다 나는 모래가 더 좋다. 황금빛 사막. 사하라다. 나는 사하라 사막을 알아볼 수 있다고 생각한다…….

이제 200미터를 우리는 걷는 동안 기진맥진한다.

"그래도 걸어야지. 적어도 저 관목들이 있는 데까지는."

그것이 마지막 한계다. 일주일 후 시문 비행기 기체를 되찾기 위해 차를 타고 다시 흔적을 되짚어 올 때, 우리는 그 마지막 시도가 무려 80킬로미터에 달했다는 것을 확인하게 된다. 그렇다면 나는 이미 거의 200킬로미터를 걸었다. 어떻게 더 계속할 수 있겠는가?

어제 나는 아무 희망 없이 걸었다. 오늘 희망이라는 단어는 그 뜻을 잃었다. 오늘 우리는 그저 걷고 있기에 걷는 것이다. 아마 황소들도 밭을 갈 때 이렇게 걸을 것이다. 어제 나는 오렌지 나무들이 있는 낙원을 꿈꾸었다. 그러나 오늘 내게 더 이상 낙원은 없다. 더 이상 오렌지들의 존재도 믿지 않는다.

바싹 말라버린 가슴 이외에 내 내면에서 더 이상 아무것도 찾을 수 없다. 나는 쓰러질 것이고, 이제는 절망도 알지 못한다. 고통조차 없다. 나는 그것이 아쉽다. 슬픔도 내게는 물처럼 다정히 여겨질 텐데. 사람들은 스스로를 동정하고 친구처럼 스스로를 측은하게 여긴다. 그러나 이 세상에서 내게는 더 이상 친구도 없다.

사람들이 두 눈이 타버린 나를 발견하면, 내가 수없이 구조를 요청했고 매우 고통스러워했을 것이라고 상상할 것이다. 그러나 열정, 후회, 따스한 고통, 그것들은 아직까지 다 사치다. 그런데 나는 더 이상 사치를 누리지 못한다. 풋풋한 젊은 아가씨들은 첫사랑의 저녁에 슬픔을 알게 되고 눈물을 흘린다. 슬픔은 삶의 떨림과 이어져 있다. 그런데 내게는 이제 슬픔도 없다…….

사막, 그것은 나다. 나는 더 이상 침을 만들어내지 못하며 내가 떠올리며 울먹일 수도 있었을 다정한 영상들도 만들어내지 못한다. 태양은 나의 내면에서 눈물의 샘을 말려버렸다.

그런데 내가 무엇을 보았던가? 마치 바다 위로 돌풍이 스치고 지나가듯 내게 한 줄기 희망이 스쳤다. 나의 본능에 경계심을 불러일으킨 저 신호는 무엇인가? 아무것도 변한 것은 없지만 모든 것이 변했다. 편평한 모래밭, 저 언덕들, 얇은 판처럼 깔린 초록은 더 이상 경치를 이루는 것이 아니라 하나의 무대를 만들어내고 있다. 아직은 비어 있지만 준비가 다 끝난 무대. 나는 프레보를 쳐다본다. 그도 나처럼 똑같이 놀라 충격을 받았다. 하지만 그는 자신이 겪고 있는 일이 무엇인지 이해하지 못한다.

장담컨대 무슨 일이 일어나려고 한다…….

장담컨대 사막이 생기를 띠었다. 장담컨대 이 부재, 이 침묵은 갑자기 공공장소의 시끌벅적함보다 더 감동적이 되었다…….

우리들은 구조되었다. 모래에 흔적들이 있다!

아! 우리는 인류의 발자취를 놓쳤었고, 인류라는 종족과 단절되었었으며 전 세계를 떠돌아다니다 잊혀 세상에 홀로 남겨졌었는데, 이제 우리는 모래에 새겨진 기적과도 같은 인간의 발자국을 발견한 것이다.

"프레보, 여기서 두 사람이 헤어졌어……."

"여기서는 낙타 한 마리가 무릎을 꿇었군……."

"여기서……."

그렇지만, 아직 우리는 구조되지 않았다. 기다리는 것만으로는 충분치 않다. 몇 시간 후면 사람들이 우리를 구조하지 못할 것이다. 일단 기침이 시작되었다 하면 갈증의 진도는 무척이나 빨라진다. 그런데 우리의 목구멍은…….

그러나 나는 사막 어디엔가 있을 그 카라반의 존재를 믿는다.

그래서 우리는 더 걸었고, 그러다 갑자기 나는 닭 우는 소리를 들었다. 기요메는 내게 말했었다. "끝났구나 싶었는데, 안데스 산맥에서 닭 우는 소리가 들리더라고. 기차 소리도 들었고……."

닭이 우는 바로 그 순간 그의 이야기가 떠올라서 나는 생각한다. '처음에는 눈이 날 속였지. 그것도 아마 갈증이 일으킨 효과일 거야. 귀는 그래도 잘 버텼는데…….' 하지만 프레보가 내 팔을 붙잡았다.

"들었어?"

"뭘?"

"닭 우는 소리!"

"그러면…… 그렇다면……."

그렇다면, 확실해, 멍청이 같으니, 살았다고…….

마지막 환각이 보였다. 그것은 개 세 마리가 서로 쫓고 쫓기는 환각이었다. 같이 보고 있던 프레보는 아무것도 보지 못했다. 하지만 우리 두 사람은 그 베두인 사람을 향해 팔을 내밀었다. 우리 두 사람은 그를 향해 우리 폐에 남아 있던 모든 숨을 내뿜는다. 우리 두 사람은 행복에 겨워 소리 내어 웃는다……!

하지만 우리 목소리는 30미터를 가지 못한다. 성대가 이미 말라버린 것이다. 우리들은 아주 나지막한 소리로 서로 말을 나누었고, 그런 사실조차 깨닫지 못하고 있었던 것이다!

그러나 방금 모래언덕 뒤에서 모습을 드러낸 베두인 사람과 그의 낙타는 서서히, 서서히 멀어져간다. 어쩌면 저 사람은 혼자인지 모른다. 잔인한 악마가 우리에게 그를 보여주고 다시 데려간다…….

우리는 더 이상 달릴 수 없을 것이다!

사구에서 또 다른 아랍인이 옆모습을 보인다. 우리는 울부짖지만, 소리는 미약하다. 그래서 우리는 팔을 흔들고, 거대한 신호로 하늘을 가득 채운다는 느낌을 받는다. 그러나 그 베두인 사람은 여전히 오른쪽만 볼 뿐이다…….

서두르는 기색 없이 그 사람은 4분의 1쯤 몸을 돌리기 시작했다. 그가 정면의 모습을 보이는 순간, 모든 것이 이루어질 것이다. 그가 우리 쪽을 바라보는 순간, 그는 이미 우리에게서 갈증, 죽음, 신기루를 지워줄 것이다. 그가 4분의 1쯤 돌면서 벌써 세상을 바꾼다. 상체의 움직임만으로, 시선의 움직임 하나만으로, 그는 생명을 창조하는 셈이고, 그래서 내게는 그가 신처럼 보인다…….

그것은 기적이다……. 마치 신이 바다를 걷듯, 그는 모래 위를 걸어 우리를 향해 온다…….

아랍인은 그저 우리를 바라봤을 뿐이다. 그는 두 손으로 우리 어깨를 눌렀고, 우리는 그에게 복종했다. 우리는 누웠다. 여기에는 더 이상 인종도, 언어도, 불화도 없다……. 우리 어깨에 대천사의 손을 얹은 가난한 유목민이 있을 뿐이다.

우리는 이마를 모래에 박고 기다렸다. 그리고 이제 송아지들처럼 대야에 고개를 박고 엎드려 물을 마신다. 베두인 사람은 그 모습에 덜컥 겁이 났는지, 매번 우리가 그만 마시도록 말린다. 하지만 그가 우리를 잡고 있던 손을 놓기가 무섭게, 우리는 다시 물속에 우리 얼굴을 들이박는다.

물!

물, 너는 맛도, 색깔도, 향도 없어서 너를 정의할 수 없다. 사람들은 널 알지 못하면서도 널 맛본다. 너는 생명에 필요한 것이 아니라, 생명 그 자체다. 너는 감각으로는 설명할 수 없는 기쁨으로 우리 속으로 파고든다. 너와 함께 우리가 포기했던 모든 능력들이 우리 안으로 되돌아온다. 네 덕분에 우리 가슴 속에서 말라버렸던 모든 샘들이 솟아난다.

너는 세상의 가장 귀한 재화이며, 또한 대지의 품에서 그토록 순수한 너는 가장 섬세하기도 하다. 사람은 마그네슘이 섞인 샘에서 죽을 수도 있다. 사람은 소금물 호수에서 두 걸음 떨어진 곳에서 죽을 수도 있다. 2리터의 이슬이 있기는 하지만 완전히 정제되지 않은 소금을 함유하고 있어 죽을 수도 있다. 너는 혼합을 용납하지 않는다. 변질을 견디지 못하는 너는 까다로운 신이다……

그러나 너는 우리의 내부에 무한히 단순한 행복을 퍼뜨린다.

우리를 구원한 리비아의 베두인 사람이여, 너는 내 기억에서 영원히 모습을 지우리라. 나는 결코 너의 얼굴을 기억하지 못할 것이다. 너는 진정한 인간이며, 동시에 모든 사람의 얼굴을 하고서 내게 나타난다. 너는 우리의 얼굴을 자세히 들여다보지 않았지만 이미 너는 우리를 알아보았다. 너는 무척이나 사랑하는 형제다. 그리고 이번에는 내가 모든 사람에게서 너의 모습을 알아보리라.

너는 내게 고귀함과 선의가 녹아든 사람, 마실 것을 줄 능력을 지닌 위대한 영주로 보였다. 네 안에 있는 나의 모든 친구들, 나의 모든 적들이 내게 다가온다. 그래서 이제 세상에 내 적은 하나도 없다.

VIII
인간들

1

다시 한 번 나는 내가 이해하지 못했던 진실에 가까이 다가갔다. 이제는 끝이라고 믿었고, 절망의 밑바닥에 닿았다고 믿었고, 일단 포기하는 것을 받아들였을 때, 나는 평온을 얻었다. 바로 그러한 시간에 사람은 스스로를 발견하고 저 자신의 친구가 되는 것이다. 우리가 알지 못하는 우리 내면의 그 어떤 본질적 필요를 충족시켜주는 충일감, 그것보다 더 우위에 놓일 것은 아무것도 없을 것이다. 내 생각이지만, 바람 따라 달리느라 지쳤던 보나푸는 그 평온함을 알았던 것 같다. 기요메 역시 눈 속에서 그랬을 것이다. 모래에 목덜미까지 파묻힌 채 갈증에 서서히 목이 조여지던 나, 별들의 외투를 덮고 심장이 그렇게 뜨거웠던 내가 어떻게 그걸 잊을 수 있겠는가?

어떻게 하면 우리 내면의 그런 해방을 용이하게 만들 수 있을까? 인간의 모든 것이 모순적이라는 것은 누구나 잘 알고 있다.

누군가에게 창작을 할 수 있도록 하기 위해 빵을 주면 그는 잠을 자며, 승리를 거둔 정복자는 물러지고, 너그러운 자가 부자가 되면 구두쇠가 된다. 정치 이념들이 어떤 유형의 사람들을 발전시키는지 먼저 알지 못한다면, 사람들을 발전시킨다고 주장하는 정치 이념들이 우리에게 무슨 의미가 있겠는가? 우리는 목장에 있는 가축들이 아니며, 가난한 파스칼의 출현이 이름 없는 몇몇 부자들의 탄생보다 더욱 더 중요하다.

본질적인 것, 우리는 그것을 미리 알지 못한다. 우리들 모두 전혀 기대하지 않았던 곳에서 가장 뜨거운 기쁨을 누렸던 적이 있다. 그 기쁨들은 우리에게 너무도 가슴이 저릿저릿한 향수를 남겨주어, 우리가 한 고생이 그 기쁨을 안겨주었다면 그 고생까지도 그리워하게 된다. 동료를 다시 만났을 때 우리 모두는 나쁜 추억들이 지닌 매력을 맛보았었다.

우리를 풍요롭게 하는 미지의 조건들이 없다면 우리가 무엇을 알겠는가? 인간의 진실은 어디에 있는가?

진실, 그것은 스스로 증명되는 것이 아니다. 다른 땅이 아닌, 이 땅에서 오렌지나무들이 튼튼하게 뿌리를 내리고 열매를 풍성하게 맺는다면, 이 땅이야말로 오렌지나무들의 진리다. 만약, 다른 것이 아닌 이 종교, 이 문화, 이 가치척도, 이 유형의 활동이 인간의 내면에 충일감을 주고, 인간의 내면에 자신도 몰랐던 위대한 영주를 해방시켜준다면, 그것은 이 가치척도, 이 문화, 이 유형의 활동이 인간의 진리이기 때문이다. 논리? 논리에게 어떻게 해서든 삶을 깨달아보라고 하든지.

이 책을 쓰면서 나는 어떤 고귀한 소명을 따르는 것처럼 보이는 사람들 몇몇을 언급했다. 그들은 다른 사람들이 수도원을 선택한 것처럼 사막이나 항공 노선을 선택했다. 하지만 만일 내가 여러분에게 우선 그 사람들에게 감탄하라고 하는 것처럼 보였다면, 나는 내 목적을 저버린 것이다. 우선 감탄할 것은 그들을 우뚝 서게 한 그 터전이다.

직업이 아마 어떤 역할을 한 것일지 모른다. 어떤 이들은 자신들의 가게에 틀어박혀 있다. 또 다른 이들은 어쩔 수 없이 필연적인 방향으로 자신들의 길을 간다. 우리는 그들 유년 시절 이야기 속에서 그들의 운명을 설명할 열정의 싹을 발견한다. 하지만 사후에 읽힌 역사는 환상을 불러일으키게 마련이다. 그 열정들, 우리는 그것을 거의 모든 사람들에게서 발견한다. 우리는 모두 난파를 당하거나 화재가 일어난 어느 날 밤 원래의 자신보다 더 위대한 모습을 보였던 가게 주인들을 본 적이 있다. 그들은 자신들의 충일성에 관한 자질에 대해 잘못 알고 있지 않다. 그 화재는 그들 일생일대의 밤으로 남을 것이다. 그러나 새로운 기회가 없기 때문에, 유리한 터전이 없기 때문에, 엄격한 종교가 없기 때문에, 그들은 자기 자신의 위대함을 믿지 않고 다시 잠들어버렸다. 분명 소명은 인간이 스스로 해방될 수 있도록 하는 데에 도움이 된다. 그러나 소명을 해방시키는 일도 마찬가지로 필요하다.

하늘에서 보내는 밤, 사막에서 보내는 밤, 그것은 모든 사람들에게 주어지는 것이 아닌 드문 기회들이다. 그렇지만 환경 때문에 움직이게 된다면, 사람들은 똑같은 욕구를 드러낼 것이다. 그 점에 있어 내가 가르침을 얻었던 스페인에서의 어느 날 밤 이야기를 한다고 해서 글의 논지에서 벗어나는 것은 아니다. 나는 몇몇 사람들 얘기를 너무 많이 했는데, 이제 모든 사람에 대해 말하고자 한다.

내가 현지 리포터로 방문했던 마드리드 전선에서였다. 그날 저녁 나는 지하 방공호에서 젊은 대위와 식탁에 앉아 저녁을 먹고 있었다.

2

우리가 이야기를 나누고 있을 때에 전화벨이 울렸다. 긴 대화가 이어졌다. 사령부에서 명령을 내린 국지 공격에 관한 내용이었는데, 노동자 거주 지역인 교외에 시멘트 요새로 변해버린 몇몇 가옥이 있는데 그것들을 제거하라는 어리석으면서도 절망적인 공격 명령이었다. 대위는 어깨를 으쓱하더니 다시 우리 자리로 돌아온다. "우리들 중 제일 먼저 나갈 사람은……." 그러더니 그는 코냑 두 잔을 그 자리에 있던 중사와 내게 밀어준다.

"자네가 나와 함께 제일 먼저 나가지. 마시고 가서 자두라" 하고 대위가 중사에게 말한다.

중사는 자러 갔다. 식탁 주위로 우리 열 명 정도는 밤샘을 한다. 널빤지 틈새를 막아 어떠한 빛도 새어 나가지 않는 그 방은 조명이 너무 강해서 나는 눈을 깜빡인다. 5분 전에 총안을 통해 나는 잠깐 바깥을 보았다. 총안 입구를 가려놓은 헝겊을 들춘 나는 심연과도 같은 빛을 퍼뜨리는 달빛 아래 무너져 내려 폐허가 된 흉가들을 보았다. 헝겊을 다시 내리자, 마치 기름 줄기를 닦아내듯 달빛이 닦여 나갔다. 그리고 지금 내 눈에는 음산한 요새의 모습이 담겨 있다.

아마도 저 병사들은 다시 돌아오지 못하겠지만, 그들은 신중하게 침묵을 지키고 있다. 이 공격은 명령을 따르는 것이다. 사람들이라는 자원에서 일부를 퍼내는 것이다. 알곡이 있는 곳간에서 퍼내듯이. 그리고 파종을 하기 위해 한 줌의 알곡을 뿌리는 것이다.

우리는 코냑을 마신다. 내 오른쪽에서는 체스판이 벌어지고 있다. 왼쪽에서는 농담이 오간다. 나는 어디 있는 것인가? 반쯤 취한 사내가 들어온다. 그는 텁수룩한 수염을 어루만지며 부드러운 눈길로 우리를 둘러본다. 그의 시선이 코냑에 닿았다가 다른 곳으로 향했다가 다시 코냑으로 되돌아왔다가 애원하듯 대위에게로 향한다. 대위는 아주 나지막하게 웃는다. 희망이 생겼는지 사내도 웃는다. 가벼운 웃음이 보고 있던 사람들에게로 번진다. 대위가 슬그머니 병을 끌어당기자, 사내의 시선이 절망하는 눈빛을 띤다. 그렇게 시작된 어린애 같은 장난은 짙은 담배연기, 하얗게 깊어가는 밤, 다가올 공격의 모습과 함께 꿈과 같은 무언의 발레가 된다.

바깥에서는 파도 소리처럼 폭음이 점점 커지는데, 우리는 배의 따뜻한 선창에 틀어박혀 장난을 치고 있는 셈이다.

곧 야간 전투라는 왕수(王水)에 이 사람들의 땀과 술기운과 대기하느라 낀 때가 씻겨 나갈 것이다. 나는 곧 그들이 깨끗이 정화되리라는 것을 느낀다. 그러나 그들은 할 수 있는 한 오래 술 취한 자와 술병의 발레를 한다. 그들은 할 수 있는 한 오래 체스를 둔다. 할 수 있는 만큼 오래 생을 지속시키고 있는 것이다. 그러나 그들은 선반 위에 떡 하니 자리 잡고 있는 자명종 시계를 맞춰놓았다. 그래서 자명종이 울릴 것이다. 그러면 이 사람들은 일어나 기지개를 켜고 요대를 찰 것이다. 대위는 자신의 권총을 권총집에서 분리시킬 것이다. 그때가 되면 술 취한 사내도 술이 깰 것이다. 그리하여 그리 서두르는 기색도 없이 그들은 완만한 경사를 이룬 복도를 따라 푸른 달빛이 비치는 장방형의 문에 다다를 것이다. "망할 놈의 공격……" 혹은 "진짜 춥네!"와 같은 간단한 말을 할 것이다. 그런 다음 어둠 속에 잠길 것이다.

때가 되자, 나는 중사가 깨어나는 모습을 보았다. 그는 어수선한 지하실의 쇠로 된 침대에 누워 자고 있었다. 그래서 나는 그가 자는 모습을 지켜보았다. 그는 걱정할 것 없는 진정 태평한 잠의 맛을 아는 듯했다. 그를 보고 있자니 프레보와 내가 물도 없이 불시착하여 죽을 고비에 처했던 리비아에서의 첫째 날, 아직 심한 갈증을 겪기 전 한 번, 딱 한 번 2시간가량 잠을 잤던 때가 떠올랐다. 그때 나는 잠에 빠지며 놀라운 힘, 즉 현실을 부정할 수 있는 힘을 사용한다는 느낌이 들었었다. 아직도 평온함을 느끼는 육체를 가진 나로서는 일단 두 팔 속에 머리를 파묻자마자 그 밤과 행복한 밤을 구별해줄 그 어느 것도 없었다.

중사는 인간의 형상 같지도 않게 몸을 둥글게 말고 자고 있었다. 그를 깨우러 온 사람들이 촛불을 켜서 병 주둥이에 그걸 꽂자, 불분명한 형태의 덩어리에서 투박한 군화 외에는 아무것도 분간할 수 없었다. 못을 박고 징을 박은 커다란 군화, 일용 노동자나 부두 노동자가 신는 신발 같아 보이는 군화.

사내는 작업 도구를 신은 것이었고, 그가 몸에 걸친 모든 것은 다 작업 도구뿐이었다. 탄띠, 권총, 가죽 멜빵, 요대. 안장을 얹고, 고삐를 매고, 노동을 하는 말의 모든 마구를 갖춘 셈이었다. 모로코의 지하실에서는 눈을 가린 말들이 연자방아를 돌리는 것을 볼 수 있다. 여기서도 역시 불그스름하고 떨리는 촛불을 받으며 자신의 방아를 돌리도록 눈을 가린 말을 깨운다.

"어이! 중사!"

중사는 아직 잠이 덜 깬 얼굴로 무언가 알 수 없는 말을 중얼거리며 느릿느릿 움직였다. 그러나 그는 일어나려 하지 않고 벽을 향해 돌아누웠고, 주먹을 쥐었다 폈다 하며 마치 깊은 물속에서 뭔지 모를 검은 해초를 붙잡듯 하며 어머니의 뱃속처럼 편안한 깊은 잠속으로 더욱 깊이 빠져들었다. 그의 손가락을 펴주어야 했다. 우리는 그의 침대에 앉았고, 우리들 중 한 사람이 미소를 지으며 그의 목 뒤로 조심스럽게 팔을 넣어 그 무거운 머리를 들어올렸다. 그것은 훈훈한 마구간에서 서로 목을 비비는 말들의 다정한 모습이었다. "어이! 전우!" 내 평생 그런 정다운 모습은 본 적이 없었다. 중사는 다이너마이트, 피로 그리고 얼어

붉은 밤이 있는 우리의 세계를 거부하고 행복한 꿈의 세계로 돌아가기 위해 마지막 몸부림을 쳤다. 그러나 너무 늦었다. 외부에서 들어오는 무엇인가가 중압감을 주고 있었다. 벌 받는 아이를 일요일마다 학교종도 그렇게 천천히 깨운다. 아이는 책상, 칠판, 방과 후의 벌도 잊었다. 아이는 들판에서 뛰어노는 꿈을 꾸고 있었다. 그러나 소용없었다. 종은 여전히 울리고 사람들의 부당함 속으로 억지로 그를 끌어들인다. 그 아이와 마찬가지로 중사는 서서히 피로에 지친 자신의 육체의 부담감을 되찾았다. 자신이 원하지 않던 육체, 추위 속에 깨어나 머지않아 뼈마다의 서글픈 고통을 알게 될 육체, 그러고 나면 마구의 무게, 힘든 강행군 그리고 죽음을 알게 될 그 육체의 부담감을 말이다. 죽음보다도 다시 일어서기 위해 손을 적셔야 하는 끈적거리는 피, 거친 호흡, 주변의 냉기를 알게 될 육체, 죽음 자체보다도 죽는 것의 불편함을 알게 될 육체의 부담감을. 나는 그를 바라보며 내 자신이 깨어났을 때의 그 비탄, 다시 시작된 갈증과 태양과 모래의 공격, 그리고 선택할 수 없는 꿈인 삶의 공격이 다시 재개되었던 것을 생각했다.

그러나 중사는 이미 일어섰고, 우리 눈을 똑바로 직시하며 묻는다.

"시간이 됐습니까?"

바로 여기서 인간이 나타난다. 바로 여기서 그는 논리의 예측에서 벗어난다. 중사는 미소 짓고 있다! 대체 저렇게 하고 싶은 걸까? 누구의 생일이었는지 몰라도 메르모즈와 나 그리고 몇몇 친구들이 파티를 하고 나서, 새벽녘에 어느 바의 문턱에서 너무도 말을 많이 하고, 너무도 많이 마셔서 구토가 올라오고 했던, 쓸데없이 너무도 피로했던 파리에서의 어느 날 밤이 생각난다. 어느새 하늘이 부옇게 밝아오는데, 메르모즈가 갑자기 내 팔을 꽉 붙잡았다. 어찌나 세게 붙잡았는지 그의 손톱이 느껴질 정도였다. "있잖아, 지금 이 시각에 다카르에서는……." 그 시각은 정비사들이 눈을 비비며 프로펠러의 덮개를 벗기는 시각이었고, 조종사가 기상예보를 확인하러 가는 시각이며, 지상에는 오로지 동료들만이 나와 있는 시각이었다. 벌써 하늘이 물들고, 벌써 그들은 다른 이들을 위한 파티를 준비하는데, 벌써 파티의 냅킨이 펼쳐지는데, 우리는 그 파티 손님으로 참석하지 못할 것이다. 다른 이들은 위험을 무릅쓰고 있는데…….

"여기는 참 더러워……" 하고 메르모즈가 말을 맺었다.

그런데 중사, 그대는 죽을 만한 가치가 있는, 그 어떤 연회에 초대된 것인가?

나는 이미 그대의 신뢰를 얻었었다. 그대는 내게 그대의 이야기를 해주었다. 그대는 바르셀로나 어디선가에서 보잘것없는 회계원으로 있으면서, 나라의 분열에는 별로 신경 쓰지 않고 숫자를 늘어놓기에 바빴다. 그렇지만 그대 동료들 중 하나가 참전했고, 또 한 명이, 그리고 또 한 명이 참전하면서 그대는 놀라움과 함께 묘한 변모를 겪게 되었다. 그대의 관심사가 차츰차츰 무의미한 것으로 보였던 것이다. 그대의 즐거움, 그대의 근심, 그대의 사소한 안락, 그 모든 것이 다른 시대에 속하는 것이 되었다. 거기에 중요한 것은 하나도 없었다. 마침내 그대들 중 한 명이 말라가 해안에서 죽었다는 전사 통지가 날아왔다. 그것은 그대가 복수를 했으면 하고 바랐을 수도 있을 한 친구에 관한 문제가 아니었다. 정치라면 그대는 전혀 염두에 두지도 않았다. 그런데 그 소식이 그대들에게, 그대들의 예정된 별들 위로 바닷바람처럼 스쳐 지나갔다. 그날 아침 한 동료가 그대를 바라보았다.

"우리도 갈까?"

"우리도 가자."

그리하여 그대들은 '갔다'.

그대가 말로 설명할 수는 없었지만 그대가 명명백백하다고 믿었던 그 진실을 내가 이해하게끔 할 몇 가지 모습들이 떠올랐다.

이동 시기에 야생오리들이 지나갈 때면, 그 오리들이 나는 지역에서는 이상한 물결이 인다. 커다랗게 삼각형을 그리며 이동하는 야생오리 떼에 끌려서인지 집오리들이 서툰 도약을 시도하는 것이다. 야성의 부름이 그들 내면에 저도 모를 야성의 흔적을 깨워놓은 것이다. 그리하여 농가의 오리들은 잠깐 동안 철새들로 변한다. 늪지, 벌레, 가금 사육장의 초라한 영상들만 떠다니는 그들의 작고 둔한 머릿속에 광활한 대지, 먼 바다에서 부는 바람의 맛, 바다의 정경들이 생겨난다. 그토록 놀라운 것들을 많이 담을 수 있을 만큼 자신의 뇌가 크다는 것을 몰랐던 짐승은 이제 날갯짓을 하며 알곡을 경멸하고 벌레를 멸시하며 야생오리가 되고자 하는 것이다.

그러나 내 눈에 다시 떠오른 것은 가젤들이었다. 나는 쥐비에서 가젤을 키웠다. 그곳에서 우리 모두는 가젤을 사육했다. 가젤에게는 바람의 흐름이 필요하고 또 가젤만큼 약한 녀석도 없었기 때문에 우리는 야외에 철망으로 우리를 만들어 가젤을 가두어두었다. 어려서 잡힌 녀석들은 그래도 살아가며 당신들 손에서 풀을 받아먹기도 한다. 쓰다듬어도 가만히 있고 축축한 콧방울을 당신의 손바닥에 묻기도 한다. 그래서 사람들은 녀석들이 길이 들었다고 믿는다. 사람들은 가젤을 소리 없이 죽게 하고 녀석들에게 가장 애달픈 죽음을 안겨주는 미지의 슬픔으로부터 가젤을 보호했다고 믿는다. 그러나 그 작은 뿔로 사막을 향해 우리를 밀어붙이는 녀석들의 모습을 보게 되는 날이 온다. 녀석들이 자력의 영향을 받는 것이다. 가젤들은 자신이 당신들에게서 도망치고 있다는 사실을 알지 못한다. 당신들이 우유를 가져다주면, 녀석들은 와서 그것을 마신다. 아직까지 쓰다듬어도 가만히 있고, 콧방울을 당신들의 손바닥에 더 다정하게 비벼댄다……. 그러나 녀석들을 놓아주자마자, 잠시 행복에 겨워 뛰노는 척 하다가 다시금 철망 우리를 들이받는다. 당신이 끼어들지 않으면, 가젤들은 그곳에서 장벽과 맞서 싸우려고 하지도 않고 그저 고개를 숙이고 작은 뿔로 죽을 때까지 철망 우리를 밀어댄다. 발정기가 와서 그런 것일까 아니면 숨이 찰 정도로 마구 뛰어놀고 싶은 욕망 때문일까? 가젤들은 모른다. 사람들이 당신들에게 가젤을 잡아주었을 때, 녀석들은 채 눈도 뜨지 않은 상태였다. 가젤들은 수컷의 냄새와 마찬가지로 사막에서의 자유도 전혀 모른다. 그러나 당신들은 녀석들보다 똑똑하다. 가젤들이 추구하는 것을 당신들은 안다. 그것은 그들을 완성시킬 공간이다. 녀석들은 가젤이 되고 싶어하고 가젤의 춤을 추고 싶어 한다. 그들은 시속 130킬로미터로 직선 도주를 하며 때로 사막 여기저기서 불길이 솟아나기라도 한 듯 갑작스레 껑충껑충 뛰어보고 싶은 것이다. 만일 가젤의 진실이 공포를 맛보는 것이며, 공포만이 가젤들로 하여금 자신들 능력 이상을 발휘하게 하고 가장 높이 도약하게 만드는 것이라면, 재칼들이 뭐 그리 대수이겠는가! 태양 아래 발톱에 할퀴어 갈기갈기 찢어지는 것이 가젤들의 진리라면 사자가 뭐 대수이겠는가! 당신들은 가젤을 바라보며 저기 향수에 사로잡힌 녀석들이 있구나 하고 생각에 잠긴다. 향수, 그것은 알지 못할 무엇인가에 대한 욕망이다……. 욕망의 대상은 존재하지만 그것을 표현할 말이 없다.

그러면 우리에게는, 우리에겐 무엇이 그리운가?

중사여, 그대는 이곳에서 더 이상 운명을 거역하지 않는다는 느낌을 가져다주는 그 무엇을 발견할 것인가? 어쩌면 잠든 그대의 머리를 들어 올린 형제처럼 다정한 그 팔일까, 동정하는 것이 아니라 함께 나누는 그 미소일 것인가? "어이! 전우……." 동정하는 것은 아직도 둘이라는 뜻이다. 그것은 아직도 나뉘어져 있다는 뜻이다. 하지만 인간들 사이에는 감사나 동정이 그 의미를 잃어버리는 높은 경지가 존재한다. 그 경지에 올라야 사람은 비로소 풀려난 죄수처럼 숨을 들이쉬는 것이다.

우리는 두 대씩 팀을 이뤄 아직 정복되지 않은 리오 데 오로 상공을 통과할 때 그러한 일체감을 느꼈었다. 나는 구조된 사람이 구조대원을 향해 고맙다고 하는 소리를 들어본 적이 없다. 심지어 대개는 진이 빠지도록 이 비행기에서 저 비행기로 우편행낭을 옮겨 실으며 욕설을 주고받는다. "망할 놈! 만일 내가 가다 고장이 나면, 네놈 탓이야. 역풍을 정면으로 맞으면서도 고도 2000미터로 미친 듯이 조종을 했으니까! 좀 더 고도를 낮춰 나를 쫓아 왔더라면 벌써 포르에티엔에 도착했을 거란 말이야!" 그러면 목숨을 걸고 따라와준 상대방은 망할 놈이 된 것을 수치스러워한다. 하긴 우리가 그에게 고마워할 게 뭐가 있단 말인가? 그 역시 우리 생명에 대해 권리를 가지고 있었다. 우리는 같은 나무의 가지였던 것이다. 그래서 나를 구해준 그대에게도 나는 거만하게 굴었다!

중사여, 그대에게 죽음을 마련해주는 자가 왜 그대에게 동정심을 가지겠는가? 그대들은 서로를 위해 위험을 무릅썼다. 바로 그 순간 사람들은 더 이상 말이 필요 없는 연대감을 느낀다. 나는 그대의 출정을 이해했다. 만일 그대가 바르셀로나에서 가난에 시달리고, 어쩌면 일이 끝난 후에도 외롭게 홀로 있으면서 그대의 몸 하나 쉴 곳이 없다고 한다면, 여기서는 자신을 완성한다는 느낌을 받으며, 보편적인 것과 합류하여 천민인 그대가 사랑으로 받아들여진 것이다.

어쩌면 그대의 싹을 틔웠을 정치인들의 거창한 말들이 진실한 것인지 아닌지, 혹은 논리적인지 아닌지 알려고 하는 것은 우스운 일이다. 만일 파종한 씨앗에서 싹이 나듯 그 말들이 그대에게 영향을 미쳤다면, 그것은 바로 그 말들이 그대의 욕구에 들어맞았기 때문이다. 그대만이 판단할 수 있다. 밀을 알아볼 수 있는 것은 바로 대지인 것이다.

3

우리의 밖에 위치한 공통된 목표로 형제들과 결합되었을 때, 그때에야 비로소 우리는 숨을 쉰다. 그리고 경험은 우리에게 사랑한다는 것, 그것은 서로를 마주보고 있는 것이 아니라 둘이 함께 같은 방향을 바라보는 것이라는 것을 가르쳐준다. 같은 밧줄에 매여 같은 정상을 향하고 거기서 서로 만날 때에야 비로소 동료라고 할 수 있다. 그렇지 않다면 왜 이런 안락함의 시대에, 그것도 사막에서 마지막 식량을 함께 나누며 그토록 충일한 기쁨을 느끼겠는가? 그에 대한 사회학자들의 예측이 무슨 가치가 있겠는가? 우리들 가운데 사하라 사막에서 구조될 때 큰 기쁨을 맛보았던 사람들에게는 다른 모든 즐거움이 하찮은 것으로 보였다.

아마도 그런 까닭에 오늘날의 세상이 우리 주변에서 시끌벅적한 것 같다. 저마다 그 충일감을 약속해주는 종교들에 대해 열광한다. 모두들 서로 모순된 말로 우리에게 동일한 열정을 표현한다. 우리는 추론의 결실인 방법에 있어 서로 나뉘지만 목적에 있어서는 그렇지 않다. 목적은 동일하다.

　이제부터는 놀라지 말자. 자신의 내면에 숨어 있던 미지의 인물을 짐작조차 하지 못하고 있다가 희생, 상부상조, 엄격한 정의의 모습 때문에 바르셀로나에 있는 무정부주의자들의 지하실에서 그 인물이 깨어나는 것을 단 한 번이라도 느껴본 사람은 단하나의 진리, 즉 무정부주의자들의 진리 외에는 알지 못할 것이다. 그리고 스페인의 수도원에서 겁에 질려 무릎을 꿇고 있는 어린 수녀들을 보호하기 위해 한 번이라도 보초를 서 본 사람은 교회를 위해 목숨을 내어놓을 것이다.

　의기양양하게 안데스 산맥의 칠레 쪽 경사면으로 내려가는 메르모즈에게 만약 당신이 그건 잘못 생각한 것이며, 상인이 보내는 편지 한 장에는 어쩌면 목숨을 걸만한 가치가 없을 것이라고 지적한다면, 메르모즈는 당신 말을 귓전으로 듣고 넘겼을 것이다. 진리란 그가 안데스 산맥을 지나갈 때 그의 내면에서 태어나는 인간인 것이다.

　당신이 전쟁을 거부하지 않는 사람에게 전쟁의 참상을 납득시키려고 한다 해도, 그를 야만인으로 치부하지 말라, 차라리 판단하기에 앞서 그를 이해하려고 해보라.

　리프 전투 당시 반군 지역에 있는 두 개의 산 사이 모퉁이에 위치한 전진 초소를 지휘하던 남부의 그 장교를 생각해보라. 어느 날 저녁 그는 서쪽 산맥에서 내려온 휴전 교섭 사절들을 맞았다. 으레 그러하듯 그들이 차를 마시고 있을 때, 갑자기 사격이 시작되었다. 동쪽 산맥의 부족들이 초소를 공격해온 것이었다. 전투를 위해 사절단을 내보내려는 대위에게 적군 사절단은 이렇게 대꾸했다. "우리는 오늘 그대의 손님들이오. 그대를 저버리는 것을 신이 허락지 않을 것이오……." 그래서 사절단은 대위의 부하들과 합류하여 초소를 구했고, 그런 후에 독수리 둥지 같은 그들의 거처로 다시 올라갔다.

그러나 이번에는 그들이 대위를 공격하고자 했고 그 전날, 그들은 대위에게 사절을 보냈다.

"요전 날 밤, 우리는 당신을 도왔다……."

"사실이오……."

"우리는 당신을 위해 300발의 총알을 쏘았소……."

"사실이오……."

"우리에게 300발을 돌려주는 것이 옳을 것이오."

숭고한 마음의 소유자인 대위는 그들의 고귀함으로부터 얻은 이익을 착취할 수가 없었다. 그래서 자신을 향해 쏠 그 탄약을 그들에게 돌려주었다.

인간에게 있어 진리란 인간을 인간답게 만드는 것이다. 관계의 품위, 승부에서의 정직함, 생명을 거는 상호존중의 태도를 아는 사람에게 허용된 이러한 숭고함을 정치 선동가의 천박한 선량함과 비교해보면, 정치 선동가는 과장된 몸짓으로 같은 아랍인들의 어깨를 두드리며 형제애를 표현하면서 그들에게 아부를 하지만 그것은 동시에 그들을 모욕하는 것이기도 하다. 그러나 앞서 말한 자는 설령 당신이 그와 반대되는 생각을 하더라도 그저 당신에 대해 약간 경멸적인 동정심만을 느낄 뿐이다. 그런데 결국 옳은 사람은 그다.

하지만 당신이 전쟁을 미워하는 것도 마찬가지로 옳다.

인간과 인간의 욕구를 이해하기 위해서는, 인간의 본질을 통해 인간을 알기 위해서는 당신들이 가진 진리의 명증성을 대립시켜서는 안 된다. 그래, 당신이 옳다. 당신이 전적으로 옳다. 논리가 모든 것을 증명한다. 심지어 세상의 모든 불행을 꼽추들의 탓으로 돌리는 사람도 옳다. 만일 우리가 꼽추들에게 전쟁을 선포한다면, 우리는 재빨리 광분하는 법을 배울 것이다. 우리는 꼽추들의 죄에 대해 보복할 것이다. 물론 꼽추들 역시 죄를 저지른다.

이 본질적인 것을 끄집어내려고 하려면 잠시 분열을 잊어야 할 것이다. 분열은 일단 받아들여지기만 하면 모든 것을 요지부동의 진리들로 가득 찬 코란으로 이끌며, 그로부터 광신주의가 생겨난다. 사람들은 우익과 좌익, 꼽추와 꼽추가 아닌 사람, 파시스트와 민주주의자로 나눌 수 있으며, 그러한 구분은 공박할 수 없다. 그러나 당신도 알다시피, 진리란 세상을 단순하게 만드는 것이지 혼돈을 초래하는 것이 아니다. 진리, 그것은 보편성을 이끌어내는 언어다. 뉴턴은 오랫동안 숨겨졌던 법칙을 수수께끼 푸는 방식으로 '발견'한 것이 아니다. 뉴턴은 창조적인 연산을 실행했던 것이다. 그는 풀밭에 사과가 떨어지거나 태양이 떠오르는 것을 동시에 표현할 수 있는 인간의 언어를 정립했다. 진리, 그것은 스스로 증명되는 것이 아니라, 단순화시키는 것이다.

이데올로기로 논쟁을 벌여보았자 무슨 소용이 있는가? 만일 모든 이데올로기가 증명되고, 모든 이데올로기가 서로 대립한다면, 그와 같은 논쟁들은 인간의 구원을 절망으로 몰고 갈 것이다. 우리 주위의 어디서나 인간이 똑같은 욕구를 드러내는 한 말이다.

우리들은 해방되고 싶다. 곡괭이질을 하는 사람은 자신의 곡괭이질에서 하나의 의미를 알고 싶어한다. 도형수를 모욕하는 도형수의 곡괭이질은 개척자를 위대하게 하는 개척자의 곡괭이질과 같지 않다. 도형장은 곡괭이질이 이루어지는 장소에 있지 않다. 도형장은 물질적인 끔찍함이 아니다. 도형장은 아무 의미 없는 곡괭이질이 행해지는 곳, 곡괭이질 하는 사람을 인류 공동체에 연결시키지 않는 곳에 있다.

그리고 우리는 도형장에서 탈출하고 싶다.

유럽에는 아무 의미도 갖지 못한 채 태어나기를 꿈꾸는 2억 명의 인간들이 있다. 산업은 그들을 농부의 혈통에서 떼어내 검은 차량이 줄줄이 달린 기차가 바글거리는 조차장과도 같은 거대한 게토 속에 가두어버렸다. 노동자들의 도시 밑바닥에서 그들은 깨어나고 싶어하는 것이다.

직업의 톱니바퀴에 물려 들어가 개척자의 기쁨, 종교적인 기쁨, 학자로서의 기쁨을 금지당한 사람들도 있다. 그들을 성장시키기 위해서는 그저 옷을 입혀주고, 먹여주고, 그들의 모든 욕구를 채워주기만 하면 된다고 생각했었다. 그리하여 사람들은 그들의 내면에 쿠르트린*의 희극에 나오는 소시민, 마을 정치가, 내면생활에 무관심한 기술자를 만들어놓았다. 그들을 잘 교육시킨 것인지는 몰라도 그들의 교양은 더 이상 쌓아주지 못한 것이다. 교양이 공식의 암기로 이루어진다고 믿는 사람은 문화에 대해 보잘것없는 의견만을 갖는다. 전공 과정의 성적이 나쁜 학생이라 할지라도 데카르트나 파스칼보다 자연과 법칙에 대해 더 많이 알 수 있다. 그렇다고 그들 정신의 행보까지 똑같을 수 있을까?

누구나 다소간 어렴풋이 태어나고자 하는 욕구를 느낀다. 그러나 그런 것에 대한 해결책들은 사람들을 현혹시키기도 한다. 물론 사람들에게 제복을 입혀 그들에게 생기를 불어넣을 수 있다. 그러면 그들은 군가를 부르며 전우들과 빵을 나누어 먹을 것이다. 그들은 자신들이 추구하는 보편적인 것을 다시 맛볼 것이다. 하지만 그들에게 주어진 빵으로 인해 그들은 죽을 것이다.

　나무로 만든 우상을 땅에서 파내고 그럭저럭 자신들의 존재 가치를 드러냈던 옛 신화들을 부활시킬 수 있을 것이며, 범게르만주의나 로마제국의 절대 숭배를 부활시킬 수도 있다. 독일인들로 하여금 독일인임에 대해, 그리고 베토벤과 같은 나라 국민이라는 것에 대해 도취감에 빠지게 할 수도 있다. 별 볼 일 없는

*Georges Courteline(1858~1929). 몰리에르의 뒤를 잇는다고 평가받는 프랑스의 희극작가.

일을 하는 사람까지도 그런 것에 도취하게 만들 수 있다. 별 볼 일 없는 사람에게서 베토벤을 끌어내기보다는 당연히, 도취하게 만드는 게 더 쉽다.

그러나 그런 우상들은 사람을 잡아먹는 우상이다. 지식의 발달이나 질병 치료를 위해 목숨을 바치는 사람들은 죽어감과 동시에 생명에 봉사한다. 영토 확장을 위해 죽는 것도 어쩌면 아름다운 일일지 모르겠으나, 오늘날의 전쟁은 도움을 준다고 주장하면서 파괴를 자행한다. 오늘날에는 더 이상 전 인류를 살리기 위해 약간의 피를 희생한다는 것이 문제가 아니다. 전쟁이 비행기와 이페리트 독가스*로 치러지기 시작한 이래로 전쟁은 이제 피가 홍건한 외과수술에 지나지 않는다. 저마다 시멘트 벽 뒤에 몸을 숨기고, 저마다 어쩔 수 없이 매일 밤 전투기 편대를 보내 상대의 오장육부를 공격하고 생활의 중심지를 폭파하고, 생산과 교역을 마비시킨다. 승리는 맨 마지막에 썩는 자의 몫이다. 그리고 두 적수가 함께 썩어간다.

사막이 되어버린 세상에서 우리는 동료들을 찾기를 열망했다. 동료들끼리 나눈 빵의 맛은 우리에게 전쟁의 가치를 인정하게 했다. 그러나 같은 목표를 향한 여정에서 어깨를 나란히 한 온기를 찾기 위해 전쟁을 할 필요는 없다. 전쟁은 우리를 속인다. 증오는 그 목표를 향해 달려가는 열정에 아무것도 보태주지 않는다.

*1차 대전 당시 독일군이 사용한 수포작용제 독가스.

왜 서로를 증오하는가? 우리는 같은 행성에 실려 가는 같은 배의 선원으로서 서로 굳게 결속되어 있다. 만일 문명들이 새로운 종합을 이루기 위해 대립한다면 좋을지 모르겠으나, 서로를 잡아먹는다면 끔찍한 일이다.

우리가 해방되기 위해서는 서로 도와서 우리를 타인들과 이어주는 하나의 목적을 인식하는 것으로 충분하므로, 그 목적은 우리 모두를 하나로 만들어주는 곳에서 찾는 것이 좋을 것이다. 외진을 나가는 의사는 자신이 진찰하는 환자의 하소연을 들어주는 것이 아니다. 그 환자를 통해 의사는 인간을 치유하고자 한다. 그때 의사는 보편적인 언어로 말하는 것이다. 원자와 성운을 동시에 이해하는 거의 신적인 방정식을 생각하는 물리학자도 마찬가지다. 순박한 목동에 이르기까지도 다 마찬가지다. 왜냐하면 별빛을 받으며 겸허하게 몇 마리의 양을 지키는 자도 자신의 역할을 인식하게 된다면 하인을 넘어서는 자신을 발견하게 되기 때문이다. 그는 보초다. 그리고 모든 보초는 전 제국에 대한 책임을 떠맡고 있다.

당신은 그 목동이 인식하기를 바라지 않는다고 생각하는가? 나는 마드리드 전선에 있을 때 참호에서 500미터 떨어진 언덕 위의 조그만 돌담 너머에 있는 학교를 가본 적이 있다. 하사 한 명이 그곳에서 식물학을 가르치고 있었다. 손으로 개양귀비의 연약한 기관들을 떼어내는 그의 강의는 사람들을 끌어들였다. 몸이곳저곳에 묻은 진흙을 털고, 포탄이 쏟아짐에도 불구하고 수

염이 더부룩하게 자란 병사들이 순례라도 오는 듯 그가 있는 곳으로 올라왔다. 일단 하사의 주위에 정렬한 그들은 책상다리를 하고 턱에 주먹을 괴고 그의 강의를 경청했다. 그들은 눈썹을 찌푸리고 이를 악물곤 했지만 강의를 별로 이해하지 못했다. 하지만 그전에 그들은 "너희들은 짐승이야. 좀체 굴을 벗어나지 못하고 있어. 그러니 인간성을 되찾아야 해!"라는 말을 들었었고, 그래서 그들은 무거운 발걸음으로 서둘러 그 강의를 들으러 온 것이었다.

아무리 하찮은 역할이라도 우리가 우리의 역할을 인식하게 될 때, 그때에야 비로소 우리는 행복해질 것이다. 바로 그때에야 비로소 우리는 평화롭게 살고 평화롭게 죽을 수 있을 것이다. 왜냐하면 삶에 의미를 부여하는 것이 죽음에도 의미를 부여하기 때문이다.

죽음이 사물의 질서에 속할 때, 프로방스 지방의 늙은 농부가 생의 마지막에 이르러 자신의 몫인 염소와 올리브나무들을 자식들에게 넘겨서 그 아들들이 다시 자신의 자식의 자식에게 전하도록 할 때, 그때의 죽음은 참으로 달콤하다. 농부의 가계에서는 사람이 완전히 죽지 않는다. 각각의 존재가 꼬투리처럼 터져 씨앗들을 내놓기 때문이다.

　언젠가 나는 세 명의 농부가 그들 어머니의 임종을 지키는 것을 본 적이 있다. 물론 그것은 고통스러운 일이었다. 두 번째로 탯줄이 떨어져나가는 것이었다. 두 번째로 한 세대를 다른 세대와 이어주는 매듭이 풀리고 있었다. 그 세 아들은 명절이면 함께 모이던 식탁을, 그들 모두가 함께 만나던 중심축을 상실한 채 홀로 남아 모든 것을 배워야만 했다. 그러나 나는 그 단절에서 두 번째로 생명이 주어진다는 사실 또한 발견했다. 그 아들들 역시 이번에는 그들이 줄의 선두이자, 구심점이며 가장이 될 것이고, 나중에는 이제 그들이 뜰에서 놀고 있는 어린 자식들에게 주도권을 넘겨줄 것이다.

나는 그 어머니, 입술을 딱 다문 평온하면서 엄한 얼굴, 마치 돌로 된 가면처럼 변한 얼굴의 그 늙은 농부의 아낙을 보았다. 그리고 나는 그 얼굴에서 아들들의 모습을 보았다. 그 가면은 아들들의 얼굴을 판박이처럼 찍어내는 데에 사용되었다. 그 육신은 아들들의 육신을, 인간의 아름다운 그 표본들을 찍어내는 데에 사용되었다. 그리고 이제 그녀는 과육을 꺼낸 껍질처럼 깨어져 쉬고 있었다. 그 아들과 딸 들은 그들 차례가 되면 그들의 육신으로 인간의 자식들을 찍어내리라. 농가에서는 사람이 죽지 않았다. 어머니는 돌아가셨다, 어머니여 만세를 누리시길.

고통스럽다, 그렇다, 하지만 가는 길에 백발의 아름다운 유물을 하나하나 떨구며 여러 변모를 걸쳐 뭔지 모를 진리를 향해 걸어가는 그 혈통의 모습은 그리도 소박하다.

그런 까닭에 그날 밤 시골 조그만 마을의 죽음을 알리는 종소리는 절망에 찬 것이 아니라 은밀하면서도 따스한 환희에 찬 것처럼 들렸다. 같은 목소리로 장례와 세례를 알리던 그 종소리는 한 세대에서 다른 세대로의 이행을 다시 한 번 알리고 있었다. 불쌍한 늙은 여인과 대지의 결합을 기리는 노랫소리를 들으며 사람들은 오로지 커다란 평화만을 느꼈던 것이다.

이와 같이 나무가 성장하는 것처럼 느리게 발전하며 세대에서 세대로 전해지는 것, 그것은 생명이면서 또한 인식이기도 했다. 얼마나 신비로운 상승인가! 녹은 용암에서, 별의 반죽에서, 기적에 의해 발아한 세포에서 우리는 생겨났고, 차츰차츰 자라서 마침내 칸타타를 쓰고 은하수를 가늠하기에 이르렀다.

그 어머니는 생명만 전해준 것이 아니었다. 그녀는 아들들에게 언어를 가르쳤고, 수 세기가 흐르면서 서서히 축적된 짐, 그녀 자신이 받아서 보관했던 정신적 유산, 뉴턴이나 셰익스피어와 동굴에 사는 짐승들과의 차이를 이루는 작은 몫의 전통들, 개념들, 신화들을 맡겼던 것이다.

우리가 허기를 느낄 때, 스페인 병사들로 하여금 빗발치는 총탄을 뚫고 식물학 강의를 듣게 만든 그 허기, 메르모즈로 하여금 남대서양을 향하게 만든 그 허기, 또 어떤 이로 하여금 시를 쓰게 만드는 그 허기, 그 허기에서 우리가 느끼는 것은 창세기가 아직 끝나지 않았으며, 우리는 우리 자신과 우주에 대해 인식을 해야 한다는 것이다. 밤에 우리는 가교를 만들어야 한다. 자신들이 이기주의라고 생각하는 무관심을 자신들의 지혜로 삼는 자들만 그런 사실을 모른다. 그러나 모든 것이 그런 지혜를 부정하지 않는가! 동료들이여, 내 동료들이여, 그대들이 내 증인이 되어다오. 우리는 과연 언제 행복하다고 느꼈던가?

4

그리고 이제 이 책의 마지막 페이지에서 나는 그 늙은 관리들을 떠올린다. 운 좋게 지명을 받아 우리가 인간이 될 준비를 하고서 첫 우편 비행기를 타던 날 새벽 우리를 전송해주었던 그 늙은 관리들 말이다. 그들은 우리와 닮았지만, 자신들이 허기지다는 사실을 모르고 있었다.

잠을 자도록 내버려진 사람들이 너무 많다.

몇 년 전 장거리 철도 여행을 하던 중, 내가 사흘 동안 갇혀 있었던 그곳, 바닷물에 밀리는 조약돌 소리에 사흘 동안 포로가 되어 있었던 그곳, 움직이는 나라라고 할 수 있는 그 기차를 살펴보고 싶어서 나는 자리에서 일어났다. 새벽 1시에 나는 그 기차의 처음부터 끝까지 쭉 지나가보았다. 침대칸은 비어 있었다. 1등칸도 비어 있었다.

그러나 3등칸에는 프랑스에서 해고되어 자신들의 조국인 폴란드로 돌아가는 폴란드 노동자 수백 명이 타고 있었다. 나는 그들 몸을 넘어 다니면서 통로를 거슬러 올라갔다. 그러다 걸음을 멈추고 살펴보았다. 야간 등불 아래 선 내 눈에, 병영이나 경찰서 냄새를 풍기면서 칸막이도 없는 큰 방 같은 차량에 급행열차의 움직임에 흔들리며 아무렇게나 뒤섞인 민중이 보였다. 악몽에 파묻혀 다시금 자신들의 빈곤을 되찾아가는 민중. 빡빡 깎은 커다란 머리통들이 목재 좌석 위에서 이리저리 흔들렸다. 남자, 여자, 아이 할 것 없이 모두들 망각 속에서 그들을 위협하는 모든 소음, 모든 요동에 공격당하는 듯 좌우로 몸을 뒤척이고 있었다. 그들은 편안히 잠들 수 있는 호의도 얻지 못했다.

그들은 내가 예전에 노르 지방 폴란드 광부의 집에서 본 것과 같은, 창문에 제라늄 화분 세 개가 놓이고 조그만 정원이 딸린 작은 집에서 쫓겨나와 경제의 흐름에 따라 유럽의 끝에서 끝으로 떠다니는, 인간의 자격을 반쯤 상실한 사람들로 보였다. 그들은 겨우 부엌세간, 모포, 커튼만을 챙겨 보따리를 쌌는데, 엉성하게 쌌는지 터진 창자처럼 비죽비죽 물건들이 튀어나와 있었다. 그러나 그들이 아끼거나 소중히 여겼던 모든 것, 고양이, 개, 제라늄처럼 프랑스에서 사오 년 체류하는 동안 길들일 수 있었던 모든 것을 포기해야만 했고, 고작 부엌세간들만 챙겼을 뿐이었다.

어린애 하나가 너무 피곤해 잠든 것 같은 어미의 젖을 빨고 있었다. 생명은 부조리하고 무질서한 이 여행에서도 전해지고 있었다. 나는 아이 아비를 보았다. 돌처럼 무겁고 반들반들한 머리. 불편한 잠에 꼬부리고, 작업복 속에 갇힌 울퉁불퉁한 몸. 사내는 진흙 덩어리 같았다. 이처럼, 이 밤, 이제는 형체를 잃어버린 잔해가 객실 좌석 위에 놓여 있다. 나는 생각했다. 문제는 이런 가난, 이런 불결함, 이런 추함 속에 있지 않다고. 바로 이 남자와 이 여자는 어느 날인가 서로를 알게 되었고, 남자가 아마 여자에게 미소를 보냈을 것이다. 일이 끝난 후 남자는 아마 그녀에게 꽃을 가져다주었을 것이다. 소심하고 서툰 그는 아마 자신이 멸시를 당하지나 않을까 떨었을 것이다. 그러나 자신의 매력을 확신하고 있는 여자는 타고난 애교로 기꺼이 남자의 애간장을 태웠을 것이다. 그리하여 이제는 곡괭이질이나 망치질을 하는 기계로 전락해버린 이 남자는 달콤한 불안을 마음속으로 느꼈을 것이다. 알 수 없는 일은 그들이 이제 진흙 덩어리로 변해버렸다는 사실이다. 대체 어떤 금형 기계를 통해 각인되고, 어떤 끔찍한 틀을 거쳤단 말인가? 늙은 짐승도 품위는 갖춘다. 그런데 왜 아름다운 인간 형상의 진흙은 이렇게 엉망이 되어버린단 말인가?

꿈자리가 사나워 불편한 잠을 자고 있는 사람들 사이로 나는 계속 돌아다녔다. 거친 코골이 소리, 알아들을 수 없는 신음 소리, 한쪽이 저려서 다른 쪽으로 돌아눕는 사람들의 신발 끌리는 소리가 뒤섞여 만들어진 모호한 소리가 공중을 떠다니고 있었다. 그리고 거기에 덧붙여 바닷물에 뒤척이는 조약돌 소리가 여전히 그치지 않고 잔잔하게 들려왔다.

나는 어느 부부의 맞은편에 앉았다. 남자와 여자 사이에 아이 하나가 그럭저럭 틈새에 누워 자고 있었다. 아이가 잠결에 돌아눕고, 야간 조명 아래 아이의 얼굴이 드러났다. 아! 얼마나 사랑스러운 얼굴인가! 그 부부 사이에서 황금빛 과일 같은 아이가 태어난 것이다. 저 무거운 누더기로부터 성공적인 매력과 우아함이 생겨난 것이다. 나는 아이의 매끄러운 이마 위로 고개를 숙였다. 사랑스럽게 내민 그 입술 위로. 그리고 나는 생각했다. 여기 음악가의 얼굴이 있구나. 여기 아기 모차르트가 있구나. 여기 아름다운 생의 약속이 있구나. 전설에 나오는 어린 왕자들도 이 아이와 다를 바가 없다. 보호받고, 애지중지 키우고 교육만 잘 받는다면, 이 아이가 되지 못할 것이 무엇이랴! 돌연변이로 인해 정원에 새로운 품종의 장미가 태어나면, 모든 정원사들은 감동한다. 그 장미를 따로 떼어내 가꾸고 애지중지한다. 그러나 인간에게는 정원사가 없다. 아기 모차르트는 금형 기계에 의해 다른 이들과 똑같이 주조될 것이다. 모차르트는 싸구려 뮤직홀에서 타락한 음악을 자신의 가장 큰 기쁨으로 삼을 것이다. 모차르트가 그런 삶에 처해지도록 저주받은 것이다.

나는 다시 내 객실로 돌아왔다. 나는 생각했다. 저 사람들은 자신들의 운명으로 고통 받지 않는다. 지금 여기서 나를 고통스럽게 만드는 것은 자비가 아니다. 영원히 벌어져 있는 상처를 애처롭게 여기는 것이 아니다. 그 상처를 지닌 사람들은 상처를 느끼지 못하고 있다. 여기서 상처받고 피해를 입는 것은 개인이 아니라 인류이다. 나는 동정을 믿지 않는다. 나를 고통스럽게 만드는 것은 바로 정원사의 관점이다. 나를 고통스럽게 만드는 것, 그것은 어쨌건 게으름 속에 안주하듯 사람들이 안주한 곤궁함이 아니다. 동방의 여러 세대는 비천하게 살면서 거기에서 즐거워한다. 나를 고통스럽게 하는 것, 서민들의 수프로는 그것을 치유하지 못한다. 나를 고통스럽게 하는 것, 그것은 움푹 들어

가거나 푹 꺼진 것도 아니고, 그 누추함도 아니다. 그것은 저 사람들 각자의 내면에서 살해당한 모차르트이다.

*

오직 정신만이, 그 바람이 진흙 위로 불어올 때에만 비로소 인간은 창조된다.

야간 비행

I

비행기 아래로 보이는 언덕들이 황금빛 저녁 노을 속에 이미 어둠의 고랑을 파고 있었다. 들판을 환히 밝히는 그 빛은 쉬이 사라지지 않았다. 이 고장에서는 겨울이 지난 다음에도 들판에 눈이 녹지 않듯 황금빛 역시 지워지지 않았다.

최남단에서 파타고니아 우편 항공기를 몰고 부에노스아이레스로 돌아오는 조종사 파비앵은 항구의 바다 같은 고요함, 그리고 조용히 내리는 눈이 그리는 듯 마는 듯 하는 가벼운 물결들의 징후로 저녁이 다가옴을 인지했다. 그는 널찍하고 행복한 정박지로 들어오는 참이다.

그 고요함 속에서, 그는 거의 목동처럼 느릿느릿 산책을 한다고 생각할 수도 있었으리라. 파타고니아의 목동들은 서두르는 기색 없이 이 가축 떼에서 저 가축 떼로 옮겨간다. 그도 이 도시에서 저 도시로 돌아다니니까 작은 도시들의 목동이나 다름없었다. 그는 2시간마다 강가로 물을 마시러 오거나 들판에서 풀을 뜯는 가축 떼를 만나곤 했다.

때로는 바다보다 더 인적이 없는 100킬로미터의 스텝 지대를 지난 후, 넘실거리는 초원에서 인간 삶의 무게를 과거로 되돌리는 듯 보이는 버려진 농가를 마주치곤 했고, 그러면 그는 비행기 날개를 흔들어 인사를 건네는 것이었다.

"산 훌리안이 보인다. 우리는 10분 후 착륙할 예정이다."

무선기사가 그 소식을 노선에 있는 전 지서에 전했다.

마젤란 해협에서부터 부에노스아이레스까지 장장 2500킬로미터에 걸쳐 고만고만한 기항지들이 늘어서 있었다. 그러나 여기 산 훌리안 기항지는, 아프리카의 굴복하지 않은 마지막 마을이 신비를 향해 열려 있는 것처럼 밤의 전선을 향해 열려 있었다.

무선기사가 조종사에게 쪽지를 건넸다.

"날씨가 너무 험악해서 이어폰에 잡음이 가득하네요. 산 훌리안에서 자고 가는 게 어떻습니까?"

파비앵은 미소를 띤다. 하늘은 수족관처럼 고요하고 그들 전방의 모든 기항지에서 그들에게 이렇게 알려왔었다. "하늘 맑음. 바람은 제로."

그는 대답했다.

"계속 가세."

그러나 무선기사는 과일 속에 벌레들이 자리 잡고 있듯 어딘가 폭풍우가 미리 자리를 잡고 있으며, 밤이 아름답긴 하겠으나 엉망이 되고 말 것이라고 생각했다. 그래서 그는 부패할 준비가 되어 있는 저 어둠 속으로 들어가는 것이 싫었다.

　엔진 속도를 늦추고 산 훌리안으로 하강하면서 파비앵은 피곤함을 느꼈다. 인간의 삶을 달콤하게 만드는 모든 것들이 그를 향해 다가오며 점점 커지고 있었다. 그들의 집, 작은 카페들, 산책로의 나무들. 지금 그는 정복에 나선 날 저녁, 제국의 땅을 굽어보며 사람들의 소박한 행복을 발견하는 정복자와도 같았다. 파비앵은 무기를 내려놓고 무거운 몸과 근육통을 살피고 싶었다. 사람은 이처럼 비참함에 있어서도 풍요롭다. 그는 이곳에서 창문 너머로 움직이지 않는 풍경을 바라보는 평범한 사람이고 싶었다. 아주 작은 이 마을, 그는 기꺼이 그것을 받아들였으리라. 일단 선택하고 난 후엔 그런 마을이 있다는 그 우연에 만족해하며 사랑할 수 있다. 그 마을은 사랑처럼 당신을 구속한다. 파비앵은 이곳에서 오랫동안 살며 여기서 자신도 영원성을 가졌으면 하고 바랐으리라. 왜냐하면 그가 고작 1시간을 사는 작은 도시들, 그가 가로지르는 낡은 벽으로 막힌 정원들이 그가 보기에는 자신에게서 벗어나 영원히 지속되는 것 같았기 때문이었다. 이제 마을은 비행기 쪽으로 올라오며 그를 향해 열리고 있었다. 그러자 파비앵은 우정, 다정한 아가씨들, 친근한 흰 냅킨들, 서서히 영원히 길들여질 모든 것들에 관해 생각했다. 마을은 어느 새 비행기 날개 높이로 흘러가며, 이제는 더 이상 담으로 보호하지 못하는 닫힌 정원들의 신비를 펼쳐 보였다. 그러나 착륙하고 난 후, 파비앵은 돌들 사이로 몇몇 사람들의 느린 움직임 이외에는 아무것도 보지 못했다는 것을 알았다. 그 마을은 움직이지 않는 것 그것만으로 열정들이 지닌 비밀을 보호하고 있었고, 애정을 주기를 거부했다. 그 애정을 획득하려면 움직임을 포기해야만 했을 것이다.

기항지에서 10분이 흐른 후, 파비앵은 다시 출발해야 했다. 그는 산 훌리안 쪽을 뒤돌아보았다. 이제 한 줌의 빛에 지나지 않는 그것은 이윽고 별이 되었다가, 한 줌의 먼지가 되어 그의 마음을 마지막으로 들뜨게 하고는 사라져버렸다.

"이제 계기판이 보이지도 않는군. 불을 켜도록 하지."

그는 스위치를 눌렀다. 그러나 기체의 붉은색 램프가 저녁의 푸르스름한 빛 속에서 계기판 바늘을 향해 너무도 약한 불빛을 쏘았기에 바늘의 색이 붉게 나타나지 않았다. 그는 전구에 손가락을 댔다. 그의 손가락도 물이 들까말까 했다.

"너무 이르군."

그렇지만 검은 연기와도 같은 어둠이 밀려오고 있었고, 이미 계곡을 가득 채운 상태였다. 이제는 계곡과 평야를 구분할 수 없었다. 마을에는 벌써 불이 켜지고 있었고, 그 불빛들이 이룬 별자리가 퍼져가고 있었다. 그러자 그도 위치등을 깜빡여서 마을에 화답했다. 바다를 향해 등대를 돌리듯, 거대한 어둠을 맞이한 마을에서 집마다 자신들의 별에 불을 켰고, 그리하여 대지에는 빛의 부름이 펼쳐졌다. 인간의 삶을 망라하는 모든 것이 벌써부터 반짝이고 있었다. 파비앵은 밤으로의 진입이 이번에는 정박지로 들어서는 것처럼 느리고 아름답게 이루어지는 것에 감탄했다.

그는 기체에 고개를 파묻었다. 계기판 바늘의 라듐이 빛을 발하기 시작했다. 조종사는 하나하나 숫자들을 확인하고 만족했다. 그는 자신이 하늘에 견고하게 자리 잡고 앉아 있다는 것을 알았다. 그는 손가락으로 강철로 된 수직 조종간을 가볍게 건드렸고, 그 금속 안에 생명이 흐르는 것을 느꼈다. 그 금속은 떨리는 것이 아니라 살아 있었다. 500마력의 엔진이 질료에 부드러운 흐름이 태어나게 만들었고, 그 흐름이 얼음장 같은 금속을 비로드와 같은 살로 변하게 했다. 비행 중인 조종사는 다시 한 번 현기증이나 도취가 아니라 살아 있는 살의 신비로운 작업을 경험하고 있었다.

이제 그는 하나의 세상을 재구성하였고, 그 세상에 편히 자리 잡기 위해 팔꿈치를 움직였다.

그는 배전판을 두드리고, 스위치를 하나하나 눌렀고, 몸을 약간 움직여 등을 편히 기댔으며, 흐르는 밤에 엄폐된 5톤 무게 금속의 흔들림을 잘 느끼기 위해 최적의 자세를 찾았다. 그런 다음 더듬더듬 비상등을 찾아 제자리로 밀어놓고 잠시 내버려두었다가 다시 찾아서 그것이 미끄러지지 않았음을 확인했다. 그리고 다시 비상등에서 손을 떼고 각각의 레버를 톡톡 건드려보더니 그 모두를 확실하게 연결하고 자신의 손가락들이 눈먼 세계에 적응할 수 있도록 훈련했다. 손가락이 익숙해지자, 그는 램프 하나를 켜 정교한 장치가 된 기체를 장식하고, 오지 계기판만을 통해 마치 잠수하듯 기체가 밤으로 진입하는 모습을 지켜보았다. 그런 다음 아무것도 흔들리지 않고 진동하지도 않고 떨리지도 않으며, 자신의 자이로스코프, 고도계, 엔진 회전수가 고정된 채로 있자, 그는 가볍게 기지개를 켜고 좌석의 가죽 시트에 목을 기댄 상태로, 설명하기 어려운 희망을 맛보게 해줄 비행에 대한 깊은 사색에 빠져들기 시작했다.

그리고 이제 그는 불침번처럼, 밤의 한가운데서 밤이 인간을 드러내 보여준다는 것을 발견한다. 저 부름들, 저 빛들, 저 불안을. 어둠 속에서 빛나는 별 하나, 그건 고립되어 있는 집을 가리킨다. 빛을 잃은 다른 별 하나, 그것은 자신의 사랑 위로 닫히는 집이다.

아니면 자신의 권태 위로 닫히든지. 그것은 나머지 세상을 향해 신호 보내기를 그친 집이다. 등잔불을 앞에 두고 식탁에 팔을 괸 농부들은 자신들이 무엇을 바라는지 알지 못한다. 그들은 자신들을 가둔 광대한 밤에 자신들의 욕망이 얼마나 멀리 뻗어 가는지 알지 못한다. 그러나 파비앵은 안다. 1000킬로미터 떨어진 곳에서 오면서 갑자기 커다란 파도가 숨 쉬는 비행기를 들어 올렸다가 내린다는 것을 느낄 때, 마치 전쟁을 치르는 나라 같은 열 번의 폭우를 가로지르고 그 사이사이 달빛이 만들어낸 공터를 지날 때에, 그리하여 승리감에 도취되어 그러한 불빛들을 하나 둘 마주칠 때에 그는 그런 사실을 깨닫는다. 저 사람들은 자신들의 등불이 초라한 식탁만을 밝힌다 생각하지만, 그들로부터 80킬로미터 떨어진 곳에서는 황량한 섬에서 바다를 마주보고 절망적으로 흔드는 것 같은 그들 불빛의 부름에 이미 감동받고 있는 것이다.

II

파타고니아, 칠레, 파라과이로부터 세 대의 우편 항공기가 남쪽, 서쪽, 북쪽에서 부에노스아이레스로 돌아오고 있었다. 부에노스아이레스에서는 자정 무렵 유럽행 비행기를 출발시키기 위해 그들의 비행기에 화물을 적재하기를 기다리고 있었다.

세 명의 조종사는 저마다 거룻배처럼 무거운 보닛 뒤에서 어둠에 잠긴 채 자신들의 비행을 곱씹어보고 있었고, 벽지의 농부들이 산에서 내려오듯 폭풍우가 치거나 맑은 하늘로부터 거대한 도시를 향해 서서히 착륙할 것이었다.

전체 노선망의 책임자인 리비에르는 부에노스아이레스의 착륙장에서 이리저리 서성이고 있었다. 그는 침묵을 지키고 있었다. 왜냐하면 그 세 대의 비행기가 도착하기까지는 그날 하루가 그에게는 여전히 불안한 날이기 때문이었다. 시시각각 전보가 그에게 도달함에 따라 리비에르는 제비뽑기에서 뭔가를 뽑아내고 미지의 부분을 줄이며 자신의 승무원들을 어둠 너머 강기슭으로 이끌어낸다고 생각했다.

잡역부 하나가 리비에르에게 다가와 무선기지국으로부터 온 메시지를 전해주었다.

"칠레발 우편 항공기가 부에노스아이레스의 불빛이 보인다고 연락해왔습니다."

"좋았어."

곧 리비에르의 귀에 그 비행기 소리가 들리리라. 밀물과 썰물 그리고 신비로 가득 찬 바다가 오랫동안 가지고 놀던 보물을 해변에 내어놓듯 밤은 비행기 한 대를 벌써 내어놓고 있는 중이었다. 그리고 조금 더 있으면 밤으로부터 나머지 두 대도 돌려받을 터였다.

그러면 오늘 하루는 완전히 정리되리라. 그리고 피곤에 지친 승무원들은 팔팔한 승무원들과 교대하고 잠을 자러 가리라. 그러나 리비에르에게 휴식은 없을 것이다. 이번에는 유럽행 우편 항공기가 그에게 불안을 잔뜩 안겨줄 것이기 때문이었다. 언제나 그럴 것이다. 언제나. 늙은 투사는 처음으로 자신이 지쳤음을 느끼고 놀란다. 비행기들의 도착이 결코 전쟁을 끝내고 지극한 평화의 시대를 여는 승리가 되지는 못하리라. 그에게는 이후로 내디딜 수많은 같은 걸음들에 앞서 내디딘 한 걸음에 지나지 않으리라. 리비에르는 자신이 오래전부터 팔을 뻗어 매우 무거운 짐을 들어 올리고 있는 것 같았다. 그것은 휴식도, 희망도 없는 노력이었다. '내가 늙어가고 있구나…….' 단 하나뿐인 활동에서 더 이상 양식을 얻지 못한다면 늙어가고 있는 것이다. 그는 이제껏 한 번도 스스로에게 제기하지 않았던 문제들을 생각하고 있는 자신에 놀랐다. 자신이 항상 멀리 했던 따스한 감정들의 덩어리가 잃어버린 대양처럼 울적한 중얼거림과 함께 자신에게 되돌아오고 있었다. '그 모든 것이 이토록 가까이 있었던가……?' 그는 인간의 삶을 따스하게 만드는 모든 것을 '시간이 있을 때'를 위해 언제나 노년으로 조금씩 미루어두었었다는 사실을 깨달았다. 마치 언젠가는 정말 시간을 가질 수 있는 것처럼, 마치 인생의 끝자락에 이르러 사람들이 상상하는 지복한 평화를 얻을 수나 있는 것처럼 말이다. 그러나 평화는 없다. 어쩌면 승리도 없다. 모든 우편 항공기의 최종적 도착은 없는 것이다.

리비에르는 작업 중이던 늙은 작업반장 르루 앞에서 걸음을 멈췄다. 르루 역시 일을 한 지 40년이 되었다. 그리고 일이 그의 모든 힘을 앗아가고 있었다. 르루가 밤 10시 혹은 자정에 자신의 집에 돌아가도 그에게 다른 세상이 주어지는 것은 아니었고, 도피도 아니었다. 리비에르는 힘겹게 고개를 쳐드는 그 사내를 향해 미소를 지어 보이고 푸르게 변한 차축을 가리키며 말했다. "이게 너무 뻑뻑하더군. 하지만 그래도 버텼으니……." 리비에르는 차축 위로 몸을 숙였다. 직업정신이 다시 리비에르를 사로잡았다. "작업반에 얘기해서 좀 더 느슨하게 조정하라고 해야겠는 걸." 그는 손가락으로 마모된 흔적들을 만져보고는 다시 르루를 바라보았다. 깊이 팬 르루의 주름살을 보니, 웃기는 질문 하나가 그의 입술에 걸렸다. 그는 미소를 띠며 물었다.

"르루, 자네는 살면서 사랑에 빠져본 적이 많은가?"

"오! 사랑이라니, 소장님, 아시다시피……"

"나처럼 자네에게도 그럴 시간이 전혀 없었겠지."

"그리 많지는 않았지요……"

리비에르는 목소리의 음에 귀를 기울이며 혹시 대답에 씁쓸한 기운이 감도는지 가늠하려 했다. 씁쓸한 느낌은 들지 않았다. 저 사람은 자신의 지나간 삶 앞에서 이제 막 멋진 나무판을 윤이 나게 손질한 가구 제조인처럼 평온한 만족감을 느끼고 있었다.

"그래. 다 되었어."

'그래, 내 삶도 다 되었어' 하고 리비에르는 생각했다.

그는 피곤함에서 생겨난 서글픈 생각들을 떨치고 격납고로 향했다. 칠레발 우편기가 붕붕거리고 있었기 때문이었다.

III

멀리서부터 들려오는 엔진 소리가 점점 더 커졌다. 때가 무르익고 있었다. 불을 켰다. 붉은 항공표지등들이 격납고, 무선전신탑들, 네모난 착륙장의 모습을 드러내고 있었다. 사람들은 축제 분위기였다.

"저기 온다!"

비행기는 이미 늘어선 관제등 안으로 굴러 들어오고 있었다. 기체가 너무 반짝여서 마치 새 것처럼 보였다. 그러나 마침내 비행기가 격납고 앞에서 멈추고 정비사들과 잡역부들이 수하물을 내리기 위해 분주하게 움직일 때에도 조종사인 펠르랭은 꼼짝도 하지 않았다.

"뭔가? 내리지 않고 뭘 기다리는 거야?"

뭔가 알 수 없는 일에 몰두하고 있는 조종사는 대꾸조차 하지 않았다. 아마도 아직까지 그의 몸 안을 흐르는 비행의 소음을 듣고 있는 모양이었다. 그는 천천히 고개를 끄덕였고, 몸을 앞으로 기울여 뭔지 모를 것을 작동시키고 있었다. 마침내 그가 자신의 상사들과 동료들을 향해 몸을 돌리고 마치 자신의 소유물을 보듯 심각하게 바라보았다. 그는 그들의 수를 세고 길이를 재고 무게를 다는 것 같았으며, 그들 모두와 축제 분위기의 격납고 그리고 단단한 시멘트와 조금 더 멀리로 도시와 도시의 움직임, 여자들 그리고 그 열기까지 다 얻은 듯 보였다. 그는 그 모든 사람들을 만지고 듣고 욕을 퍼부을 수 있었으므로, 그들이 자신의 백성이라도 되는 것처럼 커다란 손에 쥐고 있었다. 처음에 그는 거기서 조용히 있으면서 살아 있음을 확신하며 달이나 감상한다고, 그들에게 욕을 퍼부을까 생각도 했지만, 그러기엔 그는 너무 온후한 사람이었다.

"거, 술이나들 사!"

그러고는 내려왔다.

그는 자신의 비행에 대해 이야기를 하고자 했다.

"알기나 할까 몰라⋯⋯!"

이미 귀에 딱지가 앉을 정도로 얘기를 했다는 판단이 섰는지, 그는 자신의 가죽 슈트를 벗으러 갔다.

침울한 얼굴의 감독관과 말이 없는 리비에르와 함께 부에노스아이레스로 향하는 차량을 타고 갈 때, 그는 슬퍼졌다. 일에서 발을 빼 다시 땅에 발을 내디디며 한바탕 욕지거리를 내뱉는 것도 좋다. 얼마나 강력한 기쁨이란 말인가! 하지만 그러고 나서 돌이켜보면 뭔지 모를 의구심이 든다.

태풍과의 싸움, 그건 적어도 현실적이고 솔직하다. 하지만 사물들의 모습, 그것들이 홀로 있다고 믿을 때의 그 모습은 그렇지 않다. 그는 생각했다.

'그건 완전히 반란이나 다름없어. 조금 창백하다 싶었는데, 그 모습들이 그렇게 빨리 변하다니!'

그는 애써 기억하려 했다.

그는 평온하게 안데스 산맥을 횡단하고 있었다. 겨울 눈이 산맥 위로 온통 평화롭게 쌓이고 있었다. 마치 수 세기가 흘러 사람이 살지 않는 성들이 평화로워지듯, 겨울 눈은 그 산맥에 평화를 안겨주었다. 200킬로미터의 두께 위에는 그 어떤 사람도, 어떤 생명의 숨결도, 어떠한 인위적 노력의 흔적도 남아 있지 않았다. 다만 고도 6000미터의 능선, 직각으로 떨어지는 병풍처럼 둘러쳐진 암벽, 그리고 무서울 정도의 고요함이 있었다.

투푼가토* 근방에 이르렀을 때였지…….

그는 곰곰 생각했다. 그렇다, 그가 기적을 목격한 곳이 그곳이었다.

처음에 그는 아무것도 보지 못했다. 그저, 자신이 혼자라고 생각했는데 혼자가 아니라 누군가에 의해 관찰 당하고 있다는 것을 알게 된 것처럼 거북함이 느껴졌었다. 그는 자신이 분노에 둘러싸여 있다고 느꼈지만, 이미 너무 늦었고 어떻게 그렇게 되

*아르헨티나와 칠레의 국경 지대에 있는 산.

었는지도 이해하지 못했다. 그랬다. 대체 그 분노는 어디서 온 것이었을까?

돌들로부터, 눈으로부터 그 분노가 배어나오고 있었다는 것을 그가 무슨 수로 짐작한단 말인가? 아무것도 그에게 다가오지 않는 것 같았고, 컴컴한 폭풍도 일지 않았다. 그러나 그 자리에서 약간 다른 세상이 또 하나의 세상으로부터 나오고 있었다. 펠르랭은 뭐라 설명할 수 없이 가슴을 옥죄며 무구한 산 정상들, 능선들, 조금 더 회색으로 변했나 싶은 눈 덮인 능선들 그러나 사람들처럼 살아나기 시작한 그 능선들을 바라보았다.

맞서 싸워야 할 것은 아니었지만, 그는 조종간을 꽉 움켜쥐었다. 그가 이해하지 못하는 무엇인가가 만들어지고 있었다. 그는 막 뛰어 오르려는 짐승처럼 근육을 긴장시켰지만, 그의 눈에 보이는 것은 그저 평온하기만 했다. 그렇다, 평온했다. 하지만 낯선 힘에 가득 찬 평온함이었다.

그러고 나자 모든 것이 날카롭게 날을 세웠다. 능선들, 산봉우리들, 모든 것이 날카로워졌다. 그것들이 마치 뱃머리처럼 세찬 바람을 뚫는 게 느껴졌다. 그리고 그가 보기에는 그것들이 전투태세를 갖추고 자리를 잡는 거대한 전함들처럼 그의 주위에서 돌고 방향을 바꾸고 하는 것 같았다. 게다가 대기 중에는 먼지가 뒤섞여 있었다. 그 먼지는 마치 돛인 양 눈을 따라 부드럽게 떠다니며 위로 솟구쳤다. 그래서 어쩔 수 없는 경우 후퇴할 길을 찾기 위해 뒤를 돌아보았다가 그는 흠칫 몸을 떨었다. 후방의 안데스 산맥 전체가 술렁이고 있는 듯 보였기 때문이었다.

"망했군."

전방의 산봉우리에서 눈이 솟구쳐 올랐다. 정녕 눈의 화산이라 할 만했다. 그리고 거기서 조금 오른쪽에 있는 두 번째 봉우리에서도 그랬다. 그런 식으로 모든 산봉우리들이 하나씩 차례대로, 마치 눈에 보이지 않는 달리기 선수가 연속적으로 건드리고 가는 것처럼 끓어올랐다. 그때 첫 돌풍이 일기 시작하면서 조종사 주위의 산들이 흔들렸다.

격한 움직임은 흔적을 별로 남기지 않는 법이다. 그래서 그는 자신을 곤두박질치게 만들었던 그 심한 돌풍들에 대해 더 이상 기억하지 못했다. 그저 그 회색빛 불길 속에서 격렬하게 몸부림쳤다는 것만 생각날 뿐이었다.

그는 생각했다.

'태풍은 아무것도 아냐. 목숨은 부지할 수 있거든. 그렇지만! 그렇지만 그렇게 맞닥드리는 순간은!'

그는 수많은 면모들 중 어떤 모습을 알아보았다고 생각했지만, 벌써 그것을 잊어버렸다.

IV

리비에르는 펠르랭을 바라보았다. 20분 후 차에서 내리면 저 사람은 피로와 갑갑함을 느끼며 군중들 틈에 섞여들 것이다. 어쩌면 이렇게 생각할지도 모른다. '정말 피곤하군……. 거지같은 직업이야!' 그리고 자기 아내에게 "안데스 산맥보다는 여기가 더 낫더군" 하는 그런 말을 털어놓을지도 모른다. 그렇지만 사람들이 그토록 애지중지하는 모든 것에 그는 무심했다. 그는 이제 막 그런 것들의 비참함을 알게 된 참이었다. 환한 불빛 속의 도시를 저 자신 다시 만나는 일이 가능할지조차 모른 채 그 무대의 다른 편에서 몇 시간을 보내고 왔으므로. 심지어 귀찮지만 소중한 유년 시절의 여자 친구들, 인간으로서의 자신의 소소한 결점들조차 다시 만날 수 있을지 알 수 없었다. 리비에르는 생각했다. '모든 군중 속에는 우리가 알아볼 수는 없어도 숭고한 사자(使者)들이 존재한다. 그들 자신도 모르는 사자들. 만일 그런 일이 발생하지 않는다면…….' 리비에르는 찬사를 늘어놓는 부류의 몇몇 사람들을 두려워했다. 그들은 모험의 성스러운 성격을 이해하지 못하며, 그들의 찬사는 모험의 의미를 왜곡시키고, 인간을 깎아내린다. 그러나 이 점에 있어 펠르랭은 어떤 빛 아래에서 엿본 세상이 어떤 가치가 있는지 그 어느 누구보다도 잘 깨우치고 있으며, 또한 천박한 찬사를 오연한 경멸로 뿌리칠 수 있다는 점에서 위대함마저 간직하고 있었다. 그래서 리비에르는 그를 치하하며 "어떻게 해낸 거야?" 하고 물었다. 그는 펠르랭이 그저 자신의 직업을 거론하며 자신이 행한 비행을 마치 대장장이가 모루에 대해 말하듯 하는 것이 좋았다.

펠르랭은 먼저 자신의 퇴로가 차단되었음을 설명했다. 그는 거의 변명을 하듯 "그래서 달리 선택의 여지가 없었지요" 하고 말했다. 그 이후에는 아무것도 보지 못했다고 했다. 눈이 그의 시야를 가로막았던 것이다. 하지만 세찬 기류가 그를 7000미터의 고도로 들어 올려준 덕분에 살아났다. "산맥을 횡단하는 내내 산봉우리에 닿을락 말락하게 고도를 유지했던 모양입니다." 그는 또한 자이로스코프의 환기구를 눈이 막아버리는 바람에 위치를 바꾸어야 했었다고 했다. "아시겠지만, 아예 빙판이 되어버렸다니까요." 그 후에 또 다른 기류가 펠르랭을 곤두박질치게 만들었고, 고도 3000미터쯤에 이르렀을 때는 그때까지 어떻게 해서 자신이 아무런 것과도 충돌하지 않았는지 의아했었다. 그건 그가 이미 평야 위를 날고 있었기 때문이었다. "거기서 맑은 하늘 속으로 나오다 보니 문득 깨닫게 되었지요." 마지막으로 그는 그 순간 동굴 밖으로 나오는 느낌이었다고 설명했다.

"멘도자에도 폭풍이 불던가?"

"아니오. 바람 한 점 없는 맑은 날씨에 착륙했답니다. 하지만 폭풍이 내 뒤를 바짝 쫓아오고 있었지요."

그는 "그래도 그건 이상한 일이었다"고 하면서 그 폭풍을 묘사하기 시작했다. 꼭대기는 까마득하게 높이 눈구름에 싸여 보이지 않았는데, 아래쪽은 검은 용암처럼 평야로 흘러내리더란 것이었다. 도시가 하나 둘 그 폭풍 속으로 잠겨들었단다. "그런 건 한 번도 본 적이 없습니다······." 거기까지 말한 후 그는 무슨 추억에 잠겨들었는지 입을 다물었다.

리비에르는 감독관을 돌아보았다.

"태평양의 사이클론인데, 우리에게 너무 늦게 소식이 전해진 거야. 게다가 사이클론은 결코 안데스 산맥을 넘어서는 법이 없는데 말이지." 그것이 동쪽으로 계속 그 진로를 유지하리라고는 예상할 수 없는 일이었다.

그런 것에 대해 문외한인 감독관은 그런가 보다 했다.

감독관은 머뭇머뭇하다가 펠르랭을 향해 돌아섰다. 그의 목울대가 움찔했다. 하지만 그는 입을 다물었다. 그리고 곰곰 생각에 잠기더니 이내 자신의 정면을 응시하며 우울한 위엄을 되찾았다.

감독관은 그 우울함을 짐짝처럼 짊어지고 다녔다. 명확하지도 않은 사안으로 리비에르의 호출을 받아 전날 아르헨티나에 도착한 그는 자신의 커다란 두 손과 감독관으로서의 위엄이 거추장스러웠다. 그에게는 꿈같은 이야기나 뛰어난 말솜씨에 감탄할 권리가 없었다. 그저 자신의 직분에 따라 시간 엄수를 칭찬할 뿐이었다. 그에게는 사람들과 어울려 술을 한잔한다거나 동료와 허물없이 반말을 할 권리도 없었고, 도저히 있을 것 같지 않은 우연에 의해 같은 기항지에서 또 다른 감독관을 만나 농담을 나눌 권리도 없었다.

'판정관이 된다는 것도 힘든 일이로군' 하고 그는 생각했다.

사실 그는 판정을 내리는 것이 아니었고 그저 고개만 끄덕일 뿐이었다. 아무것도 모르기 때문에 자신이 마주치는 모든 것 앞에서 그는 천천히 고개만 끄덕였다. 그것이 양심이 불량한 사람들을 불안하게 만들었고, 그래서 장비들을 제대로 유지하는 데에 도움이 되었다. 사람들은 그를 별로 좋아하지 않았는데, 왜냐하면 감독관이란 자리는 사랑받는 기쁨을 위해 만들어진 것이 아니라 보고서 작성을 위해 만들어졌기 때문이다. 그는 리비에르로부터 "로비노 감독관은 우리에게 시가 아니라 보고서를 제출해주시기 바랍니다. 로비노 감독관은 즐거이 자신의 능력을 발휘하여 직원들의 열정을 불러일으켜주시기 바랍니다"라는 편지를 받은 이후부터 보고서에 새로운 방법이나 기술적 해결방안들을 제안하는 것을 포기했다. 그때부터 그는 매일 먹는 빵에 달려들듯 사람들의 결점을 물고 늘어졌다. 술을 마시는 정비사를, 밤을 하얗게 지새우는 공항 책임자를, 착륙 시 기체를 덜

컹거리게 하는 조종사를 물고 늘어진 것이다.

리비에르는 그에 대해 이렇게 말하곤 했다. "그 사람은 그리 똑똑하지는 않아, 그렇기 때문에 기여하는 바가 크지." 리비에르가 정한 규정, 그 규정으로 리비에르는 사람을 파악했다. 그러나 로비노에게는 규정에 대한 인식만 존재할 뿐이었다.

"로비노, 출발이 지연된 건에 대해서는 시간 엄수에 대한 수당을 지급하지 말아야 할 걸세." 어느 날인가 리비에르가 그에게 그렇게 말했었다.

"불가항력인 경우에도 말입니까? 안개가 끼었을 때도?"

"안개가 끼었을 때도 마찬가지야."

그래서 로비노는 부당한 처사를 아무렇지도 않게 행할 만큼 두려움이 없는 강한 상사를 두었다는 것에 대해 일종의 자랑스러움을 느꼈다. 그리고 로비노 자신도 그처럼 공격적인 권력에서 위엄과도 같은 것을 끌어낼 심산이었다.

후에 그는 공항 책임자들에게 되풀이하여 말하곤 했다. "6시 15분에 출발시켰군요. 그러니 수당을 지급할 수 없습니다."

"하지만 로비노 씨. 5시 30분에는 10미터 앞도 보이지 않았단 말입니다!"

"규정이 그렇게 되어 있어요."

"하지만 로비노 씨, 우리가 안개를 걷어낼 수는 없는 것 아니오!"

그러면 로비노는 오리무중의 태도를 취하곤 했다. 그는 지도부에 속하는 사람이었다. 마음대로 부릴 수 있는 사람들 가운데 그만이 사람들을 징계함으로써 어떻게 시간 엄수를 개선할 수 있는지 알고 있었다.

"그는 아무 생각도 없어. 그러니 잘못 생각하는 법이 없지." 리비에르는 그에 대해 이렇게 말하곤 했다.

조종사가 기체 파손을 일으키면, 그 조종사는 기체 보존 수당을 놓치게 되었다.

"하지만 숲 위에서 기체가 고장 나면요?" 하고 로비노가 물었었다.

"숲 위에서도 마찬가지지."

그러자 로비노는 하라는 대로 했다.

나중에 그는 무척이나 도취되어 조종사들에게 말하기를, "유감이야. 정말 무지무지하게 유감이지만, 고장이 나더라도 다른 곳에서 나도록 해야지"라고 했다.

"하지만 로비노 씨, 우리가 고장 날 장소를 고르지는 못하잖습니까!"

"규칙이 그런 걸 어쩌란 거요."

리비에르는 생각했다. '규칙이란 종교의 제의와 유사해서 터무니없는 것처럼 보이지만, 사람을 만들어간다.' 리비에르는 자신이 정당하게 보이건 부당하게 보이건 상관하지 않았다. 어쩌면 그런 말들이 그에게는 아무 의미도 없었으리라. 소도시의 소시민들은 저녁이 되면 동네 뮤직홀 주변을 맴돈다. 리비에르는 그런 것을 보고 생각했다. '저들에 대해 정당하든 부당하든, 그건 아무 의미가 없지. 왜냐하면 저들은 존재하는 것이 아니니까.' 그에게 있어 인간이란 반죽해서 빚어야 할 순백의 밀랍이었다. 그 질료에 영혼을 불어넣고 의지를 심어주어야 했다. 그 엄격함을 통해 그는 그들을 굴종시키려 하는 것이 아니라 그들을 그들 자신으로부터 벗어나게 하려고 했다. 모든 지연에 대해 그가 그렇게 징계를 가하는 것은 부당한 일이 될 수도 있지만, 그로 인해 모든 기항지는 출발에 대한 의지를 유지할 수 있었다. 그가 그 의지를 만들어내고 있었던 것이다. 그는 직원들이 불순한 날씨를 쉴 수 있는 기회라고 즐거워하지 못하도록 함으로써 그들이 날이 개기를 초조하게 기다리도록 했고, 그리하여 가장 말단의 일꾼들도 은연중에 기다림을 수치스럽게 여기게 되었다. 그들은 철갑 같던 안개에 처음으로 구멍이 생기면 그것을 이용하곤 했다. "북쪽이 뚫렸다, 출발!" 리비에르 덕분에 1500킬로미터의 항로에 걸쳐 우편기에 대한 존중이 모든 것을 앞서게 되었다.

리비에르는 종종 말하곤 했다.

"저 사람들은 행복해하지. 왜냐하면 자신들이 하는 일을 사랑하니까. 그리고 저들이 일을 사랑하는 건 내가 엄격하기 때문이야."

그가 사람들을 괴롭히는 것일지도 모르지만, 또한 사람들에게 강렬한 기쁨을 안겨주기도 했다. 그는 생각했다. '고통과 기쁨을 함께 끌어가는 강인한 삶으로 저들을 밀어붙여야 해. 그런 삶만이 가치 있는 삶이니까.'

차가 시내로 들어서자, 리비에르는 회사 사무실까지 직접 차

를 몰았다. 로비노는 펠르랭과 단 둘이 남게 되자, 뭔가 말을 하
려고 입술을 벙긋거렸다.

V

그날 저녁 로비노는 기가 죽었다. 승리자 펠르랭 앞에서 자신의 삶이 음울하기 짝이 없다는 사실을 실감한 것이다. 감독관이라는 자신의 직위와 그 권위에도 불구하고, 피곤에 절고 기름때로 시커먼 손에 눈을 감은 채 차 한쪽 모서리에 웅크리고 있는 저 사람보다 가치가 떨어진다는 사실을 이제 막 깨달은 것이었다. 로비노는 처음으로 감탄하고 있었다. 그런 사실을 말하고 싶었다. 무엇보다 펠르랭과 우애를 나누고 싶었다. 로비노는 여행과 그날 저지른 몇 가지 실수로 지쳐 있었고, 어쩌면 자신이 약간 우스꽝스럽다고 느끼기까지 했다. 그날 저녁 그는 연료 재고를 확인하다 계산을 잘못했고, 자신이 야단치고자 했던 바로 그 직원이 그가 딱했던지 계산을 대신 끝내주었던 것이다. 무엇보다도 심했던 것은 B4 타입의 연료 펌프와 혼동해서 B6 타입의 연료 펌프의 조립이 잘못되었다고 심하게 질책을 했었는데, 음흉

한 기술자들이 로비노 자신의 무지, '그 어떤 변명으로도 용납되지 않는 무지'를 20분 동안이나 그냥 지켜보았던 것이었다.

그는 호텔 방으로 돌아가는 것도 두려웠다. 툴루즈에서 부에노스아이레스까지, 그는 일이 끝나면 변함없이 호텔 방으로 돌아가곤 했다. 그는 자신을 무겁게 짓누르는 비밀들을 인식하며 호텔 방에 처박혀서 가방에서 종이 한 다발을 꺼내 들고 천천히 '보고서'라는 것을 썼고, 과감하게 몇 줄 쓰다가 다 찢어버리곤 했다. 그는 커다란 위기에 봉착한 회사를 구하고 싶었다. 하지만 회사에는 어떠한 위기도 없었다. 이제까지 그가 구한 것이라곤 프로펠러 중심부에 녹이 슨 것 이외에는 없었다. 그는 공항 책임자 앞에서 침중한 얼굴로 천천히 그 녹을 손가락으로 문질렀지만, 공항 책임자는 그에게 이렇게 대답했다.

"이전 기항지에다 알아보구려. 그 비행기는 그곳에서 방금 도착한 것이니까." 로비노는 대체 자신의 역할이 무엇인지 의심스러웠다.

그는 용기를 내어 펠르랭 곁으로 다가갔다.

"함께 저녁이나 드시겠습니까? 이야기나 좀 했으면 싶은데 말이오. 내 일이란 게 가끔은 힘이 들어서……."

그러다가 너무 빨리 자신을 낮추는 것이 아닌가 싶어 말을 바꾸었다.

"책임질 일이 너무나 많단 말입니다!"

부하 직원들은 로비노가 자신들의 사생활에 끼어드는 것을 싫어했다. 누구나 이렇게 생각했다.

'아직 보고서에 쓸 거리를 찾지 못했다면 무척 허기져 있을 테니 날 잡아먹으려들 테지.'

그러나 오늘 저녁 로비노는 자신의 비참한 처지 외에는 아무 생각도 없었다. 골치 아픈 습진으로 고생하는 몸이 자신의 진정 유일한 비밀이었는데, 그 이야기를 해서 동정심을 유발했으면 싶었다. 그러자면 오만하게 굴어서는 위로를 받을 수 없었으므로 겸손하게 위로를 구하고자 했다. 또한 그는 프랑스에 자신이 쫓아다니는 여자가 있었는데, 그곳에 돌아가는 날 밤이면 자신의 감독 활동에 관해 그녀에게 이야기를 해주어 자신에게 반하게 하고 자신을 사랑하게끔 하고자 했다. 그러나 그녀는 그런 그를 혐오했기에 그녀에 관한 이야기도 하고 싶었다.

"그럼 나와 함께 저녁식사 하는 겁니다?"

마음이 너그러운 펠르랭이 수락했다.

VI

리비에르가 부에노스아이레스의 사무실에 들어섰을 때, 직원들은 꾸벅꾸벅 졸고 있었다. 그는 외투와 모자를 벗지 않았기 때문에 항상 영원한 여행자처럼 보였고, 키가 작아 별로 분위기에 영향을 주지 않았고, 회색 머리와 특색 없는 옷이 모든 배경에 잘 녹아들었기 때문에 지나다니더라도 거의 사람들 눈에 띄는 법이 없었다. 그렇지만 어떤 열정이 사람들로 하여금 생기를 띠게 했다. 직원들은 설쳐대기 시작했고, 사무소장은 최근 서류들을 뒤적였으며, 타자기는 타닥타닥 소리를 냈다.

전화교환원들은 교환대에 플러그를 꽂고 두꺼운 장부에 전보들을 기입했다.

리비에르는 자리에 앉아 전보를 읽었다.

칠레 노선이 겪은 시련을 다 읽고 난 후, 그는 일이 저절로 순조롭게 이루어지고, 거쳐간 공항에서 차례로 보내온 전문들이 간결한 승전보를 이루는 행복한 날의 기록들을 다시 읽었다. 파타고니아 우편 항공기 역시 빠르게 순항하고 있었다. 남쪽에서 북쪽으로 바람이 순풍을 이루어 불어주고 있었기 때문에 예정 시간보다 더 빨리 비행하고 있었다.

"기상정보를 건네주시오."

공항마다 맑은 날씨, 청명한 하늘, 부드러운 바람을 자랑스레 알리고 있었다. 황금빛 저녁이 아메리카를 뒤덮었다. 리비에르는 열심히 잘 돌아가고 있는 일이 기뻤다. 그 비행기는 어딘가에서 밤의 모험을 겪으며 싸우고 있겠지만, 운은 무척이나 좋은 편이었다.

리비에르는 장부를 밀어 놓았다.

"됐네."

그리고 세상의 절반을 지키는 밤의 순찰자로서, 밖으로 나가 업무가 제대로 이루어지고 있는지 둘러보았다.

열린 창문 앞에서 걸음을 멈춘 그는 밤을 이해했다. 밤은 부에노스아이레스를 담고 있지만 또한 거대한 범선처럼 아메리카 대륙을 담고 있기도 했다. 그는 그 장엄한 느낌에 놀라지 않았다. 칠레 산티아고의 하늘은 낯선 하늘이긴 하지만, 일단 우편 항공기가 칠레의 산티아고를 향해 비행 중인 이상 노선의 한쪽 끝에서 다른 쪽 끝까지 사람들은 똑같은 높은 지붕 밑에서 살고 있는 것이었다. 지금 무선통신기의 수신기로 목소리를 기다리고 있는 또 한 대의 우편 항공기로 말하자면, 파타고니아의 어부들이 그 비행기 기체의 등이 반짝이는 것을 보고 있을 것이었다. 비행 중인 비행기에 대한 불안감이 리비에르의 마음을 졸이게 할 때, 수도권 도시들과 지방 역시 비행기 엔진 소리와 함께 같은 불안 감으로 마음을 졸일 것이다.

구름 한 점 없는 밤으로 행복해하는 그에게 비행기가 위험스 럽게 처박혀 구조하기가 너무도 어려웠던, 어지러웠던 밤들의 기억이 떠올랐다. 그때는 부에노스아이레스의 무선기지국에서 폭풍우 때문에 생긴 잡음과 뒤섞인 비행기의 하소연을 뒤쫓고 있었다. 귀머거리가 되어버린 은폐물 아래로는 황금과도 같은 음악적인 전파가 사라져버리곤 했다. 눈먼 화살처럼 어둠의 장 애물을 향해 쏘아진 우편기가 보내오는 단조의 노래 속에 그 얼 마나 큰 비탄이 담겨 있었던가!

리비에르는 감독관이 밤을 새워야 하는 자리는 사무실이라고 생각했다.

"로비노를 찾아오게."

로비노는 막 조종사와 친구가 되려던 참이었다. 로비노는 호 텔 방에서 조종사 면전에서 짐을 풀었다. 가방에서는 감독관이 다른 사람들과 별다를 바 없음을 보여주는 자질구레한 물건들 이 쏟아져 나왔다. 고상하지 못한 취향의 속옷 몇 벌, 세면도구, 그리고 야윈 여자의 사진이 나왔는데, 감독관은 그 사진을 벽에 꽂았다. 그는 그런 식으로 펠르랭에게 자신의 욕구, 자신의 애 정 그리고 회한에 대한 소박한 고백을 늘어놓고 있었다. 자신의 보물들을 초라한 순서로 늘어놓음으로써 그는 조종사 앞에 자신의 비참함을 진열하고 있었다. 정신적 습진. 그는 자신의 감옥을 보여주었던 것이다.

그러나 모든 사람들이 마찬가지겠지만, 로비노에게도 작은 빛줄기가 존재했다. 그는 가방 밑바닥에서 소중하게 포장한 작은 주머니를 꺼내며 커다란 애정을 느꼈다. 그는 한참이나 아무 말 없이 그 주머니를 톡톡 두드렸다. 그런 다음 마침내 두 손을 폈다.

"이건 사하라에서 가져온 겁니다……."

감독관은 감히 그런 속내까지 털어놓는 것에 얼굴을 붉혔다. 그는 신비의 문을 열어주는 거무스름한 작은 조약돌들을 통해 자신의 좌절, 부부생활의 불행 그리고 모든 우중충한 진실을 위로받고 있었다.

좀 더 얼굴이 붉어지며 그는 말했다.

"똑같은 것들이 브라질에서도 발견되는데……."

그러자 펠르랭은 아틀란티스로 기울어지고 있는 감독관의 어깨를 툭툭 쳤다.

펠르랭 역시 무안했던지 물었다.

"지질학을 좋아하는가 보군요?"

"그게 내 낙이지요."

살아가면서 그에게 다정했던 것은 오직 그 돌들뿐이었다.

자신을 부르러 오자, 로비노는 슬퍼졌지만 이내 다시 위엄을 되찾았다.

"이제 가보아야겠군요. 뭔가 중대한 결정 때문에 리비에르 씨가 날 필요로 하니 말이지요."

로비노가 사무실에 들어섰을 때, 리비에르는 이미 그를 잊고 있었다. 리비에르는 붉은색으로 회사의 노선 망을 그려놓은 벽에 붙은 지도 앞에서 생각에 잠겨 있었다. 감독관은 그의 지시를 기다렸다. 몇 분이나 흘렀을까, 리비에르는 돌아보지도 않은 채 그에게 물었다.

"로비노, 이 지도를 어떻게 생각하나?"

그는 생각에서 빠져나올 때면 이따금 수수께끼 같은 질문들을 던지곤 했다.

"소장님, 이 지도는……."

사실 감독관은 거기에 대해 아무 생각도 없었다. 그렇지만 심각한 태도로 지도를 뚫어져라 바라보며 유럽과 아프리카 지역을 대충 살펴보고 있었다. 리비에르는 감독관에게 뭔지 알려주지도 않고 여전히 자신의 생각을 이어가고 있었다. '이 노선 망은 겉모습은 멋지지만 힘들어. 얼마나 많은 사람들, 젊은이들의 목숨을 앗아갔더란 말인가. 이미 설정되었다는 권위로 그 노선을 따르게끔 되어 있지만 얼마나 많은 문제를 야기하고 있는지.' 그렇지만 리비에르에게는 목적이 모든 것에 우선했다.

로비노는 그의 곁에 서서 여전히 뚫어져라 자기 앞에 있는 지도를 주시하면서 조금씩 몸을 젖혔다. 그는 리비에르에게서 어떠한 연민도 기대하지 않았다.

한번은 시험 삼아 자신의 우스꽝스러운 결함으로 인해 망가진 삶을 고백한 적이 있었는데, 리비에르는 농담조로 받아 넘겼었다. "그것 때문에 잠을 못 잔다면, 일이나 더 하면 되겠군."

그것은 반 농담에 지나지 않았다. 리비에르는 습관적으로 이런 말을 하곤 했다. "불면증이 음악가로 하여금 아름다운 곡들을 쓰게 한다면, 그건 멋진 불면증인 거야." 어느 날인가는 르루를 가리키며 이런 말도 했었다. "저것 좀 보라고. 사랑을 밀어내는 저 추한 용모가 얼마나 아름다운지……." 르루가 가진 모든 장점은 어쩌면 평생 일에만 몰입하게 만든 그 추함 덕분일지도 모르는 일이었다.

"펠르랭과 많이 친한가?"

"그게……!"

"그걸로 자넬 나무라는 것은 아닐세."

리비에르는 돌아서서 고개를 숙인 채 조금씩 발걸음을 옮겼고, 로비노는 그 뒤를 따랐다. 리비에르의 입가에는 슬픈 미소가 서렸지만, 로비노는 알지 못했다.

"다만…… 다만 자넨 상사야."

"네." 로비노가 대답했다.

리비에르는 매일 밤 하나의 행위가 마치 한 편의 드라마처럼 하늘 위에 펼쳐진다고 생각했다. 의지가 꺾이면 패배로 이어질 수 있고, 그러면 아마도 지금부터 날이 밝을 때까지 많이 싸워야 할 것이다.

"자네는 자네 역할에 머물러 있어야 해."

리비에르는 자신이 하는 말의 무게를 가늠했다.

"어쩌면 내일 밤 그 조종사에게 위험한 출발을 지시해야 할 거야. 그러면 그는 복종해야만 하지."

"그렇습니다……."

"자네는 사람들의 생명을 좌지우지하고 있어, 그것도 자네보다 더 뛰어난 사람들의……."

그는 망설이는 듯 보였다.

"그건 말이지, 중대한 일이라네."

여전히 발걸음을 조금씩 내디디며 그는 몇 초간 입을 다물었다.

"만일 그들이 친분 때문에 자네에게 복종한다면, 자네는 그들을 속이는 것이 돼. 자네는 어떠한 희생도 요구할 권리가 없단 말이지."

"네…… 물론입니다."

"자네와의 친분 덕분에 고된 일을 면하게 된다고 그들이 생각한다면, 그 역시 자네가 그들을 속이는 걸세. 그들은 복종해야 할 테니까. 거기 앉게."

리비에르는 책상 쪽으로 그를 부드럽게 밀었다.

"로비노, 나는 자네가 제자리에 있도록 할 거야. 만일 자네가 지쳐도, 자네를 돕는 것은 그 사람들의 몫이 아니야. 자네가 상관이니까 말이야. 자네의 유약함은 우스꽝스러운 것이지. 적게."

"저는……"

"이렇게 쓰도록 하게. '감독관 로비노는 이러이러한 사유로

조종사 펠르랭에게 이러이러한 징계는 내리는 바이다……'라
고. 사유는 자네가 뭐든 찾아내고."

"소장님!"

"내 말을 이해한 셈 치고 그대로 하게, 로비노. 자네의 명령을
받는 사람들을 사랑하게. 하지만 그런 사실을 그들에게는 말하
지 말고 말이야."

로비노는 또 다시 열정적으로 사람을 시켜 프로펠러의 중심
부를 닦도록 할 것이다.

비상 착륙장에서 무선기지국을 통해 연락이 왔다. "비행기가 시
야에 들어왔다. 비행기에서 알려왔다. '엔진 회전수 감소, 착륙
한다.'"

아마 30분이 지연될 것이다. 리비에르는 급행열차가 선로 위
에 서버리는 바람에 시시각각 창밖으로 흘러가야 할 벌판의 모
습이 나타나지 않을 때 느끼는 그런 짜증이 났다. 벽시계의 긴
바늘이 죽은 공간을 그려가고 있었다. 컴퍼스처럼 벌어진 공간
에 수많은 일들이 담길 수도 있었을 것이다. 리비에르는 기다리
는 시간을 잊고자 밖으로 나갔다. 밤이 배우 없는 무대처럼 텅
비어 보였다. '이런 밤을 놓치다니!' 그는 창문 너머로 구름 한
점 없이 별이 총총한 하늘을, 신성한 항공표지등, 이처럼 낭비
된 밤에는 황금과도 같은 달을 바라보았다.

그러나 비행기가 이륙하자마자, 그 밤이 리비에르에게는 더욱

감동적이고 아름답게 보였다. 밤은 그 태내에 생명을 품고 있었다. 그리고 리비에르는 그 생명을 보살폈다.

"지금 날씨가 어떤가?" 그는 승무원들에게 물어보게 했다.

10초가 흘렀다.

"무척 좋다."

그런 다음 비행기가 통과한 몇몇 도시들의 이름이 들려왔고, 리비에르에게는 그 이름들이 이 싸움에서 함락된 도시들처럼 들렸다.

VII

파타고니아 우편 항공기의 무선기사는 1시간 후쯤 마치 누가 어깨를 들어올리기라도 하는 것처럼 부드럽게 들려올려지는 느낌을 받았다. 그는 주위를 둘러보았다. 짙은 구름이 별들을 지우고 있었다. 그는 지상을 향해 몸을 숙였다. 풀숲에 숨은 반딧불 같은 마을의 불빛을 찾기 위해서였다. 그러나 시커먼 그 풀숲에서는 아무것도 반짝이지 않았다.

그는 어려운 밤이 되리라는 걸 예상하고 침울해졌다. 전진하고, 후퇴하고, 정복한 영토를 내주어야만 한다. 그는 조종사의 전략을 이해하지 못했다. 조금 더 가면 장벽과도 같은 짙은 어둠과 부딪칠 것만 같았다.

이제 그는 그들의 앞쪽으로 수평선과 맞닿을 듯한 곳에 마치 대장간 불빛 같은 빛이 가물거리는 것을 보았다. 무선기사는 파비앵의 어깨를 툭 쳤지만, 파비앵은 꼼짝도 하지 않았다.

멀리 있는 폭우로부터 불어 닥친 첫 돌풍이 비행기를 공격했다. 가볍게 들린 금속 물체는 무선기사의 몸 자체를 짓누르다가 사라지며 녹아 없어지는 듯해서, 그는 몇 초 동안 어둠 속에 홀로 떠 있는 느낌이었다. 그래서 그는 쇠로 만든 지지대를 두 손으로 꽉 움켜쥐었다.

이제 조종석의 붉은 전구 외에는 아무것도 보이지 않게 되자, 그 어떤 도움도 없이 오로지 광부가 사용하는 작은 램프 하나만 의지하여 어둠의 심장부로 내려가는 느낌이어서 몸을 떨었다. 그는 조종사가 어떤 결정을 내릴 것인지 정신 사납게 물어볼 엄두도 내지 못했고, 그저 쇠로 된 지지대만 꼭 붙잡은 채 몸을 앞에 앉은 조종사 쪽으로 숙여 어두운 목덜미만 바라보았다.

희미한 불빛 아래 꼼짝도 않는 머리와 어깨만이 드러나 있었다. 그 몸은 약간 왼쪽으로 기운 어두운 물체에 지나지 않았고, 폭풍우를 정면으로 바라보고 있는 얼굴은 번개가 칠 때마다 잠깐씩 드러났다. 그러나 무선기사는 그 얼굴에서 아무것도 보지 못했다. 폭풍우와 맞서고자 하는 얼굴에 나타난 모든 감정들, 꾹 다문 입, 그 의지, 그 분노, 저 창백한 얼굴과 순간마다 번득이는 빛 사이에 오가는 본질적인 모든 것은 그로서는 끼어들 수 없는 것이었다.

그렇지만 그는 움직이지 않고 있는 그 그림자 속에 쌓인 힘을 짐작할 수 있었고, 그래서 그 그림자를 좋아했다. 분명 그 그림자는 자신을 폭풍우 쪽으로 데려가겠지만 또한 자신을 감싸주기도 했다. 조종간을 꽉 움켜쥔 그 손은 마치 짐승의 목덜미를 누르듯 폭풍우를 내리누르고 있지만 힘이 가득 들어간 어깨는 꼼짝도 하지 않았다. 그런 모습에서 무척이나 신중함이 느껴졌다.

결국 책임은 조종사의 몫이라고 무선기사는 생각했다. 그래서 이제 그는 전란이 있는 곳을 향해 질주하는 말안장 뒤에 앉아 실려 가며, 자신의 앞에 앉은 그 어두운 형체가 보이는 물질적이고 묵직한 모습을, 변치 않는 모습의 표현을 음미했다.

좌측으로 마치 점멸 등대처럼 희미한 새로운 불빛이 번쩍했다.

무선기사는 파비앵에게 알리려고 어깨를 툭 치려다가 순간, 파비앵이 천천히 고개를 돌려 몇 초 동안 새로 등장한 적을 바라보다가 다시 천천히 원래의 자세로 돌아가는 것을 보았다. 여전히 어깨는 미동도 하지 않았고, 목덜미는 가죽시트에 기댄 채였다.

VIII

리비에르는 밖으로 나가 좀 걸으며 다시 엄습하는 불안감을 잊으려 했다. 오로지 행동, 극적인 행동만을 위해 살아왔던 그는 묘하게도 그 극이 장소를 바꾸어 개인적이 되어간다고 느꼈다. 그는 뮤직홀 주위에 몰려든 소도시의 소시민들이 외양상으로는 조용한 삶을 살고 있지만 그들의 삶 역시 때때로 질병, 사랑, 초상 등의 극적인 일들로 무거워진다고 생각했다. 그리고 어쩌면…… 몸소 겪은 불행이 그에게 많은 것을 가르쳐주었다. '그런 일이 몇몇 창문들을 열어주는 것이지' 하고 그는 생각했다.

밤 11시 경, 한결 편하게 숨을 쉬며 그는 사무실 방향으로 걸음을 옮겼다. 그는 영화관 입구에서 서성거리고 있는 군중을 어깨로 밀어 가르면서 천천히 지나갔다. 그는 눈을 들어, 좁은 도로 위를 비추고 있지만 광고판 불빛들 때문에 거의 빛을 잃은 별들을 쳐다보며 생각했다. '오늘 밤은 내가 맡은 두 대의 우편 항공기가 비행 중이니까 하늘 전체가 내 책임이다. 저 별은 군중 속에서 나를 찾고 결국 나를 발견해내는 신호다. 그런 까닭에 나는 약간은 이방인 같고, 약간 외롭기도 하구나.'

어떤 곡의 한 소절이 떠올랐다. 어제 친구들과 듣던 소나타의 몇 음절이었다. 친구들은 이해하지 못했었다. "저 곡은 우리도 지겹고 자네에게도 지겹지. 다만 자넨 그렇다는 걸 털어놓지 않을 뿐이야."

"그럴지도 모르지……" 하고 그는 대답했었다.

그날도 오늘 밤처럼 그는 외롭다고 느꼈었지만, 이내 그러한 외로움이 지닌 풍요로움을 발견했다. 그 음악이 주는 메시지가 그에게, 범속한 사람들 틈에 끼어 있는 그에게 달콤한 비밀처럼 다정하게 다가왔다. 별의 신호도 그와 마찬가지였다. 그것은 그렇게 많은 사람들 어깨 너머로 오로지 그 혼자만 알아듣는 언어로 말을 건네고 있었다.

보도에서 그는 사람들과 부딪치곤 했다. 그래서 생각했다. '화를 내지 않으리라. 나는 군중들 틈에서 아장아장 걷는 병든 아이의 아버지와도 같다. 그 아버지는 집안의 무거운 침묵을 속에 간직하고 있는 것이다.'

그는 눈을 들어 사람들을 보았다. 종종걸음으로 지나는 그들 가운데 자기만의 발견이나 사랑을 품고 있는 사람들이 누군지 알아보려고 했다. 그리고 고립된 삶을 사는 등대지기들을 생각했다.

그는 사무실의 고요함이 좋았다. 그는 천천히 사무실을 하나하나 지나쳤고, 그의 발소리만이 울려퍼졌다. 타자기들은 덮개를 뒤집어쓴 채 잠자고 있었다. 잘 정돈된 서류들이 있는 커다란 캐비닛은 잠겨 있었다. 10년 동안의 경험과 작업. 그는 많은 재물이 쌓여 있는 은행 지하금고에 온 것 같은 생각이 들었다. 그는 각각의 장부에는 황금보다 더 소중한 것, 살아 있는 힘이 들어 있다고 생각했다. 살아 있지만 은행에 보관된 황금처럼 잠들어 있는 힘.

어딘가에서 밤샘 근무를 하고 있는 홀로 남은 직원을 만나게 될지도 모르는 일이었다. 어딘가에서 한 사람이 삶이 계속되도록 하기 위해, 의지가 계속 이어져 툴루즈에서 부에노스아이레스까지 기항지에서 기항지로 결코 그 끈이 끊어지지 않도록 하기 위해 일하고 있었다.

'그 사람은 자신의 위대함을 모르고 있다.'

어딘가에서 우편 항공기들이 싸우고 있었다. 야간 비행은 하나의 질병처럼 지속되었다. 그러므로 밤을 새워야 했다. 가슴과 가슴을 맞대고 손과 무릎으로 어둠에 맞서 싸우는 사람들, 눈에 보이지 않는 유체들 외에는 더 이상 아무것도 모르는 사람들, 맹목적인 팔의 힘으로 바다에서 헤어 나오듯 눈에 보이지 않는 유체에서 빠져나와야 하는 사람들, 그 사람들을 도와야 했다. 가끔 얼마나 끔찍한 고백들을 듣게 되는가! "내 손을 보려 해도 불을 켜야 했습니다……." 사진 현상액 같은 붉은 빛 아래 드러나는 것이라곤 오직 손의 솜털뿐. 세상에 남은 것, 구해야 할 것은 그것이다.

리비에르는 영업소 문을 밀고 들어갔다. 불 밝혀진 단 하나의 등이 한쪽 구석에 환한 해변을 만들어놓고 있었다. 딸깍거리는 단 한 대의 타자기가 그 고요함을 완전히 채우지는 못하지만 그래도 사무실에 의미를 부여해주었다. 이따금 전화벨 소리가 울렸다. 그러자 당직을 서는 직원이 일어나 끈질기게 되풀이되어 울리는 구슬픈 전화기로 걸어갔다. 직원이 수화기를 들자, 눈에 보이지 않던 불안이 가라앉았다. 그것은 어두운 구석에서 벌어지는 매우 부드러운 대화였다. 그런 다음 사내는 아무 일 없다는 듯 외로움과 졸음에 굳은 얼굴로 해독할 수 없는 비밀을 간직한 채 자신의 책상으로 돌아와 앉았다. 두 대의 우편 항공기가 비행 중인 때, 밤이 된 바깥에서 걸려오는 전화벨 소리는 얼마나 큰 위협일까? 리비에르는 저녁에 램프 불 아래 모인 가족들에게 전해지는 전보를 생각했고, 영원할 것만 같은 몇 초 동안 아버지의 얼굴에 비밀로 남게 되는 불행을 생각했다. 처음엔 미약하기 짝이 없고 내지른 비명소리에서 너무 멀리 떨어져 조용하기만 한 음파였다. 그리고 매번 조심스러운 전화벨 소리에서 그 미약한 메아리를 듣곤 했다. 그리고 매번 두 강물 사이를 헤엄쳐 건너는 사람처럼 외로움 때문에 느릿느릿 움직이는 직원의 동작이, 물에서 올라오는 잠수부처럼 어둠에서 램프 불빛 안으로 돌아오는 직원의 동작이 그에게는 비밀로 가득 차 무거워 보였다.

"그냥 있게. 내가 받지."

수화기를 들자, 리비에르의 귀로 어수선한 세상의 소리가 들려왔다.

"리비에르요."

가벼운 소란이 있더니 목소리가 들려왔다.

"무선기지국을 연결해드리겠습니다."

또 다시 교환대에 플러그를 꽂는 소음이 들리고 다른 목소리가 나왔다.

"여기는 무선기지국입니다. 전보들을 전해 드리겠습니다."

리비에르는 그것들을 적어가며 고개를 끄덕였다.

"알겠네…… 좋아……."

중요한 것은 아무것도 없었다. 통상적인 업무 연락이었다. 리우데자네이루에서는 정보 조회를 요청했고, 몬테비데오에서는 기상정보를 알려왔으며, 멘도자에서는 자재 요청을 했다. 회사의 친숙한 이야기들이었다.

"우편 항공기들은?"

"악천후랍니다. 비행기에서는 소식이 없습니다."

"알았네."

리비에르는 이곳의 밤하늘이 맑고 별들이 빛나고 있다고 생각했는데, 무선기사들은 이런 밤에서도 멀리 떨어진 폭풍우의 숨결을 발견해내고 있었다.

"나중에 보세."

리비에르가 일어서자, 직원이 다가왔다.

"업무 일지에 서명을 해주셨으면……."

"그러지."

리비에르는 어둠의 무게를 함께 짊어진 그 직원에 대해 깊은 우애를 느꼈다. '전우나 마찬가지군. 아마도 그는 이렇게 밤을 새는 것이 얼마나 우리를 가깝게 해주는지 알지 못하겠지만' 하고 리비에르는 생각했다.

IX

손에 서류 한 묶음을 들고 개인 사무실로 다시 돌아왔을 때, 리비에르는 오른쪽 옆구리에 심한 통증을 느꼈다. 몇 주 전부터 그를 괴롭히던 통증이었다.

"좋지 않은데……."

그는 잠시 벽에 몸을 기댔다.

"꼬락서니가 웃기는군."

그는 자신의 의자에 앉았다.

그는 다시 한 번 자신이 꽁꽁 묶인 늙은 사자 같다는 느낌이 들었고, 그러자 커다란 슬픔이 엄습했다.

'겨우 이 꼴이 되려고 그토록 열심히 일한 건가! 내 나이 쉰, 50년 동안 내 인생을 충실히 살았고, 스스로를 다듬고 싸우고 일의 흐름을 바꿔놓았건만, 이제 와서 이런 걸로 신경을 쓰고 온통 이 통증만을 느끼며 그걸 세상보다 더 중요하게 생각하고 있

다니…… 우숩기 짝이 없군.'

그는 통증이 가라앉길 기다리며 땀을 닦았다. 그리고 고통에서 해방되자, 일을 시작했다.

그는 천천히 서류를 뒤적였다.

"부에노스아이레스에서 301기 엔진 분해 과정에서 확인한 바에 따르면…… 책임자에게 중징계를 내리고자 합니다."

그는 서명했다.

"플로리아노폴리스 기항지는 지시 사항을 준수하지 않았으므로……"

그는 서명했다.

"징계 조치로 공항 책임자 리샤르를 전근시키고자 합니다. 그는……"

그는 서명했다.

그런 이후, 가라앉긴 했지만 자신의 내부에 자리 잡고 마치 삶의 새로운 의미처럼 새롭게 도지곤 하는 옆구리 통증에 어쩔 수 없이 생각이 미치자, 그는 씁쓸했다.

'나는 정당한가 혹은 부당한가? 나는 모른다. 내가 혹독하게 몰아치면 고장은 줄어든다. 책임자는 인간이 아니다. 그것은 모든 사람을 손대지 못하면 결코 누구에게도 손댈 수 없게 되는 불분명한 힘이다. 만일 내가 극도로 공정하게 행동한다면 야간 비행은 매번 죽음의 고비를 넘기는 일이 될 것이다.'

너무도 엄격하게 그 길만을 쫓아서인지 약간 피로감이 들었다. 그는 동정심이 좋은 것이라고 생각했다. 여전히 몽상에 잠긴 채 그는 서류를 넘겼다.

"로블레 씨는 오늘 부로 당사의 직원이 아니며……."

사람 좋은 노인의 모습 그리고 저녁에 그 노인과 나누었던 대화가 떠올랐다.

"본보기요, 뭘 어쩌겠소, 본보기인데."

"하지만 말입니다…… 하지만…… 한 번만, 딱 한 번만 봐주시구려. 생각 좀 해보시오! 제 평생을 여기서 일을 했단 말입니다!"

"본보기가 필요해요."

"하지만 소장님! ……보세요, 소장님!"

낡은 지갑 그리고 젊은 시절의 로블레가 비행기 가까이에서 폼을 잡고 서 있는 낡은 신문지 조각.

리비에르는 그 풋풋했던 영광의 시절 위로 노인의 늙은 손이 떨리는 것을 보았다.

"소장님, 이게 1910년도입니다……. 아르헨티나 최초의 비행기를 조립했던 사람이 바로 접니다! 1910년부터 항공사 일을 했으니…… 소장님, 20년째요! 그런데 어떻게 그런 말씀을 하실 수가……. 소장님, 작업장의 젊은 애들이 얼마나 웃어대겠습니까! ……아! 엄청나게 웃어대겠지요!"

"그건 나와 상관없는 일이요."

"소장님, 제 아이들은요, 제겐 자식들이 있어요!"

"이미 말했잖소. 인부 자리를 주겠다고."

"소장님, 제 체면이 있지요. 체면이! 보세요, 소장님, 20년간 항공사 일을 보았는데, 저처럼 늙은 나이에 노동자라니……."

"인부."

"안 합니다, 소장님, 거절합니다!"

노인의 늙은 손이 떨렸고, 리비에르는 쪼글쪼글하고 두툼하면서 아름다운 그 손등에서 눈을 돌렸다.

"인부로 일하시오."

"안 됩니다. 소장님, 안 돼요…… 아직 드릴 말씀이……."

"그만 가보도록 하시오."

리비에르는 생각했다. '내가 이처럼 냉혹하게 쫓아 보내는 것은 저 노인이 아니다. 그것은, 어쩌면 그에게 책임이 있는 것은 아닐지 모르지만, 그를 통해 일어난 잘못인 것이다.'

리비에르는 생각을 이어갔다. '사건들이란 사람들이 명령을 내려 조종하는 것이다. 그러니 사건들은 명령을 따르는 것이고, 결국 만들어지는 것이다. 사람들 또한 가련한 존재들이고, 그역시 만들어지는 것이다. 잘못이 그들을 통해 생겨난다면 그들을 멀리 하는 수밖에.'

"아직 드릴 말씀이……." 저 가엾은 노인은 무슨 말을 하려는 걸까? 자신의 '오랜 기쁨'을 앗아가는 것이라고? 자신은 비행기 철판 위로 울리는 연장 소리를 좋아한다면서, 그런데 그 대단히 아름다운 시를 자신의 삶에서 빼앗아 가야 하냐고? 그리고 어떻게 살아야 하느냐고?

'무척 피곤하군' 하고 리비에르는 생각했다. 어루만지듯 몸에 열이 오르고 있었다. 그는 서류를 톡톡 치며 '나는 그 늙은 동료의 얼굴 모습이 좋았어……' 하고 생각했다. 그러자 리비에르의 눈에 그 손의 모습이 다시 떠올랐다. 노인이 두 손을 모으려고 하며 그려내는 그 힘없는 동작이 생각났다. 그저 "됐어요, 됐어. 그냥 있어요" 하고 말하기만 하면 되었을 것이다. 리비에르는 그렇게 하면 그 늙은 손으로 흘러내릴 기쁨을 떠올려보았다. 그러자 그 얼굴이 아니라 노동자의 늙은 손이 말했을, 아니 말하고자 했을 그 기쁨이 세상에서 가장 아름다운 것으로 보였다. '이 서류를 찢어버릴까?' 노인의 가족, 저녁에 귀가했을 때의 그 수수한 자랑이 떠올랐다.

"그래, 그냥 다녀도 된대요?"

"보라고! 봐! 아르헨티나 최초의 비행기를 조립한 게 바로 나라고!"

젊은 애들은 더 이상 웃지 않을 것이고, 선배가 다시 찾은 그 위엄이…….

'찢을까?'

전화벨이 울려, 리비에르는 수화기를 집어 들었다.

긴 시간이 흐르고 나서 바람과 인간 목소리의 공간이 가져다주는 그 울림과 깊이가 찾아왔다. 마침내 저쪽에서 말을 했다.

"여기는 착륙장입니다. 누구시죠?"

"리비에르일세."

"소장님, 650기가 활주로에 대기 중입니다."

"알았네."

"결국 준비는 다 되었습니다만, 마지막 순간에 전기 회로를 다시 손보아야 했습니다. 연결 상태에 문제가 있었거든요."

"그래, 회로는 누가 조립했지?"

"확인해보겠습니다. 허락해주신다면 징계 조치를 취하겠습니다. 기내 조명 고장은 심각한 문제를 야기할 수도 있으니까요."

"물론이네."

리비에르는 생각했다. '어디서건 잘못이 생겼을 때 그것을 보고 제거하지 않으면, 조명 고장 같은 게 생기지. 해결할 방법이 있는데도 어쩌다 그럴 기회 놓친다면 그건 죄악이야. 로블레를 내보내야겠군.'

아무것도 모르는 직원은 여전히 타이핑을 하고 있다.

"그건?"

"보름치 회계입니다."

"왜 아직 준비가 되지 않은 건가?"

"제가……"

"두고 보도록 하지."

'사건들이 전면에 부각되는 것이 참 묘하기도 하군. 마치 처녀림을 쑥대밭으로 만들고 점점 커져서 억누르기도 하고, 커다란 업적 주변으로 사방에서 불쑥불쑥 솟아나는 알 수 없는 힘이 스스로를 드러내는 것 같단 말이야.' 리비에르는 작은 담쟁이 넝쿨들이 무너뜨린 사원들을 생각했다.

'커다란 업적이라……'

그는 스스로를 안심시키기 위해 생각했다. '나는 저 사람들을 모두 다 사랑해. 나는 그들과 싸우는 것이 아니야. 그들을 통해

벌어지는 일과 싸우는 것이지…….'

심장 박동이 빨라지면서 그는 고통스러웠다.

'내가 한 일이 좋은 일인지 아닌지 나는 모른다. 인간의 삶, 정의, 슬픔의 정확한 가치를 나는 모른다. 한 사람의 기쁨이 얼마만 한 가치가 있는지 정확히는 모른다. 떨리는 손도. 연민도, 고통도…….'

그는 생각에 잠겼다.

'삶은 무척이나 모순적이어서, 사람들은 할 수 있는 한 삶과 타협을 하지……. 하지만 지속한다는 것, 창조한다는 것, 소멸되고 말 자신의 육신을 그 무엇과 바꾼다는 것은…….'

리비에르는 깊은 생각에 잠겼다가 벨을 눌렀다.

"유럽행 우편 항공기 조종사에게 전화해주게. 출발하기 전에 나를 만나러 오라고."

그는 생각했다.

'그 항공기가 쓸데없이 회항해서는 안 돼. 내가 직원들을 들 쑤셔놓지 않는다면, 밤은 여전히 그들을 불안하게 만들 거야.'

X

전화벨 소리에 잠이 깬 조종사의 아내는 남편을 바라보며 생각했다.

'좀 더 자도록 내버려두어야겠네.'

그녀는 균형 잡힌 남편의 드러난 가슴에 감탄하며 근사한 선박을 떠올렸다.

그는 마치 항구에 들어와 있는 듯 조용한 침대에 몸을 뉘이고 있었다. 그의 잠을 방해하지 않으려고 그녀는 손가락으로 주름진 곳과 음영이 생긴 곳, 일렁이는 부분을 지웠고, 그리하여 마치 신이 손가락으로 바다를 잔잔하게 만들 듯 침대를 잔잔하게 만들었다.

그녀는 일어나서 창문을 열고 얼굴 가득 바람을 맞았다. 그 방에서는 부에노스아이레스가 내려다보였다. 사람들이 춤을 추고 있는 이웃집으로부터 바람에 실려 몇몇 노랫가락이 퍼져 울리고 있었다. 쾌락과 휴식의 시간이었기 때문이었다. 그 도시는 십만 개의 요새로 사람들을 감싸고 있어서 모든 것이 고요하고 안전했다. 그러나 그녀에게는 곧 "공격!"이라는 외침이 들려올 것만 같았고, 그러면 딱 한 남자, 자신의 남자만 일어설 것 같았다. 그는 아직 휴식을 취하고 있었지만, 그 휴식은 곧 반납해야만 할 예비군의 불안한 휴식이었다. 잠들어 있는 도시는 그를 보호하지 못했다. 그가 젊은 신처럼 일어날 때면, 도시의 불빛은 뿌연 먼지 속에서 허망한 것으로 보일 것이다. 그녀는 한 시간 후면 한 도시의 운명과도 같은 거창한 것을 책임지고 유럽행 우편 항공기의 운명을 짊어질 그의 탄탄한 팔을 바라보았다. 그래서 그녀는 불안했다. 수백만 명의 사람들 중에서 저 사람은 그 기묘한 희생을 떠맡을 단 한 명의 준비된 사람이었다. 그 때문에 그녀는 슬펐다. 그가 그처럼 자신의 애정에서 벗어나는 것이다. 그녀가 그에게 음식을 해먹이고, 그를 보살피고, 어루만졌던 것은 그녀 자신을 위해서가 아니었다. 그것은 그를 데려갈 이 밤을 위해서였다. 그녀로서는 아무것도 모르는 그 싸움과 불안과 승리를 위해서였다. 그 부드러운 손은 그저 길이 들었을 뿐, 그 손이 하는 진정한 일은 어둠 속에 가려져 있었다. 그녀는 그의 미소와 사랑하는 사람으로서 그가 보여주는 배려는 알지만, 폭풍우 속에서 그가 보이는 성스러운 분노는 알지 못했다. 그녀는 음악, 사랑, 꽃과 같은 애정의 끈으로 그를 얽매지만, 매번 출발 시각이 되면 그 끈들은 풀려나가고, 그는 그걸 괴로워하는 것처럼 보이지도 않았다.

그가 눈을 떴다.

"지금 몇 시지?"

"자정이야."

"날씨는 어때?"

"모르겠어……."

그가 일어났다. 그리고 기지개를 켜며 천천히 창문을 향해 걸어갔다.

"그리 춥진 않겠는데. 바람은 어느 방향으로 부는데?"

"그런 걸 내가 어떻게 알아?"

그가 몸을 기울였다.

"남풍이로군. 잘 됐어. 적어도 브라질까지는 계속 남풍이 유지되겠군."

그는 달을 쳐다보았고, 자신이 풍요롭다는 걸 알았다. 그런 다음 그의 눈길은 도시를 굽어보았다.

그는 도시가 다정하거나 환히 빛나거나 열기에 들떠 있다는 생각이 들지 않았다. 그의 눈에는 그 빛의 허망한 먼지들이 이미 스러져가는 모습이 보였다.

"무슨 생각을 해?"

그는 포르토 알레그레 쪽에서 피어오를 수도 있는 안개를 생각하고 있었다.

"내겐 전략이 있어. 어디에서 돌아야 하는지 알고 있다고."

그는 여전히 몸을 앞으로 내밀고 있었다. 그는 벌거벗은 몸으로 바다에 뛰어들기 전처럼 깊이 숨을 들이마셨다.

"슬프지도 않은 모양이네……. 얼마 동안이나 떠나 있을 건데?"

일주일, 혹은 열흘. 그는 알지 못했다. 슬프냐고? 그건 아니다. 무엇 때문에 슬퍼야 하는가? 저 들판들, 저 도시들, 저 산들……. 그는 자신이 그것들을 정복하기 위해 자유롭게 떠나는 것 같았다. 1시간도 안 걸려 자신이 부에노스아이레스를 손에 넣었다가 내주리라는 생각도 했다.

그는 빙긋 웃었다.

"이 도시…… 여기서 난 무척이나 빨리 멀어지겠지. 밤에 떠나는 건 아름다운 일이야. 남쪽을 바라보며 연료 핸들을 당기고, 10초 후에는 북쪽을 바라보며 풍경을 뒤집어버리는 거야. 도시는 바다 밑바닥에 지나지 않게 되는 거지."

그녀는 정복하기 위해 저버려야 하는 모든 것을 생각하고 있었다.

"당신은 집을 사랑하지 않아?"

"사랑하지……."

하지만 그녀는 이미 그가 길을 나섰음을 알고 있었다. 저 넓은 어깨는 벌써부터 하늘을 떠받치고 있는 것이다.

그녀가 하늘을 가리켜 보였다.

"당신에겐 좋은 날씨야. 길에 별들이 뿌려져 있잖아."

그는 웃었다.

"그러네."

그녀는 그의 어깨에 손을 올렸고, 따스함을 느끼며 감동했다.

이 몸이 위험에 처하게 된다는 것인가……?

"당신은 정말 강해, 하지만 조심해야해!"

"물론이지, 조심할게……."

그는 다시 웃었다.

그는 옷을 입었다. 이번 축제를 위해 그는 가장 거친 천과 가장 묵직한 가죽으로 된 옷을 골랐다. 그래서 농부처럼 옷을 입었다. 그의 모습이 묵직해지면 질수록 그녀는 더욱 그에게 경탄했다. 그녀가 손수 허리띠의 버클을 채워주고 장화를 꼭 끼게 신겨주었다.

"장화가 꽉 끼는데."

"다른 걸로 줄게."

"비상 램프를 묶을 끈을 찾아다 줘."

그녀는 그를 바라보았다. 그녀는 갑옷에 남아 있는 마지막 부족한 곳을 손수 고쳤다. 모든 것이 잘 갖춰졌다.

"당신은 참 멋져."

그녀는 정성스레 머리를 빗는 그의 모습을 보았다.

"별들을 위해서 그러는 거야?"

"늙어 보이지 않으려고 이러는 거야."

"질투 나는데……."

그는 또 웃었고, 그녀에게 키스를 하고 자신의 무거운 옷 위로 꼭 껴안아주었다. 그리고 나서 그는 어린 여자아이를 들어 올리듯 번쩍 들어 올려 계속 미소지으며 그녀를 뉘였다.

"자도록 해!"

문을 닫고 그는 거리로, 밤에 나돌아 다니는 모르는 사람들 가운데로 정복의 첫 걸음을 내디뎠다.

　그녀는 가만히 있었다. 슬픔에 젖은 그녀는 남자에게 바다 밑 바닥이나 다름없는 꽃들과 책들, 다정한 정경들을 바라보았다.

XI

리비에르가 그를 맞는다.

"자네, 지난 번 비행 때, 날 골탕 먹였더군. 기상 상태가 좋았는데, 회항을 하도록 만들었지. 그냥 갈 수도 있었는데 말이야. 겁이 났나?"

졸지에 기습을 당한 비행사는 침묵한다. 천천히 두 손을 비비던 그가 이윽고 고개를 들고 리비에르를 똑바로 바라본다.

"그렇습니다."

리비에르의 마음 속 깊은 곳에서는 겁을 먹었던 용감한 이 젊은이에 대해 연민이 자리한다. 조종사는 변명하고자 한다.

"더 이상 아무것도 보이지 않았습니다. 물론 더 가면…… 어쩌면…… 무선기지국 말로는…… 하지만 기내등이 희미해졌고, 제 손도 보이지 않았습니다. 날개라도 보려고 표지등을 켜 보려고도 했습니다. 그런데 아무것도 보이지 않았어요. 다시 거슬러 올라가기 힘든 커다란 구멍 밑바닥에 있는 듯했습니다. 그때 엔진이 떨리기 시작했고요."

"아닐세."

"아니라뇨?"

"아니야. 우리가 나중에 엔진을 점검해봤어. 엔진은 완벽하더군. 그런데 겁이 날 때 사람들은 항상 엔진이 떤다고 믿거든."

"누가 겁을 먹지 않겠습니까! 내 위로는 산들이 있었어요. 고도를 올리려고 했지만, 거센 돌풍을 만났습니다. 아시겠지만, 아무것도 보이지 않고…… 돌풍이 불 때면…… 상승하기는커녕 오히려 고도가 100미터 떨어지더군요. 자이로스코프도 보이지 않고, 심지어 기압계도 보이지 않더라고요. 엔진 회전수가 감소하고, 엔진이 과열되고, 유압이 떨어지는 것 같았습니다……. 그것도 다 질병과도 같은 어둠 속에서 말입니다. 그러다 불이 환히 밝혀진 도시를 다시 보니 너무나 기쁘더군요."

"자네는 상상력이 너무 풍부해. 가보게."

그러자 비행사는 밖으로 나간다.

리비에르는 의자에 몸을 파묻고 손으로 회색머리를 쓸어내린다.

'저 친구가 내 직원들 중에서 가장 용감하지. 그가 그날 밤 성공해낸 일은 무척 멋지지만, 그래도 나는 그를 두려움에서 구하는 거야……'

그러고 나자, 다시 마음이 약해지려고 했다.

'사람들의 호감을 사려면, 남을 동정하는 것으로 충분하다. 그렇지만 나는 동정을 하지 않거나 혹은 그런 마음을 숨기지. 나도 사람들의 우의와 애정으로 둘러싸여 보고 싶어. 의사는 직업상 그런 우의와 애정을 만나지. 그러나 내가 맡은 일은 사건들이다. 그러니 사람들을 단련시켜 그들이 사건들에 대처하도록 해야 한다. 저녁에 내 사무실에서 항공지도를 펼쳐놓고 있으면 그 알 수 없는 법칙이 확연히 느껴진다. 만일 내가 손을 놓고 정해진 사건들을 그 흐름에 맡겨버리면, 묘하게도 사고가 생긴다. 마치 내 의지만이 비행 중인 항공기의 추락을 막거나 혹은 폭풍우로 인해 항공기 출발이 지연되는 것을 막는 것처럼 말이다. 때로는 나도 그런 나의 힘에 놀라곤 해.'

그는 생각을 이어갔다.

'그건 어쩌면 명확한 일일지 모른다. 정원사가 잔디밭에서 벌이는 끊임없는 싸움도 그렇다. 정원사는 단순히 손의 무게만으로 대지가 끊임없이 들이미는 원시림을 다시 대지로 돌려보낸다.'

그는 이제 조종사를 생각한다.

'나는 그를 공포로부터 구하는 거다. 나는 그가 아니라, 미지의 것 앞에서 인간들을 마비시키는 그 저항을 그를 통해 공격한 것이다. 만일 내가 그의 말에 귀를 기울이고 그를 동정하며 그의 모험담을 진지하게 받아들인다면, 그는 자신이 신비의 세계에서 살아 돌아왔다고 생각할 터인데, 사람들이 두려워하는 것이 바로 그 신비다. 더 이상 신비는 없어야 한다. 사람들이 어두운 우물 밑으로 내려갔다가 다시 올라와서 아무것도 만나지 못했다고 말해야 한다. 그 조종사도 밤의 가장 비밀스런 심장부, 그 두께 속으로 내려가 보아야 한다. 겨우 손이나 날개만 비출 뿐인 광부용 소형 램프도 없이 내려가 미지의 것을 넓은 어깨로 밀어 젖혀야 한다.'

그렇지만 그러한 싸움 속에서 말없는 형제애가 리비에르와 그의 조종사들을 내면 깊숙이 이어주고 있었다. 그들은 같은 배를 탄 사람들이며, 정복하고자 하는 똑같은 욕망을 느끼고 있었다. 그러나 리비에르는 밤을 정복하기 위해 그가 직접 나서서 벌였던 다른 전투들을 기억한다.

당국은 그 어둠의 영역을 마치 탐사되지 않은 오지처럼 두려워했다. 승무원들을 시속 200킬로미터로 폭풍우와 안개 그리고 밤이 내보이지 않은 채 지니고 있는 물리적 장애들을 향해 내보낸다는 것은 군사 비행에서나 용납할 모험처럼 보였던 것이다. 군사 비행은 맑게 갠 야간에 비행장에서 출발하여 폭격을 마치고 같은 비행장으로 되돌아온다. 그러나 야간의 정기 항공은 실패할 수밖에 없다. 리비에르는 항변했다. "그건 우리에게 사느냐 죽느냐의 문제입니다. 왜냐하면 우리는 철도와 선박과 비교할 때 낮에 앞서간 것을 밤에 잃는 셈이기 때문이죠."

리비에르는 시큰둥해서 대차대조표, 보험 특히 여론에 대해 말하는 것을 들었었다. 그리고 반론을 제기했다. "여론이라……. 여론이야 다스리면 됩니다!" 그는 생각했다. '얼마나 많은 시간을 잃었던가! 무엇인가가…… 그 모든 것에 앞서는 무엇인가가 있다. 살아 있는 것은 살기 위해 모든 것을 뒤흔들며, 살기 위해 저 자신만의 법칙들을 창조한다. 그것은 거부할 수 없는 일이다.' 리비에르는 민간 항공이 언제 그리고 어떻게 야간 비행을 시작할지 알지 못했지만, 피할 수 없는 일의 해결책을 마련해야만 했다.

그는 초록색 카펫을 앞에 두고 주먹으로 턱을 괸 채 수많은 반대 의견을 들으며 묘하게 힘이 솟았던 느낌을 기억한다. 그가 보기에 그 의견들은 헛된 것들이고, 살고자 하는 생각에 미리 패배를 자인한 것들이었다. 그는 자신의 내면에 힘이 차곡차곡 쌓이며 무게를 지니는 것을 느꼈다. '내 생각이 더 중요하다. 나는 이길 것이다. 일은 자연적으로 이렇게 가게 되어 있다'고 리비에르는 생각했다. 사람들이 그에게 모든 위험을 배제할 수 있는 완벽한 해결책을 요구할 때면, 그는 이렇게 대답하곤 했다. "법칙을 끌어내는 것은 경험입니다. 법칙을 인지하는 것이 결코 경험에 앞설 수 없습니다."

기나긴 한 해 동안 싸운 끝에 리비에르는 승리했다. 혹자는 '그의 신념 때문'이라 했으며, 혹자는 '그의 집요함과 곰과 같은 추진력' 때문이라고 했지만, 그 자신은 보다 단순하게 자신이 올바른 방향을 지지했기 때문이라고 했다.

그러나 처음 시작할 때 얼마나 조심했던가! 비행기들은 겨우 일출 1시간 전에 출발해서 일몰 1시간 후에 착륙하곤 했었다. 리비에르가 자신의 경험에 더 큰 확신을 가져도 되겠다는 판단이 선 이후에야 비로소 그는 과감하게 비행기들을 밤의 심처로 떼밀어 보냈다. 사람들도 별로 따르지 않고 거의 인정을 받지 못한 그는 지금 외로운 투쟁을 벌이고 있었다.

리비에르는 벨을 울려 현재 비행 중인 항공기들에서 보내온 최근 메시지들을 확인한다.

XII

한편 파타고니아행 우편 항공기는 폭우에 근접하고 있었고, 파비앵은 우회하는 것을 포기했다. 번개가 치면서 긋는 선이 그 지역 내부까지 파고들면서 요새처럼 층층이 쌓인 구름을 드러내 보여주었기 때문에 그는 폭우가 내리는 지역이 너무 방대하다고 판단했다. 그는 아래쪽으로 지나가려 해보고 만일 여의치 않으면 회항할 생각이었다.

그는 고도계를 보았다. 고도 7100미터. 그는 고도를 낮추기 위해 조종간을 쥔 손에 힘을 주었다. 엔진이 무척 심하게 떨렸고 기체가 흔들렸다. 파비앵은 어림잡아 하강 각도를 수정했고, 지도에서 언덕들의 높이를 확인했다. 500미터였다. 여지를 남겨두기 위해 그는 고도 700 정도에서 비행하고자 했다.

그는 운을 시험하듯 고도를 낮추었다.

돌풍이 불어 기체를 끌어내렸고, 기체가 더 심하게 요동쳤다.

파비앵은 눈에 보이지 않는 붕괴의 위협을 받는 느낌이었다. 그는 회항해서 무수한 별들을 만나길 꿈꾸었으나 방향을 단 1도도 바꾸지 못했다.

파비앵은 자신의 운을 계산해보았다. 이것은 국지적인 폭우일 가망성이 크다. 왜냐하면 다음 기항지인 트렐레우에서 알려오기를 하늘의 4분의 3이 구름에 덮여 있다고 했기 때문이다. 그렇다면 시커먼 이 콘크리트 덩어리 내에서 고작 20분만 버텨내면 될 것이다. 하지만 조종사는 불안했다. 바람에 의지하듯 왼쪽으로 몸을 기울인 그는 칠흑 같은 어둠 속에서 맴돌고 있는 혼란스런 불빛이 대체 무엇인지 알아보려고 했다. 그러나 그것은 불빛이 아니었다. 짙은 어둠 속에서 밀도의 변화가 일어났던지 아니면 눈이 피로해서 그런 것이었다.

그는 무선기사가 건넨 쪽지를 펼쳤다.

"여기가 어디죠?"

그걸 알 수 있다면 파비앵은 뭐든 내주었을 것이다. 그는 대답했다. "모르겠네. 나침반에 의지해서 폭우를 지나는 중이지."

그는 다시 한 번 몸을 기울였다. 그는 엔진에 마치 불꽃 다발처럼 붙어 있는 배기관 불꽃이 불편했다. 그 불빛은 너무 약해 달빛만 있어도 사그라지고 말겠지만, 아무 빛도 없는 지금은 가시적 세계를 모두 집어삼키고 있었다. 그는 그 불꽃을 바라보았다. 그것은 바람의 영향을 받아 횃불처럼 활활 타오르고 있었다.

30초마다 자이로스코프와 컴퍼스를 확인하기 위해 파비앵은 비행기 동체에 고개를 파묻곤 했다. 켜놓으면 눈이 부셔서 그는 붉은색 작은 램프를 켤 엄두를 내지 못했다. 그렇지만 라듐 숫자판이 있는 모든 기기에서 별빛처럼 창백한 빛이 흘러나오고 있었다. 거기, 바늘과 숫자들 한가운데에서 조종사는 마치 물에 잠긴 배의 선실에 들어 있는 것처럼 거짓 안도감을 느끼고 있었다. 밤 그리고 밤이 품고 있는 암벽들, 부유물, 언덕들이 하나같이 놀라운 치명적 운명과 함께 비행기를 향해 흘러들고 있었다.

"여기가 어디죠?" 무선기사가 다시 물었다.

파비앵은 또 다시 몸을 일으켜 왼쪽으로 기울인 채 지긋지긋한 경계를 계속했다. 얼마만큼의 시간이 흘러야, 얼마나 애를 써야 어둠의 사슬에서 벗어날 수 있을지 그는 알지 못했다. 행여 영원히 벗어나지 못하는 것은 아닌가 하는 두려움까지 느낄 정도였다. 왜냐하면 그는 더럽고 구겨진 작은 쪽지에 자신의 목숨을 걸고 있었기 때문이었다. 그는 자신의 희망을 버리지 않으려고 그 쪽지를 몇 번이나 펴서 읽고 또 읽었는지 모른다. '트렐레우. 하늘의 4분의 3이 구름에 덮여 있음. 약한 서풍.' 만일 트렐레우 하늘의 4분의 3이 구름에 덮였다면, 구름이 갈라진 틈으로 빛을 볼 수도 있으리라. 만일…….

조금 더 가면 있을 미약한 불빛이 그로 하여금 비행을 계속하게 했다. 그렇지만 걱정이 된 그는 무선기사에게 뭔가를 끄적거려 넘겼다.

"지나갈 수 있을지 모르겠네. 후방 날씨는 여전히 좋은지 알려주게."

당혹스러운 회신이 돌아왔다.

"코모도로에서 알린다. 이곳으로의 회항 불가. 폭풍우."

그는 안데스 산맥에서 바다를 향해 이해할 수 없는 공세가 방향을 틀고 있음을 예감하기 시작했다. 도시에 닿기도 전에 사이클론이 도시를 휩쓸어버릴 것이다.

"산 안토니오의 날씨를 알아봐."

"산 안토니오에서 답이 왔습니다. '서풍이 불고 있으며 서쪽에서 폭풍우가 일고 있음. 하늘은 매우 흐림.' 잡음 때문에 산 안토니오에서 잘 들리지 않는답니다. 저도 잘 안 들리고요. 방전 때문에 안테나를 추켜올려야할 것 같습니다. 회항할까요? 계획이 무엇이죠?"

"잠자코 있게. 바이아 블랑카의 날씨나 물어보도록 해."

"바이아 블랑카에서 회신이 왔습니다. '20분 이내에 서쪽에서 바이아 블랑카를 향한 강력한 폭풍우가 예상된다.'"

"트렐레우 날씨도 물어보게."

"트렐레우의 답신입니다. '서쪽 방향으로 초속 30미터의 태풍이 불고 비바람이 몰아침.'"

"부에노스아이레스에 연락해. 사방이 막혔고, 1000킬로미터에 걸쳐 폭풍이 발달하고 있다고. 더 이상 아무것도 보이지 않는다고 전해. 우리가 어떻게 해야 하는지 물어봐."

조종사에게 이런 밤은 가 닿을 곳 없이 막막한 밤이었다. 왜냐하면 어느 항구로도 데려다주지 않고(모든 항구가 닿을 수 없는 곳처럼 보였다), 또 밤이 지나 새벽이 올 것 같지도 않았기 때문이었다. 1시간 40분 후면 연료도 바닥이 날 터였다. 조만간 앞을 보지 못하는 상태에서 어쩔 수 없이 짙은 어둠 속으로 흘러가게 될 것이었다.

날이 밝을 때까지 버틸 수만 있다면…….

파비앵은 새벽을 이 힘든 밤이 지나면 떠밀려 올라갈 황금빛 모래가 깔린 해변처럼 생각했다. 위협받고 있는 비행기 아래에서 평원이 펼쳐진 바닷가가 나타나리라. 평온한 대지는 잠든 농가와 가축들 그리고 언덕들을 지탱해주었으리라. 어둠 속을 떠다니던 모든 부유물들도 다들 해를 끼치지 않는 것들로 바뀌리라. 할 수만 있다면 그는 해를 향해 헤엄쳐 갈 텐데!

그는 자신이 포위당했다고 생각했다. 이 짙은 어둠 속에서 좋건 나쁘건 모든 것이 결말이 나리라.

그랬다. 간혹 해가 뜰 때면 그는 자신이 회복기에 접어든다고 생각했었다.

그러나 태양이 살고 있는 동쪽을 향해 시선을 고정한들 무슨 소용이 있으랴. 태양과 그 사이에는 도저한 어둠의 깊이가 자리하고 있어 그 밤을 거슬러 올라가지는 못하리라.

XIII

"아순시온 우편 항공기는 순항 중이네. 2시쯤이면 착륙할 거야. 반대로 난관에 빠져 있는 듯 보이는 파타고니아행 우편 항공기는 연착이 상당히 길어지리라 예상되네."

"알겠습니다. 리비에르 씨."

"그 비행기의 도착을 기다리지 않고 유럽행 항공기를 이륙시킬 수도 있네. 아순시온 항공기가 도착하는 즉시 우리 지시를 받도록 하게. 준비하고 있도록."

리비에르는 이제 북부 기항지들에서 보내온 전보들을 다시 읽고 있었다. 그들은 유럽행 항공기에게 달의 노선을 열어주었다. "하늘 맑음. 보름달, 바람 전혀 없음." 환히 빛나는 하늘을 배경으로 선명하게 드러나는 브라질의 산들은 바다의 은빛 소용돌이 속에 검은 숲을 이룬 촘촘한 머릿결을 곧바로 담그고 있었다. 그 숲들 위로 달빛은 지칠 줄 모르고 쏟아지지만 숲의 색을 바꾸지는 않는다. 바다에 떠 있는 섬들도 좌초한 선박들처럼 시커멓다. 노선 내내 달빛은 마르지도 않아서 빛의 샘물과도 같다.

만일 리비에르가 출발 명령을 내리면, 유럽행 항공기의 승무원들은 밤새도록 부드러운 빛을 발할 견고한 세계로 들어설 것이다. 그 어느 것도 어둠과 빛의 덩어리가 이루는 균형을 위협하지 못할 세계. 상쾌하게 만들어준다 해도 몇 시간 만에 하늘 전체를 엉망으로 만들어버릴 순수한 바람의 애무조차 새어들 수 없는 곳.

그러나 리비에르는 그 환한 길을 앞에 두고 마치 채굴이 금지된 금광 앞에 선 개척자처럼 망설였다. 남부에서 일어난 사건들은 야간 비행의 유일한 지지자인 리비에르의 탓으로 돌려지고 있었다. 파타고니아에서 재난이 발생하면 그의 반대파들은 그걸 기화로 매우 기세등등해질 것이고, 어쩌면 그 기세에 눌려 리비에르의 신념은 앞으로 무기력해질 수밖에 없을 것이었다. 리비에르의 신념은 전혀 흔들리지 않았다. 그의 업적에 생긴 균열 하나가 비극적 사건을 허용하긴 했지만, 그 사건은 균열을 보여줄 뿐 다른 무엇도 입증하지 않았다. '서쪽에 관측 초소들이 있어야 할지도 모르겠군……. 두고 봐야지.' 그는 생각했다. '내게는 여전히 마찬가지로 고집을 부릴 든든한 이유가 있고, 사고 가능성을 줄인다는 명분도 있다. 그 명분이 밝혀진 것이다.' 실패는 강한 자들을 더욱 강하게 만든다. 불행히도 사람들을 놓고 도박이 벌어지는 것이며, 거기서 사태의 진정한 의미는 별로 중요하지 않다. 외양상으로 이기거나 지는 것이며 초라한 점수를 기록한다. 그리하여 외형적인 패배로 인해 발이 묶이는 것이다.

리비에르는 벨을 눌렀다.

"바이아 블랑카에서는 무선을 통해 여전히 아무 응답이 없나?"

"없습니다."

"유선으로 기항지를 연결해주게."

5분 후 그는 물었다.

"왜 아무 연락이 없지?"

"우편 항공기로부터 아무 소식도 듣지 못하고 있습니다."

"감감 무소식인가?"

"모르겠습니다. 폭풍우가 너무 심해서요. 설령 그쪽에서 연락을 취하려 한다 해도 우리가 듣지 못할 것입니다."

"트렐레우는 어떤가?"

"트렐레우 소식도 듣지 못하고 있습니다."

"전화를 해보게."

"시도는 했지만, 선이 끊겼습니다."

"자네가 있는 곳의 날씨는 어떤가?"

"매우 험악합니다. 서쪽과 남쪽에서 번개가 칩니다. 매우 심합니다."

"바람은?"

"아직까지는 약하지만, 10분 정도일 겁니다. 번개가 매우 빠르게 접근하고 있으니까요."

침묵이 흘렀다.

"바이아 블랑카는? 들리는가? 좋아. 10분 후에 다시 연락하게."

그리고 리비에르는 남쪽 기항지들에서 보내온 전보들을 뒤적였다. 모두 다 그 비행기의 침묵을 알리고 있었다. 몇몇 기항지들에서는 부에노스아이레스에 더 이상 응답하지 않았고, 지도 위로 벙어리가 된 지역들을 표시하는 반점이 점점 더 커져갔다. 그 지역들에 있는 소도시들은 벌써 태풍의 영향권에 휩쓸려 문이란 문은 꽁꽁 닫혔고, 불 꺼진 거리에 있는 집들은 마치 선박처럼 어둠 속에 잠겨 세상에서 동떨어져 길을 잃은 듯했다. 오직 새벽만이 그들을 해방시켜주리라.

그렇지만 지도 위로 몸을 숙인 리비에르는 대피할 수 있는 맑은 하늘을 발견하리라는 일말의 희망을 품고 있었다. 왜냐하면 지방 서른 개 이상 도시에 있는 경찰에 전보를 보내 하늘의 상태를 문의해놓았고 회신들이 들어오기 시작했기 때문이었다. 장장 2000킬로미터에 걸쳐 있는 무선기지국들 중에서 행여 비행기의 연락을 받는 곳이 있으면 30초 이내에 부에노스아이레스에 알리고, 부에노스아이레스에서는 대피할 곳의 위치를 알려 파비앵에게 전하도록 하라는 명령을 받은 상태였다.

새벽 1시에 소집된 직원들이 다시 사무실에 들어왔다. 묘하게도 그들은 어쩌면 야간 비행을 연기하고, 유럽행 우편 항공기도 동 틀 무렵에야 이륙할 것이라고 알고 있었다. 그들은 목소리를 낮춰 파비앵, 태풍 그리고 특히 리비에르에 관해 수군거렸다. 그들은 그가 아주 가까이에 있으며 예상치 못한 자연 재해로

풀이 죽어 있을 것이라고 짐작했다.

그러나 모든 목소리가 일시에 잠잠해졌다. 외투로 몸을 감싼 리비에르가 영원한 방랑자처럼 모자를 눈까지 푹 내려쓴 모습으로 집무실 문간에 나타났던 것이다. 그는 차분한 발걸음으로 과장에게 다가갔다.

"1시 10분이군. 유럽행 우편 항공기 서류는 다 준비되었나?"

"저는…… 제 생각에는……."

"자네는 생각하지 않아도 돼, 실행만 하면 되는 것이지."

그는 뒷짐을 진 채 열려 있는 창문을 향해 서서히 돌아섰다. 직원 하나가 그에게 다가갔다.

"소장님, 회신을 별로 받지 못할 것 같습니다. 내륙에 있는 많은 전신망이 파괴되었다는 연락을 받았습니다."

"알겠네."

리비에르는 꼼짝하지도 않고 어둠을 응시했다.

그렇게 오는 메시지들 모두가 항공기의 위험을 알리고 있었다. 전신망이 파괴되기 전 회신을 할 수 있었던 도시들 모두가 마치 침략의 진로를 알리듯 태풍의 진로를 알려왔다. "내륙, 안데스 산맥에서부터 발생. 도로를 온통 휩쓸며 바다로 향하고 있음……."

리비에르는 별들이 너무 환히 빛나고 대기는 너무 습하다고 생각했다. 이 얼마나 이상한 밤인가! 반짝이는 과일의 과육처럼 밤은 갑자기 반점들이 생기며 엉망이 되어가고 있었다. 부에노스아이레스에는 아직 별들이 총총히 빛나고 있었지만 이제 저 하늘은 일순간의 오아시스에 지나지 않았다. 게다가 승무원의 행동반경에서 벗어나 있는 항구일 뿐이었다. 불길한 바람이 건드리며 부패시키는 위협적인 밤. 이겨내기 힘든 밤.

어디선가 비행기 한 대가 깊은 어둠 속에서 위험에 처해 있다. 지상에서는 무기력한 사람들이 분주히 움직이고 있었다.

XIV

파비앵의 아내는 전화를 걸었다.

매번 귀환하는 밤이면 그녀는 파타고니아발 우편 항공기의 진로를 계산했다. "그 항공기는 트렐레우에서 이륙합니다……." 그러면 그녀는 다시 잠들곤 했다. 잠시 후, "항공기가 산 안토니오에 접근합니다. 비행기에서 산 안토니오의 불빛을 볼 수 있을 것입니다……." 그때면 그녀는 일어나 커튼을 젖히고 하늘을 살폈다. "저 구름이 모두 그이에게는 장애가 될 텐데……." 이따금 달이 목동처럼 거닐고 있었다. 그러면 젊은 여인은 자기 남편의 주위에 있는 달과 별 그리고 수많은 존재들이 있음에 안도해서 다시 잠자리에 들곤 했다. 1시 경 그녀는 남편이 가까이 왔다고 느꼈다. "이제는 그리 멀리 떨어져 있지 않을 거야. 분명 부에노스아이레스가 보일 거야……." 그러면 그녀는 다시 일어나 남편을 위해 식사와 뜨거운 커피를 마련했다.

"저 위는 무척 춥겠지……." 그녀는 언제나 남편이 눈 덮인 정상에서 내려오기라도 하는 듯 남편을 맞곤 했다. "춥지 않아?" "전혀!" "그래도 몸 좀 데워……." 1시 15분 무렵이면 모든 것이 준비되어 있었다. 그러면 그녀는 전화를 걸었다.

여느 날 밤과 마찬가지로 오늘 밤에도 그녀는 소식을 물었다.

"파비앵이 착륙했나요?"

그녀의 전화를 받은 직원은 약간 불안해했다.

"누구시죠?"

"시몬 파비앵인데요."

"아! 잠시만요……."

직원은 감히 아무 말도 하지 못하고 수화기를 과장에게 돌렸다.

"누구시죠?"

"시몬 파비앵입니다."

"아! ……부인, 무슨 일이신지요?"

"제 남편이 착륙했나요?"

뭐라 설명할 수 없는 침묵이 흘렀고, 간단한 대답이 돌아왔다.

"아뇨."

"연착인가요?"

"그렇습니다……."

또 다시 침묵이 흘렀다.

"그렇습니다……. 연착입니다."

"아……!"

그 "아!"라는 소리는 상처 입은 육체의 소리였다. 연착은 아무것도 아니다…… 아무것도 아니다……. 그러나 연착이 길어지면…….

"아! ……그러면 몇 시에나 여기 도착할까요?"

"몇 시에 여기 도착하느냐고요? 우리는…… 우리는 잘 모르겠습니다."

그녀는 이제 벽에 부딪쳤다. 자신이 했던 질문의 메아리만 돌아오고 있었다.

"제발 부탁이에요. 대답해주세요! 지금 그이는 어디 있나요?"

"어디 있느냐고요? 기다려보세요……."

그 무력감이 그녀는 불편했다. 저 벽 뒤에서 뭔가 일이 일어나고 있었다.

마침내 결정이 내려졌다.

"그는 19시 30분에 코모도로에서 이륙했습니다."

"그 이후는요?"

"그 이후요? ……무척 늦어지고 있습니다…… 악천후 때문에 많이 늦어지고 있는 상황입니다……."

"아! 악천후요……."

저기 부에노스아이레스 하늘에 한가로이 떠 있는 달 속에 얼마나 큰 부당함과 음흉함이 숨어 있단 말인가! 젊은 여인은 갑자기 코모도로에서 트렐레우까지는 고작 2시간 걸린다는 사실을 떠올렸다.

"그러면 그이가 6시부터 트렐레우로 비행하고 있단 말이군요! 하지만 메시지는 보내왔을 거잖아요! 뭐라고 하던가요……?"

"무슨 말을 했느냐고요? 당연히 이런 날씨에서는…… 아시겠지만…… 그가 보내는 메시지가 들리지 않는답니다."

"이런 날씨라니!"

"그러면, 부인, 우리가 뭔가 소식을 듣게 되면 바로 알려드리도록 하겠습니다."

"아! 당신들도 아무것도 모른단 말이지요……."

"안녕히 계십시오, 부인……."

"아니! 아니요! 소장님과 통화를 하고 싶은데요!"

"부인, 소장님은 무척 바쁘십니다. 지금 회의 중이십니다……."

"아! 상관없어요! 상관없다고요! 그분과 통화를 하고 싶단 말이에요!"

과장은 땀을 닦았다.

"잠시만……."

그는 리비에르 사무실 문을 밀었다.

"파비앵 부인이 통화를 하고 싶답니다."

리비에르는 생각했다. '저거야. 내가 두려워하던 것이 저것이다.' 드라마의 감정적 요소들이 드러나기 시작했다. 처음에 그는 그런 요소들을 기피할 생각이었다. 어머니와 아내는 수술실로 들어와서는 안 된다. 위험에 빠진 선박들에서도 감정을 잠재워야 한다. 그런 감정은 사람들을 구하는 데에 도움이 되지 않는다. 그래도 그는 받아들였다.

"내 사무실로 연결해주게."

그는 멀리서 가늘게 떨리며 들려오는 목소리를 듣고, 이내 자신은 대답할 수 없다는 것을 알았다. 입장이 다른 두 사람이 서로 맞붙어보았자 두 사람 모두에게 한없이 무익한 일이 될 것이었다.

"부인, 제발 진정하세요! 우리 직종에서는 한참 동안 소식을 기다리는 것이 너무도 빈번하게 있는 일입니다."

그는 개개인의 사소한 비탄의 문제가 아니라 행위의 문제가 놓여 있는 경계로 넘어와 있었다. 리비에르 앞에는 파비앵의 아내가 아니라 삶의 또 다른 의미가 불쑥 솟아올라 있었다. 리비에르로서는 그저 귀를 기울여주고, 그 연약한 목소리, 무척이나 슬픈 그 노래 그러나 대척적인 위치에 있는 그 목소리에 연민을 보내줄 수 있을 뿐이었다. 왜냐하면 행위도, 개인적 행복도 공유라는 것을 용납하지 않는다. 둘은 대척하고 있는 것이다. 이 여인 역시 자신의 의무와 권리라는 절대적 세계의 이름으로 말하고 있었다. 저녁식탁 위에 놓인 램프 불빛의 이름으로, 그의 육체를 기다리는 육체의 이름으로, 희망과 애정, 추억이 함께 머무는 고향의 이름으로 말이다. 그녀는 자신의 행복을 요구하고 있고, 그녀의 태도는 옳다. 그리고 리비에르, 그의 태도 역시 옳다. 그러나 그는 여자가 내세우는 진실에 그 어느 것도 맞서 내세울 수 없었다. 그는 초라한 어느 가정의 램프 불빛에서 말로 표현할 수 없는 비인간적인 자신의 진실을 발견하고 있었다.

"부인……."

그녀는 더 이상 듣지 않았다. 그에게는 마치 그녀가 여린 주먹으로 벽을 치다 못해 자신의 발치에 와서 쓰러진 것만 같았다.

언젠가 건축 중인 다리 근처에서 부상자 한 명을 들여다보고 있을 때 엔지니어 한 명이 리비에르에게 말한 적이 있었다. "이 다리가 으깨진 이 얼굴만큼의 가치가 있을까요?" 그 도로가 농부들을 위해 뚫리기는 했지만 우회해서 다음 번 다리를 건너는 수고를 덜기 위해 끔찍하게 얼굴을 훼손하는 일 따위를 용인하는 농부는 한 명도 없었을 것이다. 그런데도 사람들은 다리를 건설한다. 그 엔지니어가 덧붙여 말했다. "공공의 이익은 개개인의 이익으로 이루어집니다. 그것이 결코 그 무엇도 더 정당화시키지는 못하지요." 그렇지만 나중에 리비에르는 그에게 대답했다. "설령 인간의 생명이 가치를 따질 수 없는 것이라 해도, 우리는 언제나 그 무엇인가가 생명의 가치를 넘어서는 것처럼 행동하지……. 하지만 그게 무엇일까?"

승무원들을 생각하자, 리비에르는 가슴이 메었다. 사업은 설령 그것이 다리를 건설하는 것이라 해도 행복을 해친다. 그리하여 이제 리비에르는 그 '무엇의 이름으로'라는 것이 무엇인지 자문하지 않을 수 없었다.

그는 생각했다. '사라질지도 모르는 저 사람들은 행복하게 살 수도 있었을 것이다.' 그의 눈에 저녁 램프 불빛이 그리는 황금빛 성역에 고개를 숙이고 있는 사람들의 모습이 보였다. '내가 무슨 명목으로 저들을 끌어냈단 말인가?' 자신이 무슨 명목으로 그들을 개인적인 행복에서 끄집어냈더란 말인가? 제일 우선해야 할 법칙은 저 행복을 지켜주는 것이 아니란 말인가? 하지만 그 자신이 그 행복을 깨뜨리고 있다. 그렇지만 언젠가는 숙명적으로 저 황금빛 성역들이 신기루처럼 사라지는 날이 온다. 노쇠와 죽음이 그 자신보다 더 야멸차게 그 행복들을 파괴한다. 어쩌면 구해내야 할 더 지속적인 무엇인가가 존재할지 모른다. 리비에르가 일하는 것은 어쩌면 인류의 그러한 몫을 구해내는 것일지도 모른다. 그렇지 않다면 행동은 정당화되지 못한다.

'사랑한다는 것, 오로지 사랑한다는 것, 그것은 꽉 막힌 막다른 골목이다!' 리비에르는 사랑하는 것보다 더 커다란 의무를 어렴풋이 느꼈다. 아니, 어쩌면 그것 역시 애정일 수도 있겠지만, 여타의 애정과는 너무도 다른 것이었다. 한 구절이 머리에 떠올랐다. '그들을 영원하게 만드는 것이다…….' 그 구절을 어디에서 읽었던가? '당신이 당신의 내면에서 추구하는 것은 소멸한다.' 페루 고대 잉카의 태양신 신전이 눈앞에 다시 보였다. 산 위에 솟은 곧은 돌기둥들도. 마치 회한처럼 그 돌들의 무게로 오늘날의 인간들을 짓누르는 그 강력한 문명에서 돌기둥들이 아니라면 그 무엇이 남아 있겠는가? '어떤 엄격함의 이름으로, 혹은 어떤 기이한 사랑의 이름으로, 고대 민족의 통치자는 자신의 백성들로 하여금 산 위로 그 신전을 끌어올리고, 그리하여 그들의 영원성을 드높이 세우도록 강요할 수 있었던 것인가?' 마치 꿈인 양 리비에르의 눈앞에 저녁이면 뮤직홀 주변을 도는 소도시의 군중들 모습이 보였다. '저런 종류의 행복, 저런 굴레와 안장을……' 하고 그는 생각했다. 고대 민족의 통치자는 어쩌면 인간의 고통에는 무심했을지 모르지만 그 죽음에 대해서는 무한한 연민을 보냈을 것이다. 개개인의 죽음에 대해서가 아니라, 모래바다가 지워버릴 인류에 대한 연민을. 그리고 사막이 덮어버리지 못할 돌기둥이나마 세우고자 자신의 백성을 이끌었던 것이다.

XV

네 번 접힌 종이쪽지가 어쩌면 자신을 구할 지도 모른다. 파비앵은 이를 앙다물고 쪽지를 펼쳤다.

"부에노스아이레스와 소통 두절. 더 이상 무선 조작을 할 수조차 없음. 손가락에 불이 날 지경임."

화가 난 파비앵은 답신을 보내고자 했지만, 글을 쓰기 위해 손에서 조종간을 놓는 순간 강력한 너울 같은 것이 그의 몸을 들이쳤다. 5톤 무게의 금속 안에 들어 있는 그를 소용돌이가 들어올렸다가 곤두박질치게 만들었다. 그는 답장을 포기했다.

그의 손이 다시 파도를 눌러 가라앉혔다.

파비앵은 거칠게 숨을 들이쉬었다. 만일 무선기사가 폭풍우가 두려워 안테나를 추켜세운다면, 파비앵은 도착하자마자 무선기사의 얼굴을 짓이겨놓을 생각이었다. 무슨 대가를 치루더라도 부에노스아이레스와 연락이 닿아야만 했다. 1500킬로미터 이상 떨어져 있는 그곳만이 이 심연 속으로 밧줄 하나를 그들에게 던져줄 수 있는 것으로 말이다. 거의 쓸모도 없지만 등대처럼 대지가 있음을 증명할 수 있는 여인숙의 깜빡이는 불빛 하나도 없기 때문에, 이미 이제는 존재하지 않는 세상으로부터 들려오는 목소리, 적어도 단 하나의 목소리만이라도 있어야 했다. 조종사는 뒷좌석에 앉은 상대에게 이 비극적 진실을 이해시키기 위해 붉은 불빛 속에 자신의 주먹을 들어 올려 흔들어 보였다. 그러나 덮여버린 도시들, 꺼져버린 불빛들, 그 황폐한 공간 속으로 몸을 숙이고 있는 상대는 그런 진실을 알지 못했다.

파비앵은 무슨 조언이 들리기라도 했다면 무엇이든 따랐을 것이다. 그는 생각했다. '만일 나에게 원을 그리며 돌라면 그렇게 돌 것이고, 만일 내게 정남향으로 가라면……' 어딘가 커다란 달그림자 아래로 평화롭고 온화한 땅이 존재하고 있었다. 학자들처럼 박식한 그곳의 동료들은, 꽃처럼 화사한 램프 불 아래 지도를 들여다보는 전지전능한 그곳의 동료들은 그 땅이 어디 있는지 알고 있었다. 무언가 붕괴되는 속도로 어둠의 탁류를 그에게 밀어붙이는 소용돌이와 밤 이외에 그는 대체 무엇을 알고 있는가. 이 소용돌이와 구름 속 불길에 사람 둘을 내버려둘 수는 없는 법이다. 그럴 수는 없다. 파비앵에게 "기수를 240도로……" 하는 명령이 내려온다면, 그는 기수를 240도로 향할 것이다. 그러나 그는 혼자였다.

자재까지 말을 안 듣는 것처럼 보였다. 매번 기체가 푹푹 하강을 할 때마다, 엔진이 어찌나 심하게 떨리는지, 비행기 동체

전체가 마치 분노의 지진에 사로잡힌 것 같았다. 파비앵은 조종
석에 머리를 파묻고 자이로스코프를 정면으로 바라보며 비행기
를 제어하기 위해 전력을 다하고 있었다. 왜냐하면 밖을 내다본
다 하더라도 모든 것이 뒤섞여 마치 태초의 암흑과도 같은 어둠
속에서 길을 잃은 그로서는 더 이상 하늘과 땅을 구별할 수 없었
기 때문이었다. 그러나 위치를 알려주는 계기판의 바늘들이 점
점 더 빨리 진동하는 바람에 그 바늘들을 눈으로 쫓아가기가 더
힘들어지고 있었다. 이미 그 계기에 속은 조종사는 악전고투 끝
에 고도를 잃고 차츰차츰 그 어둠 속으로 빠져 들어가고 있었다.
그는 고도를 '500미터'라고 읽었다. 그것은 언덕들과 같은 높이
였다. 그는 언덕들이 현기증이 날 정도로 어지러운 파도들을 자
신을 향해 굴린다는 느낌을 받았다. 그는 아무리 작은 것이라 할
지라도 자신을 박살낼 수 있는 모든 흙더미들이 마치 지반에서
뽑혀 나온 듯, 볼트가 빠져나간 듯, 자신의 주위에서 어지러이
춤추며 돌고 점점 더 죄어 온다는 것을 알았다.

그는 선택을 해야 했다. 충돌의 위험을 무릅쓰고 아무 곳에나
착륙하리라. 그리고 최소한 언덕은 피하기 위해 가지고 있던 유
일한 조명탄을 쏘아 올렸다. 조명탄이 타오르며 선회하면서 평
지를 비추고 꺼졌다. 그러나 그 평지는 바다였다.

그는 재빨리 생각했다. '틀렸어. 40도나 방향 수정을 했는데
도 결국 편류했다. 이건 태풍 때문이다. 대체 육지는 어디 있는
거야?' 그는 정서향으로 기수를 돌렸다. 그리고 생각했다. '이제
조명탄이 없으니, 죽을 수밖에.' 그건 언젠가는 일어날 일이었

다. 그리고 저기, 뒷좌석에 앉은 동료는…… '그가 분명 안테나를 올렸어.' 그러나 조종사는 더 이상 동료를 원망하지 않았다. 만일 자신이 그저 손을 놓기만 하면, 그들의 생명은 즉시 허망한 먼지처럼 소멸되고 말 것이다. 그는 펄떡펄떡 뛰는 동료의 심장과 자신의 심장을 두 손에 쥐고 있는 셈이었다. 그러자 갑자기 그는 자신의 손이 두려워졌다.

산양이 뿔로 들이받는 듯한 돌풍 속에서 핸들의 떨림을 줄이기 위해 그는 전력을 다해 핸들을 단단히 붙잡았다. 그렇게 하지 않으면 진동 때문에 조종간의 케이블이 절단되었을 것이다. 그는 여전히 핸들을 움켜쥐고 있었다. 그렇게 너무 힘을 주다보니 손이 마비되어 감각이 없었다. 무슨 반응이라도 있을까 싶어 손가락을 움직여보고자 했다. 그러나 움직였는지 아닌지조차 알 수 없었다. 낯선 무엇인가가 팔 끝에 달려 있었다. 아무 감각도 없고 물렁물렁한 가죽 같은 것이었다. 그는 생각했다. '내가 움켜쥐고 있다고 상상해야만 해……' 그는 그런 생각이 손까지 전달되는지도 알 수 없었다. 어깨의 통증만으로 핸들의 진동을 감지하고 있었기 때문에, "핸들이 손에서 빠져나갈 거야. 내가 손을 놓고 말겠지……" 하고 중얼거렸다. 그러나 자신도 모르게 그런 말을 한 것에 덜컥 두려워졌다. 왜냐하면 이번에는 손이 머릿속에 떠올린 영상의 알 수 없는 힘에 따라 핸들을 놓기 위해 어둠 속에서 천천히 펴지는 것을 느낀 것 같았기 때문이었다.

그는 아직도 더 싸우며 자신의 운을 시험해볼 수도 있었을 것이다. 외부의 숙명이란 없으니 말이다. 그러나 내면의 숙명이 있다. 그리하여 자신이 취약함을 발견하는 순간이 온다. 그러면 잘못들이 현기증처럼 당신을 잡아끈다.

그리고 바로 그 순간 폭풍우의 틈새로 마치 통발 속에 든 죽음의 미끼처럼 몇 개의 별이 그의 머리 위로 반짝였다.

그는 그것이 함정이라고 판단했다. 어느 구멍으로 세 개의 별이 보여서 그 별들을 향해 올라갔다가는 더 이상 내려오지 못하고 그곳에 머물며 덜컥 별을 물고 마는 것이다……

그러나 빛에 대한 갈증이 너무나 컸던 그는 올라가고야 말았다.

XVI

그는 별이 지표 역할을 해준 덕분에 돌풍을 더 잘 피해가며 상승했다. 별들이 가진 희미한 자기가 그를 이끌었다. 빛을 찾아 그토록 오랫동안 고생을 했기 때문에 그는 아무리 어렴풋한 빛이라 해도 놓치지 않았을 것이다. 여인숙 불빛 하나만으로도 풍족했을 그는 자신이 그토록 갈망하던 그 표지 주위를 죽을 때까지 돌고 돌았을 터였다. 그렇게 그는 빛의 벌판을 향해 올라갔다.

열렸다가 그의 뒤로 다시 닫히는 우물 속 같은 곳을 나선형을 그리며 그는 조금씩 올라갔다. 그리고 구름은 그가 올라갈수록 칠흑 같은 어둠을 잃고 점점 더 깨끗해지고 하얘지는 파도가 되어 그에게 부딪쳐 왔다. 파비앵은 몸을 일으켰다.

그의 놀라움은 극에 달했다. 너무도 환해서 눈이 부실 지경이었다. 몇 초 동안 그는 눈을 감아야만 했다. 야간에 구름이 그처럼 눈부시리라곤 전혀 믿을 수 없을 정도였다. 그러나 보름달과 모든 별자리들이 구름을 빛나는 파도로 변화시켜놓고 있었다.

그가 몸을 일으키는 바로 그 순간 비행기는 대번에 기이해 보이는 평온을 되찾았었다. 어느 너울 하나 비행기를 기울이지 않았다. 제방을 넘어선 배처럼, 비행기는 고요한 바다로 접어들었다. 비행기는 행복한 섬의 작은 만 같은 미지의 감춰진 하늘 한 자락에 붙잡힌 것이다. 기체 아래로 폭풍우는 광풍이 불고 물기둥이 일어서고 번개가 치는 3000미터 두께의 또 다른 세상을 이루고 있었지만, 별들을 향해 보이는 모습은 수정과 눈으로 이루어진 얼굴이었다.

파비앵은 이상한 경계에 도달했다고 생각했다. 왜냐하면 자신의 손, 의복, 날개 등 모든 것이 빛나기 시작했던 것이다. 그리고 그 빛은 별에서 오는 것이 아니라 그의 아래, 그의 주위, 그 하얗게 쌓인 것들로부터 나오고 있었다.

그의 아래에 있는 구름들은 달로부터 받는 눈을 다시 돌려보내고 있었다. 탑처럼 높이 솟은 좌우의 구름들도 마찬가지였다. 젖과 같은 빛이 휘감아 돌았고, 그 안에 놓인 승무원은 그 빛에 잠겨 있었다. 파비앵이 몸을 돌리자, 미소를 띤 무선기사가 보였다.

"훨씬 나아졌네요!" 하고 기사가 소리쳤다.

그러나 그 목소리는 비행기 엔진 소리에 묻혀버리고, 오로지 미소만이 오갔다. 파비앵은 생각했다. '미소를 짓다니, 내가 완전히 미쳐버린 모양이네. 우리는 이제 끝장이라고.'

그렇지만 수많은 암흑의 팔에서 놓여난 터였다. 잠시 동안 결박을 풀고 꽃밭을 거닐도록 놓아준 죄수처럼 그들을 묶고 있던 결박이 풀린 것이다.

'너무 아름구나.' 파비앵은 생각했다. 살아 있는 것이라곤 파비앵과 그의 동료, 그 외에는 아무것도, 아무것도 없는 세계에서 파비앵은 빼꼭하게 쌓인 보물처럼 층층이 쌓인 별들 사이를 헤매고 다녔다. 보물이 있는 방에 갇혀서 나오지 못하는 동화 속 도시의 도둑들 같은 처지였다. 얼어붙은 보석들 사이에서 그들은 무한한 부를 가졌으되 사형선고를 받은 채 헤매고 있다.

XVII

파타고니아 기항지인 코모도로 리바다비아의 무선기사 한 명이 급박한 몸짓을 하자, 무력하게 기지국에서 밤샘을 하던 모든 이들이 그의 주위로 몰려들어 몸을 기울였다.

그들은 아무것도 쓰이지 않고 환하기만 한 종이 위로 몸을 기울였다. 기사의 손은 아직 멈칫거리기만 했고, 연필이 흔들렸다. 기사의 손은 아직 붙잡혀 있는 철자들을 쥐고 있지만 이미 손가락이 떨리고 있었다.

"폭우인가?"

무선기사는 고개를 끄덕였다. 폭우로 인한 잡음 때문에 알아들을 수가 없었다. 그러다가 그는 해독할 수 없는 몇몇 기호를 적어나갔고, 그런 다음 몇 개의 단어들을 적었다. 마침내 전문을 복원할 수 있었다.

"폭풍 위로 3800미터 상공에서 항로가 막혔음. 바다로 비껴

나갔었기에 내륙을 향해 정서향으로 비행 중. 우리 아래쪽은 모두 막혔음. 여전히 바다 위를 날고 있는지 알 수 없음. 폭풍이 내륙까지 확산되고 있는지 알려주기 바람."

폭우 때문에 이 전보를 부에노스아이레스까지 전달하기 위해서는 기지에서 기지로 연쇄적으로 전해야 했다. 그 메시지는 탑에서 탑으로 봉화를 붙여 알리듯 어둠 속을 달렸다.

부에노스아이레스에서 회신할 내용을 알려왔다.

"내륙 전체가 폭풍권이다. 연료가 얼마나 남았는가?"

"30분 분량이다."

그리고 이 문장이 당직자에서 당직자를 거쳐 부에노스아이레스까지 올라갔다.

승무원들은 30분이 채 지나기도 전에 그들을 지면으로 끌어내릴 태풍권에 휩쓸리게 되어 있었다.

XVIII

리비에르는 깊은 생각에 잠긴다. 그에게는 더 이상 희망이 없다. 그 승무원들은 어둠 속 어딘가에 추락할 것이다.

리비에르는 자신의 유년 시절에 충격을 주었던 어떤 영상을 떠올린다. 그것은 시신을 찾기 위해 연못의 물을 빼는 장면이었다. 대지 위에서 이 어둠의 덩어리가 싹 흘러나가기 전에는, 날이 밝아 모래와 평원과 밀밭이 다시 모습을 드러내기 전까지는 아무것도 찾아낼 수 없을 것이다. 어쩌면 평범한 농부들이 평온한 바닥의 풀과 황금빛 모래 위에 추락하여 팔꿈치로 얼굴을 가리고 잠들어 있는 것처럼 보이는 두 아이를 발견할지도 모른다. 하지만 그때는 이미 밤이 그들을 익사시킨 후일 것이다.

리비에르는 마치 동화 속 바다처럼 깊은 어둠 속에 묻혀 있을 보물들을 생각한다…… . 모든 꽃을, 아직은 아무 쓸모도 없는 꽃들을 활짝 피운 채 동이 트기를 기다리는 밤의 사과나무들. 향기와 잠든 어린 양들과 아직은 색채를 지니지 못한 꽃들로 밤은 풍요롭다.

동틀 무렵이 되면 비옥한 밭고랑, 촉촉이 젖은 숲, 신선한 개자리가 차츰 모습을 드러낼 것이다. 그러나 이제는 공격적이지 않은 언덕들, 풀밭, 어린 양들 사이로 두 아이가 세상의 지혜 속에서 잠들어 있는 듯 보일 것이다. 그리고 가시적인 세상에서 다른 세상으로 무엇인가가 이미 흘러간 이후일 것이다.

리비에르는 상냥하면서도 불안해하는 파비앵의 아내를 안다. 그 사랑은 가난한 아이에게 빌려준 장난감처럼 그녀에게 잠시 빌려준 것일 뿐이었다.

리비에르는 몇 분 동안 자신의 운명을 손에 쥐고 있을 파비앵의 손을 생각한다. 어루만졌을 그 손. 어느 가슴 위에 놓여 마치 신의 손처럼 격동하게 했을 그 손. 어느 얼굴 위에 놓여 그 얼굴을 변하게 했을 그 손. 기적을 만들었던 그 손.

파비앵은 이 밤, 구름바다의 찬란함 속을 헤매고 다닌다. 하지만 그 아래는 영원의 세계다. 그는 별자리 사이에서 길을 잃었고, 그곳에서 홀로 살고 있다. 그는 아직도 세상을 두 손에 쥐고 가슴에 대고 흔든다. 그는 핸들 안에 인간 재화의 무게를 움켜쥐고 결국 돌려주어야 할 쓸모없는 그 재화를 절망적으로 이 별에서 저 별로 움직이고 있다⋯⋯.

리비에르는 아직도 어느 무선기지국에서 그의 목소리를 듣고 있다고 생각한다. 파비앵과 세상을 연결하는 것은 단조의 음파뿐이다. 하소연도 없다. 비명도 없다. 다만 절망이 이제까지 지른 가장 순수한 음만이 있을 뿐이다.

XIX

로비노가 그를 고독에서 끌어냈다.

"소장님, 생각해봤는데…… 어쩌면 시도라도 해볼 수 있지 않을까 하는데요……."

그에게는 제안할 것이 아무것도 없었지만, 그렇게 해서 자신의 선의를 드러내는 것이었다. 그도 해결책을 찾아냈으면 하고 무척이나 바랐고 그게 무슨 수수께끼의 해답인 양 찾아보기도 했다. 그가 해결책을 내밀곤 했으나, 리비에르는 거기에 귀를 기울이지 않았다. "로비노, 알겠지만, 삶에는 해결책이 없네. 움직이는 힘만 있지. 그 힘을 만들어내면 해결책은 뒤따라오는 거야." 그래서 로비노는 정비사 조합에서 움직이는 힘을 만들어내는 것으로 자신의 역할을 한정했다. 보잘것없는 힘이지만 그것이 프로펠러 중심부에 녹이 생기는 것을 방지해주었다.

그러나 오늘 밤의 사건들 앞에서 로비노는 속수무책이었다.

감독관이라는 직함은 폭풍우에 대해서도, 어디 있는지도 모를 유령 같은 승무원들에게도 전혀 영향력을 미치지 못했다. 그 승무원들은 시간 준수에 대한 보너스 때문이 아니라 로비노의 징계를 무효화시키는 유일한 징계인 죽음을 피하기 위해 몸부림치고 있었다.

　이제 쓸모가 없어진 로비노는 하릴없이 사무실에서 서성이고 있었다.

파비앵의 부인이 찾아왔노라고 전갈이 왔다. 불안에 떼밀린 그녀는 직원 사무실에서 리비에르가 만나주기를 기다렸다. 직원들은 힐끔거리며 그녀의 얼굴을 훔쳐보았다. 그 시선 때문에 그녀는 수치 비슷한 것을 느끼며 두려움에 사로잡혀 주변을 두리번거렸다. 이곳에선 모든 것이 그녀를 거부하고 있었다. 마치 시체를 밟고 걷는 듯 자신의 일을 계속하는 사람들, 인간의 생명, 인간의 고통이 그저 딱딱한 숫자의 찌꺼기로만 남는 서류들. 그녀는 파비앵에 대한 소식이 있을 만한 징후들을 찾았다. 그녀의 집에서는 모든 것이 그의 부재를 보여주고 있었다. 개키다 만 이부자리, 다 마신 커피, 꽃다발……. 그녀는 어떤 징후도 발견하지 못하고 있었다. 모든 것이 연민, 우정, 추억을 저버리고 있었다. 어느 누구도 그녀 앞에서 목소리를 높이지 않았기 때문에 그녀가 들을 수 있었던 유일한 문장은 명세서를 요구하는 한 직원의 욕설이었다. "발전기 명세서 말이야, 망할! 우리가 산토스에 보낸 발전기 명세서." 그녀는 깜짝 놀란 표정으로 눈을 들어 그 사람을 보았다. 그리고 지도가 펼쳐져 있는 벽으로 시선을 돌렸다. 보일 듯 말 듯 그녀의 입술이 조금 떨리고 있었다.

그녀는 이곳에서 자신이 적대적인 진실을 표현하고 있다는 것을 알아채고 불편해졌고, 온 것을 후회하다시피 했으며, 할 수만 있다면 숨고 싶었다. 그녀는 다른 사람들의 눈에 띨까 두려워 기침도 참고 울음도 참았다. 그녀는 자신이 무례하고 몰상식하다고 생각해서 마치 벌거벗고 있는 것 같은 기분이었다. 하지만 그녀의 진실은 너무나 강렬해서 지칠 줄을 몰랐고 그녀를 힐끔거리는 시선들은 그녀의 얼굴에서 그 진실을 읽어냈다. 그 여인은 무척 아름다웠다. 그녀는 사람들에게 행복의 신성한 세계를 드러내 보여주고 있었다. 그녀는 사람들이 부지불식간에 얼마나 귀한 것에 손을 대는지 보여주고 있었다. 숱한 시선들 아래에서 그녀는 눈을 감았다. 그녀는 사람들이 알지도 못한 채 얼마나 큰 평화를 파괴할 수 있는지를 보여주고 있었다.

리비에르가 그녀를 맞이했다.

그녀는 소심하게 자신의 꽃, 자신이 끓인 커피, 자신의 젊은 육체를 내세워 호소했다. 더 추운 그 사무실에서 또 다시 그녀의 입술이 가볍게 떨기 시작했다. 그녀 역시 자신과는 다른 이 세상에서 자신의 진실이 설명될 수 없다는 것을 알게 되었다. 자신의 내면에서 일고 있는 뜨겁기에 야성적인 사랑과 헌신의 모든 것이 여기서는 성가시고 이기적인 면모를 띠는 것 같았다. 그녀는 도망치고 싶었다.

"혹시 방해가 되는 것은 아닌가요……."

리비에르가 대답했다. "부인, 그렇지 않습니다. 불행히도 부인과 나, 우리는 기다리는 것 외에는 더 이상 할 수 있는 일이 없군요."

그녀는 어깨를 약간 으쓱했고, 리비에르는 그 의미를 알아차렸다. '집에 가면 다시 보게 될 램프와 차려놓은 저녁식사, 꽃들, 그런 게 무슨 소용이 있을까······' 하는 뜻이었다. 어느 젊은 아이 엄마가 어느 날인가 리비에르에게 고백한 바 있었다. "내 아이의 죽음, 난 아직도 그걸 이해하지 못하겠어요. 그런데 사소한 것들이 힘들어요. 눈에 띄는 아이의 옷가지들, 그리고 어쩌다 밤에 깨면 내 젖처럼 이제는 소용도 없지만 그래도 가슴까지 치밀어 오르는 애정이라든가······." 이 여인에게도 내일이 되자마자 쓸모없어진 모든 행동들, 모든 사물들에서 파비앵의 죽음이 시작되리라. 파비앵은 그렇게 서서히 자신의 집에서 떠나가게 될 것이다. 리비에르는 깊은 연민을 느꼈으나 침묵했다.

"부인······."

그녀는 겸허하다고 할 미소, 아직 그녀 자신도 그 힘을 모르는 미소를 띤 채 물러났다.

리비에르는 약간 침중한 기색으로 자리에 앉았다.

"그래도 그녀는 내가 찾고 있던 것을 발견하는 데에 도움이 되었어······."

그는 북부 기항지들에서 보내온 대외비 전보들을 손으로 무심히 톡톡 쳤다. 그는 생각했다.

'우리는 영원하기를 요구하는 것이 아니라 행위와 사물들이 갑자기 그 의미를 잃는 것을 보지 않기를 요구하는 것이다. 그럴 때에 우리 주위를 둘러싸고 있는 공허함이 드러나기 때문인데……'

그의 시선이 전보들을 향했다.

"이렇게 해서 우리에게 죽음이 스며드는 것이지. 그러니 이 메시지들은 더 이상 아무 의미가 없다……."

그는 로비노를 바라보았다. 저 한심한 친구, 이제는 쓸모없는 저 친구도 더 이상 의미가 없었다. 리비에르는 그에게 엄한 어조로 말했다.

"내가 몸소 자네에게 일거리를 찾아주어야 하겠나?"

그런 다음 리비에르는 직원 사무실로 향하는 문을 열고 들어갔는데, 파비앵의 실종이 그에게 충격을 준 것이 분명해 보였다. 그러나 파비앵 부인은 그런 징후를 읽어낼 수 없었다. 파비앵이 조종하는 비행기 R. B. 903기 서류는 벽에 걸린 도표에서 이미 사용 불가능 기기 항목에 분류되어 있었다. 유럽행 우편 항공기 서류를 준비하던 직원들은 비행기의 출발이 지연될 것이라고 생각해서 제대로 일을 하지 않고 있었다. 비행장으로부터 이제 아무런 목적도 없이 밤을 새우고 있는 승무원들에 대해 지시 사항을 문의해왔다. 생명 기능들이 느려졌다. '죽음이 저기 왔구나!' 하고 리비에르는 생각했다. 그의 과업은 바람 한 점 없는 바다 위에서 고장 난 범선과도 같았다.

로비노의 목소리가 들려왔다.

"소장님…… 두 사람은 결혼한 지 여섯 주밖에 되지 않았는데요……."

"가서 일이나 하게."

리비에르는 계속해서 사무직 직원들, 그리고 그 직원들 너머로 인부들, 정비사들, 조종사들, 건설하는 사람으로서의 신념을 가지고 자신의 과업을 도와주었던 모든 사람들을 바라보았다. 그러면서 '섬들'이 하는 이야기를 들으며 배를 만들었던 옛날 작은 도시들을 머리에 떠올렸다. 그 배에 자신들의 희망을 싣기 위해. 사람들이 자신들의 희망이 돛을 활짝 펴고 바다로 나가는 것을 보기 위해. 한 척의 배 덕분에 모두들 성장하고, 모두들 저 자신에서 벗어나고, 모두들 해방되었던 것이다. '어쩌면 목적은 아무것도 정당화시키지 못할 수도 있다. 하지만, 행동은 죽음으로부터 해방시켜준다. 그 사람들은 자신들이 만든 배를 통해 지속되는 것이다.'

전보들에 완전한 의미를 부여하고, 철야를 하는 승무원들에게는 불안을, 조종사들에게는 극적인 목표를 안겨줄 때, 리비에르도 죽음과 맞서 싸우게 될 것이다. 바다에서 바람이 범선에 숨결을 불어넣듯, 생명이 이 과업에 숨결을 불어넣을 바로 그때에.

XX

코모도로 리바다비아에서는 더 이상 아무것도 듣지 못하고 있
지만, 20분 후 그곳에서 1000킬로미터 떨어진 바이아 블랑카에
서 두 번째 메시지를 포착한다.

"하강 중이다. 구름 속으로 들어간다······."

그 후 전문을 알 수 없는 가운데 두 단어가 트렐레우 기지국
에 나타났다.

"······아무것도······보이지······."

단파는 그런 식이다. 저곳에서는 단파를 포착하지만, 이곳에
서는 여전히 귀머거리다. 그런 다음 아무 이유 없이 모든 것이
변한다. 위치를 알 수 없는 저 승무원들은 이미 공간과 시간을
뛰어넘어 살아 있는 자들 앞에 자신을 드러내지만, 무선기지국
의 흰 종이 위에 글을 쓰는 그들은 이미 유령들이다.

연료는 바닥났을까 혹은 기체 고장이 일어나기 전 조종사가

마지막 카드를 사용하여 추락하지 않고 지상에 착륙하는 것일까?

부에노스아이레스의 목소리가 트렐레우에 지시를 내린다.

"그걸 물어보게."

무선국의 수신소는 실험실과도 같다. 니켈, 구리, 압력계, 전선들의 망이 널려 있다. 하얀 셔츠를 입고 말이 없는 당직 무선사들은 몸을 굽힌 채 마치 간단한 실험에 몰두하고 있는 듯하다.

섬세한 손가락으로 그들은 기기를 만지고 자기장이 있는 하늘을 탐색하고 있다. 금맥을 찾는 수맥 탐사가들 같다.

"회신이 없나?"

"없습니다."

어쩌면 그들은 살아 있다는 신호가 될 그 음을 포착할지도 모른다. 만일 비행기와 기체에 달린 불빛이 별들 사이로 다시 올라오면, 그들은 어쩌면 그 별이 노래하는 소리를 듣게 될지도 모른다……

째깍째깍 초가 흐른다. 초가 흐르는 것이 정말이지 마치 피가 흐르는 것 같다. 아직도 비행이 계속되고 있을까? 1초 1초가 가능성을 앗아간다. 그리고 이제 시간은 흐르는 것이 아니라 파괴를 하는 것 같다. 20세기가 흐르는 동안 시간이 신전을 건드리고 화강암 사이로 길을 내 마침내 신전을 먼지로 만들어 날려버리듯, 매 초마다 수 세기에 걸친 마모의 시간이 쌓여 승무원을 위협하고 있는 것이다.

매 초가 뭔가를 앗아간다.

파비앵의 그 목소리, 파비앵의 웃음소리, 그 미소. 침묵이 점점 영역을 넓혀간다. 점점 더 무거워지는 침묵, 그것이 마치 바다의 무게처럼 그 승무원들 위로 쌓인다.

그때 누군가가 말한다.

"1시 40분입니다. 연료가 버틸 수 있는 마지막 한계입니다. 그들이 더 이상 계속해서 비행하는 것은 불가능합니다."

그리고 평온함이 자리 잡는다.

긴 여행의 끝에서처럼 뭔가 씁쓸하고 역겨운 것이 입술로 올라온다. 전혀 알 수 없는 무엇인가가 종료되었다. 약간 역겨운 무엇. 그 모든 니켈, 핏줄처럼 늘어진 구리선들 사이에서 폐허가 되어버린 공장에나 감도는 그런 슬픔까지 느껴진다. 그 모든 기기들이 무겁고, 쓸모없고, 용도가 바뀐 것처럼 보인다. 죽은 나뭇가지들의 무게랄까.

이제 날이 밝기만을 기다릴 수밖에 없다.

몇 시간 후면 날이 밝으며 아르헨티나 전체가 떠오를 것이고, 그러면 저 사람들은 머물러 있다가 마치 모래사장에서처럼 그물을 똑바로 마주보며 잡아당길 것이다. 천천히, 그러나 그 그물에 무엇이 담겨 있을지는 알지 못한다.

리비에르는 사무실에서 숙명이 인간을 해방시켜줄 때 느끼는, 커다란 재앙만이 허용하는 그런 긴장 완화를 겪고 있었다. 그는 한 지방 전체의 경찰에 경보를 내렸다. 그는 이제 아무것도 할 수 없고, 기다려야만 한다.

그러나 사망자들의 집에도 정리를 해주어야만 한다. 리비에르는 로비노에게 신호를 보낸다.

"북부 기항지들에 전보를 치게. 파타고니아발 우편 항공기가 상당히 연착될 것으로 예상됨. 유럽행 우편 항공기의 출발이 너무 지연되지 않도록 하기 위해 파타고니아발 우편 항공기와 다음 유럽행 우편 항공기의 우편물을 한데 수합할 것임."

그는 앞으로 약간 몸을 숙인다. 애써 뭔가를 기억해내는데, 그것은 중대한 일이었다. 아! 그렇지. 그리고 잊어버리지 않기 위해 말한다.

"로비노."

"네, 리비에르 씨."

"문서를 하나 작성하게. 조종사들에게 엔진 회전수 1900회를 넘지 않도록 하게 해. 엔진들을 다 망가뜨리니까 말이야."

"알겠습니다. 리비에르 씨."

리비에르는 좀 더 몸을 숙인다. 무엇보다도 그는 혼자 있고 싶었다.

"가보게, 로비노. 가라고, 이 친구야……"

로비노는 그런 어둠들 앞에서도 한결 같은 그의 모습에 두려움을 느낀다.

XXI

이제 로비노는 울적해서 이 사무실 저 사무실을 기웃거리며 다니고 있었다. 회사의 생명이 중지된 상태였다. 왜냐하면 2시로 예정되었던 그 우편 항공기의 출발 명령이 취소되고 날이 밝아야만 출발할 것이기 때문이었다. 굳은 얼굴의 직원들이 아직도 밤을 새고 있었지만, 이 밤샘은 소용없는 일이었다. 규칙적인 리듬으로 북부 기항지들로부터 대외비 메시지들이 떴지만, "하늘 쾌청"이나 "보름달" 그리고 "바람 전혀 없음"이라는 내용들은 불모의 왕국을 연상시킬 뿐이었다. 달과 암석들이 있는 사막. 과장이 작성하던 서류를 별다른 이유도 없이 뒤적거리고 있던 로비노는 자신의 앞에 서서 불손한 존경심을 보이며 서류를 넘겨주기를 기다리고 있는 과장을 보았다. 그는 마치 "필요한 게 있으면 부르시죠, 그건 내 서류니까……"라고 말하는 것 같은 태도였다. 하급자의 그러한 태도에 감독관은 충격을 받았다. 그러나 대꾸할 말도 떠오르지 않자, 약이 오른 그는 서류를 넘겨주었다. 과장은 자기 자리로 돌아가 무척이나 고상하게 자리에 앉았다. '저 작자를 내쫓았어야 하는 건데' 하고 로비노는 생각했다. 그는 아무렇지도 않은 척 태연하게 비극적인 사태를 생각하며 몇 걸음 옮겼다. 이 사태가 정책적 실추를 가져올 것이다. 그래서 로비노는 이중의 상실에 슬퍼했다.

그러고 나자 거기, 자기 사무실에 처박혀 있을 리비에르의 모습이 떠올랐다. 리비에르는 그에게 말했었다. "이 친구야……"라고. 어떤 사람도, 결코 그 정도까지 의지할 곳이 없지는 않았다. 로비노는 그에게 커다란 연민을 느꼈다. 그는 머릿속으로 어렴풋하나마 동정하고 위로하는 데에 사용할 몇 가지의 문장들을 떠올려보았다. 그로서는 무척 아름답다고 판단되는 어떤 감정이 그를 들뜨게 만들었다. 그래서 그는 조용히 사무실 문을 두드렸다. 아무 대답이 없었다. 그렇게 조용한 가운데 더 크게 두드릴 엄두를 내지 못한 그는 문을 밀어보았다. 리비에르는 그곳에 있었다. 로비노는 거의 처음으로 대등한 입장에서 리비에르의 사무실로 들어섰다. 약간은 친구처럼, 그리고 자신의 생각으로는 빗발치는 총탄 속에서 부상당한 장군과 합류, 장군을 부축하고 후퇴하다가 망명길에 장군의 형제가 되는 하사와 약간은 유사하다는 기분으로. '무슨 일이 생기건 간에 나는 당신과 함께 하겠습니다' 하고 로비노는 말하고 싶어하는 듯했다.

리비에르는 아무 말도 없었고, 고개를 푹 숙인 채 자신의 손만 바라보고 있었다. 그래서 그의 앞에 서 있는 로비노는 감히 더 이상 말을 꺼낼 수가 없었다. 쓰러졌을지언정 사자는 여전히 그에게 두려움의 대상이었다. 로비노는 점점 더 헌신적인 기분이 드는 말들을 준비했지만 눈을 들어 바라볼 때마다 그가 마주치는 것은 4분의 3쯤 숙인 고개, 회색머리, 무엇이 그리 씁쓸한지 꽉 다문 입술뿐! 마침내 그는 결단을 내렸다.

"소장님……."

리비에르가 고개를 들어 그를 바라보았다. 리비에르는 무척이나 깊고도 아득한 꿈에서 깬 듯 어쩌면 로비노가 와 있다는 것도 모르는 것 같았다. 그가 어떤 꿈을 꾸었는지, 무엇을 느꼈는지, 그의 가슴 속에 얼마나 커다란 슬픔이 자리하고 있는지 아무도 알지 못했다. 리비에르는 로비노를 바라보았다. 그것도 오랫동안, 마치 어떤 일에 대한 살아 있는 증인처럼. 로비노는 거북했다. 리비에르가 로비노를 바라보면 볼수록, 리비에르의 입가에는 이해할 수 없는 아이러니가 더욱 뚜렷하게 그려졌다. 그리고 리비에르가 로비노를 바라볼수록 로비노의 얼굴은 더욱 붉어졌다. 로비노가 여기 온 것은 감동적인 호의, 불행히도 자발적인 호의로 온 것이겠지만 점차 그것은 리비에르에게 인간들의 어리석음을 증명하러 온 것으로 보였다.

로비노는 당혹감에 휩싸였다. 하사도, 장군도, 빗발치는 총탄도 이제는 통하지 않았다. 뭔가 설명할 수 없는 일이 벌어지고 있었다. 리비에르는 여전히 그를 바라보고 있었다. 그래서 로비노는 자신도 모르게 자신의 자세를 약간 고치고, 왼쪽 호주머니에서 손을 뺐다. 그래도 리비에르는 여전히 그를 보고 있었다.

그러자 마침내 거북해서 견딜 수 없게 된 로비노는 왜 그랬는지 알 수 없지만 불쑥 이렇게 말을 꺼내고 말았다.

"지시를 받으러 왔습니다."

리비에르는 손목시계를 꺼내 보더니, 이렇게 말할 뿐이었다.

"2시군. 아순시온 우편 항공기는 2시 10분 착륙할 것이네. 2시 15분에 유럽행 우편 항공기를 이륙시키지."

그러자 로비노는 야간 비행을 연기하지 않는다는 그 놀라운 소식을 전했다. 그리고 과장에게 말했다.

"내가 통제할 수 있도록 그 서류를 내게 가져다주시오."

과장이 그의 앞에 와서 서자,

"기다리시오" 하고 말했다.

그래서 과장은 기다렸다.

XXII

아순시온 우편 항공기가 곧 착륙할 예정이라고 알려왔다. 리비에르는 최악의 순간에서도 전보와 전보를 찾아 읽으며 이 항공기의 순항을 뒤쫓았었다. 그것이야말로 그에게 있어 혼란의 와중에서도 살아남은 자신의 신념의 대가이자 증거였다. 이 비행기의 순항은 그 전보들을 통해 다른 수많은 순항들을 예고하는 것이었다. '태풍이 매일 밤 부는 것은 아니니까' 하고 그는 생각했다. '일단 항로가 열리면, 계속 밀고 나가지 않을 수 없는 법이지.'

꽃이 만발한 아름다운 정원과 나지막한 집들, 느릿느릿 흐르는 강물을 따라 내려오듯 파라과이로부터 기항지와 기항지를 거치며 내려온 그 비행기는 별빛을 흐리지 않는 태풍권 밖을 미끄러져 왔다. 여행용 모포로 몸을 둘둘 만 아홉 명의 승객들은 마치 보석 진열장을 들여다보듯 이마를 창에 대고 있었다. 아르헨티나의 작은 도시들이 벌써 어둠 속에서 별들의 도시들이 내 보이는 더 창백한 황금빛 아래로 자신들의 황금빛을 하나씩 드러내고 있었기 때문이었다. 전방에 있는 조종사는 염소지기처럼 커다랗게 뜬 눈에 달빛을 가득 담고 인명이라는 소중한 짐을 자신의 손으로 떠받치고 있었다. 벌써 부에노스아이레스가 장밋빛 불빛으로 지평선을 가득 채우고 있었고, 조금 있으면 동화 속 보물처럼 그 모든 보석들로 빛날 것이다. 무선기사가 마지막 전보를 치고 있었는데, 마치 리비에르가 잘 아는 소나타의 마지막 음을 하늘에 흥겹게 손가락으로 톡톡 치는 것만 같았다. 전보를 친 다음 그는 안테나를 올리고 가볍게 기지개를 켜더니 하품을 하고 씩 웃었다. 마침내 도착한 것이다.

착륙 후, 조종사는 손을 호주머니에 찔러 넣은 채 기체에 등을 기대고 있는 유럽행 우편 항공기 조종사를 만났다.

"자네가 이어서 가는 건가?"

"그래."

"파타고니아는 왔나?"

"기다리는 것을 포기했어. 실종이야. 날씨는 좋던가?"

"무척 좋아. 파비앵이 실종되었다고?"

그들은 별로 말이 없었다. 깊은 우애가 말이 필요없게 해주었다.

아순시온 비행기에서 유럽행 항공기로 행낭들을 옮겨 싣고 있을 때, 조종사는 고개를 젖혀 목덜미를 기체에 댄 채 꼼짝도 않고 별을 바라보고 있었다. 그는 자신의 내부에서 무한한 힘이 생겨남을 느꼈고, 그러자 강렬한 기쁨이 느껴졌다.

"다 실었나? 그러면 스위치 올려" 하는 소리가 들렸다.

조종사는 가만히 있었다. 그의 비행기에 엔진 시동이 걸리고 있었다. 조종사는 비행기에 기댄 어깨에서 그 비행기가 살아 있음을 느끼게 될 것이다. 출발한다…… 출발하지 못 한다…… 출발한다! 그토록 많은 잘못된 소식들 끝에 조종사는 마침내 안심했다. 입이 저절로 벌어지고 달빛 아래 그의 치아가 젊은 야수의 이빨처럼 번득였다.

"어이! 밤이니까 조심하라고!"

동료의 조언이 귀에 들어오지 않는다. 고개를 젖힌 채 손을 호주머니에 찌르고 구름과 산, 강과 바다를 마주한 그는 소리 없이 웃기 시작했다. 가벼운 웃음, 나무를 스치는 산들바람처럼 그의 내부를 스쳐가는 그 웃음에 그의 온몸이 전율했다. 가벼운 웃음이지만 저 구름보다, 저 산보다, 저 강과 바다보다 훨씬 강한 웃음이었다.

"뭐가 그리 우스워?"

"그 멍청한 리비에르가 나를…… 내가 겁을 먹었다고 생각하고 있더라고!"

XXIII

1분 후면 비행기가 부에노스아이레스 상공을 지날 것이다. 다시 자신의 싸움을 재개한 리비에르는 그 소리를 듣고 싶어한다. 별들 속으로 행진하는 군대의 웅장한 발소리처럼 비행기가 나타나고 으르렁대다가 사그라지는 그 소리를 듣고 싶은 것이다.

리비에르는 팔짱을 낀 채 직원들 사이로 지나간다. 창문 앞에서 걸음을 멈춘 그는 귀를 기울여 들으며 생각에 잠긴다.

만일 그가 단 한 번의 출발이라도 연기했다면, 야간 비행의 명분은 사라졌을 것이다. 그러나 내일이면 그를 비난하고 나설 약자들을 앞질러, 리비에르는 어둠 속으로 또 한 팀의 승무원들을 풀어놓았다.

승리…… 패배…… 그런 말들은 의미 없다. 삶은 그런 이미지들 저 아래에 있으며 벌써부터 새로운 이미지들을 마련하고 있다. 승리는 어떤 사람들을 약하게 만들고, 패배는 다른 사람들을 일깨운다. 리비에르가 당한 패배는 어쩌면 진정한 승리로 다가가는 약속일지도 모른다. 오직 진행 중인 일만이 중요하다.

5분 후면 무선기지국들에서 기항지들에 경보를 울려놓을 것이다. 15000킬로미터에 걸쳐 생명의 떨림이 모든 문제들을 해결해놓을 것이다.

이미 비행기라는 오르간 곡이 울려 퍼지고 있다.

리비에르는 자신의 엄한 시선에 몸을 숙이는 직원들 사이로 천천히 걸음을 옮겨 자신의 자리로 돌아간다. 힘겨운 승리를 거두는 위대한 리비에르, 승리자 리비에르.

찰나적 인간,
그 인간의
존엄성과 위대함

김윤진(번역가)

늦은 밤 버스나 지하철 차창 위로 피로에 지친 자신의 모습을 보며, 왜 이렇게 사는지, 과연 무엇을 위해 살고 있는 것인지 자신에게 질문을 던져본 적이 있는 사람이라면, 생텍쥐페리의 글을 읽으며 여러 대목에서 고개를 끄덕일지 모른다. 그것은 비행기 조종사로서의 그의 치열한 생의 경험에서 우러나온 성찰의 결과가 우리의 마음에 진정성을 가지고 와 닿기 때문일 것이다.

생텍쥐페리는 작품 속에서 끊임없이 인간과 인간성, 세계 혹은 우주 내에서의 인간의 위상을 파악하고자 하며, 대자연 앞에서 무력하기 짝이 없는 인간이 과연 어떻게 살아가야 할 것인지, 삶의 의미를 어디서 찾아야 할지를 보여주고자 한다. 그는 하늘에서, 불시착한 사막의 모래밭에서, 반군들이 언제 습격을 해올지 모르는 기지에서, 스페인 내전의 한가운데에서, 사람의 발길이 전혀 닿지 않은 고원에서 자신을 돌아보고, 조종사라는 직업으로 관계를 맺게 된 타인들을 생각하고, 영원한 우주 속에 우연처럼 생겨난 인간의 문명을 생각한다.

사실 그러한 성찰을 가능케 한 것은 그가 타고 다니는 비행기라는 도구에 의해 제공되는 수직적 시각이다. 우리는 우리의 눈높이에 한정된 수평적인 시각에 길들여져 있기 마련인데, 그때의 수평적 시각은 마치 평면 위에 놓인 개미의 시각처럼 주관적이고 제한적일 수밖에 없다. 그러나 생텍쥐페리가 누리는 수직적 시각은 훨씬 더 넓고 크게 바라볼 수 있게 해줄 뿐만 아니라 일상적인 것과 거리감을 둠으로써 우리가 습관적으로 모든 것에 부여하던 가치를 변화시키며 객관화한다. 높은 곳에서 내려다보는 인간의 문명은 흔히 우리가 생각하는 것처럼 그리 오래된 것이 아니라 우주적 시간과 비교할 때 찰나에 불과한 것이다. 그 문명은 수억 년이나 지속되어온 지구의 표면에 어쩌다 기적적으로 잠시 피어난 꽃처럼 일시적이고 허망한 것이다. 그리고 그 속에서 살고 있는 인간은 자신의 한계 속에 머물며 자신의 욕망 속에 갇힌 왜소하기 짝이 없는 존재일 뿐이다. 틀 속에 갇혀 개인적 욕망만을 추구할 때 인간을 이루고 있는 진흙은 말라붙어버리며, 그 삶에서는 어떠한 의미나 가치도 찾아볼 수 없다.

평생을 비행기 조종사로 활약하며 새로운 시각에서 인간의 조건을 관찰하고 이상적인 인간상을 제시해왔던 생텍쥐페리는 젊은 시절 여러 편의 작품을 발표하고, 르포 기사나 시류에 관한 글도 많이 썼지만 대부분 짤막한 글이어서, 일반적으로 《남방 우편기》(1929), 《야간 비행》(1931), 《인간의 대지》(1939), 《전투 조종사》(1942), 《어린 왕자》(1943)를 그의 대표작으로 꼽고 있다. 그중에서도 《어린 왕자》는 지금까지 전 세계 수십 종의 번역본이 출간되며 '어른을 위한 동화'로 수많은 독자들의 사랑을 받고 있다. 하지만 어느 순간 하나의 문학적 상징이 되어버린 사막의 '어린 왕자'를 탄생시킬 수 있었던, 아니 탄생시킬 수밖에 없었던 '작가 생텍쥐페리', '인간 생텍쥐페리의 정수'는 이 책에 실린 두 작품을 통해 볼 수 있다.

특히 생텍쥐페리 자신과 동료들의 경험을 바탕으로 조종사가 겪게 되는 다양한 상황 속에서 인간에 대한 성찰, 삶의 방식, 세계와의 관계들을 고찰한 《인간의 대지》는 그의 작품에서 가장 중요한 작품으로 꼽아야 할 것이다. 눈 덮인 안데스 산맥에서 불시착하여 사경을 헤매다 귀환하는 기요메, 리비아 사막에 불시착했다가 기적적으로 구조되는 생텍쥐페리, 스페인 내전에 참여한 병사들의 이야기, 반군 세력에 노예로 붙잡혀 있으면서도 끊임없이 자유를 갈구하다 결국 성공하여 인간의 존엄을 되찾는 바르크의 이야기 등 많은 에피소드들이 독자들에게 흥미진진한 이야기와 함께 감동을 안겨주고 있다.

생텍쥐페리가 꿈꾸는 이상적인 인간은 일상의 껍질을 깨고 나와서 스스로의 삶 그리고 타인들의 삶에 대한 책임감과 연대를 통해 스스로 위대함을 부여하는 존재다. 눈 덮인 안데스 산맥 위로 새로운 항로 개척을 위해 비행에 나섰다가 불시착한 기요메 같은 사람이 바로 그러한 사람일 것이다. 자신이 죽을 것이라 생각하고 그대로 쓰러졌다가 문득 실종자로 분류되면 보험금 지급이 몇 년 뒤로 미루어지고 그렇게 되면 식구들의 삶이 어려워질 것임을 깨달은 그는 눈이 녹으면 시신이 발견될 수 있도록 바위 위에 몸을 누인다. 그러나 자신을 기다리고 있는 사람들의 기대를 저버리지 말아야 한다는 책임감을 느낀 그는 눈 속에서 처절한 사투를 벌인 끝에 귀환하고, 몸이 회복되자마자 다시 새로운 항로의 개척에 뛰어들지 않던가! 바르셀로나에서 회계원으로 일하다가 자신의 동료들이 하나둘 전장에 나가 돌아오지 않자, 죽을 것임을 알면서도 전쟁에 참여하는 이름 모를 중사의 경우도 마찬가지이며, 노예로 살면서도 끊임없이 가족의 품으로 돌아가기 위해 자유를 희원하는 바르크도 그러하다. 많은 사람들의 비난에도 불구하고 비행기의 이륙 시간을 엄수케 하고 설령 조종사의 생명을 위태롭게 한다 하더라도 보다 더 큰 대의를 위해 야간 비행을 가능케 한 리비에르, 그리고 상사의 지시가 부조리한 것이라 판단하면서도 대의와 원칙을 위해 스스로를 희생하는 파비앵과 같은 사람도 생텍쥐페리가 그리는 인간상에 부합하는 사람들일 것이다. 평소에는 드러나지 않지만, 어떠한 상황이 되면 자신 속에 잠자고 있던 진정한 인간을 깨워 인류에 대한 책임감과 연대감 속에서 행동으로 가치를 구현하는 사람으로 재탄생하는 것, 그것이야말로 그가 바라는 참된 인간의 모습이 아닐까.

1931년 프랑스 4대 문학상 중 하나인 페미나상을 수상하면서 서른한 살의 생텍쥐페리를 위대한 작가의 반열에 들게 한 《야간 비행》은 자신의 상사였던 디디에 도라라는 실제 인물을 모델로 한 작품이다. 많은 이들의 반대를 무릅쓰고 야간 비행을 정상적인 궤도에 안착시키려는 리비에르는 부에노스아이레스 공항에서 파라과이, 칠레, 파타고니아 세 곳에서 오는 우편물을 수합하여 유럽으로 보내는 책임을 맡고 있다. 그러던 어느 날 칠레에서 오는 우편 항공기는 펠르랭에 의해 무사히 착륙하지만, 파타고니아에서 출발한 항공기는 폭풍을 만나 무선교신도 두절된 채 항로를 이탈하여 사라지고 만다. 이착륙 시간을 엄수하고자 하는 리비에르의 방침을 따른 조종사 파비앵은 필사적인 노력을 하지만 별들을 향해 고도를 높인 비행기는 내려올 줄 모른다. 리비에르는 지상에서 내심 자신의 방침, 파비앵의 안위 등으로 갈등하며 고심하지만 겉으로 내색하지 않는다. 심지어 파비앵의 부인이 찾아와도 속마음을 드러내지 않고 자신의 감정을 억제하며 사무적으로 대한다. 파라과이에서 출발한 항공기가 도착하면서, 리비에르는 큰 희생에도 불구하고 야간 비행을 유지할 것을 다짐한다. 긴박한 상황에서 원칙을 준수할 것을 강조하는 리비에르는 내면으로 많은 갈등을 겪지만, 의무와 책임감, 용기 등의 덕목을 내세우며 인간의 위대함을 고무하는 인물로 제시되고 있다.

생텍쥐페리는 그의 작품들을 통해 한결같이 인간, 인간과의 관계, 삶의 조건과 방식, 인간과 세계의 관계를 다루고 있다. 그러한 그의 탐구를 독특하게 만드는 것은 탐구의 도구가 비행기라는 점과 탐구의 방식이 행동이라는 점에 있다. 비행기는 그를 바다, 산,

사막으로 옮겨주며 평면이 아니라 입체적 시각을 통해 세계 혹은 방대한 우주 속에서 인간이 얼마나 왜소한 존재인지를 보여준다. 눈사태나 폭풍처럼 자연이 조금만 변덕을 부려도 생명을 위협받는 존재, 태고부터 변함없이 거의 영원하게 지속되는 세상 속에서 찰나의 순간만 꽃피는 덧없는 문명 속에 살아가는 존재.

그러나 그럼에도 불구하고 인간은 그 정신으로 인해 존엄성과 위대함을 획득한다. 삶의 목적을 스스로 부여하여 자신의 내면에서 잠들어 있는 정신적 '나'를 깨우고 자신이 처한 상황에서 소명을 다하는 것, 우편 항공기 조종사로서 우편물을 안전하게 전달하는 것, 정원사로서 최선을 다해 정원을 아름답게 가꾸는 것, 그것이야말로 사람을 사람답게 만드는 것이라 할 수 있다.

생텍쥐페리는 소시민의 일상에 갇힌 개인들에게 그 틀을 깨고 나와 타인들과 소통하고 연대하며, 자신에 대한 그리고 타인에 대한 책임을 통해 인류 전체의 가치를 지향하라고 주장한다. 그런 점에서 볼 때 그의 전 작품은 실천적 휴머니즘으로 정리할 수 있을 것이다.

생텍쥐페리가 의식하고 있었는지는 알 수 없지만 스스로의 운명을 선택하여 스스로를 만들어가는 인간을 제시하고 있다는 점에서 그는 동시대에 살았던 사르트르와 카뮈로 대표되는 실존주의 문학과 맥락이 닿아 있다. 다만 차이가 있다면 생텍쥐페리는 앙드레 말로와 함께 행동주의 문학을 대표하는 작가로 분류될 수 있을 정도로, 복잡한 추론이 아니라 행동 자체에서 우러나오는 직접적인 구체성을 보여주고 있으며, 거기에 인종이나 사상,

계급 등을 뛰어넘는 휴머니즘을 바탕에 깔고 있다는 점이리라.

당대 문학의 흐름 속에서 행동주의 문학이 주류를 이루었다고는 할 수는 없겠으나, 당시의 시대적 상황에서는 독자들에게 커다란 영향을 끼쳤다. 19세기 후반부터 실증주의 철학과 과학의 발달로 인해 영혼, 혹은 정신의 영역보다 육체 혹은 물질의 영역이 전면에 부각되면서 영혼을 다루는 종교는 더 이상 삶의 지침을 제공하지 못하고 있었다. 플로베르로 대표되는 사실주의 문학이나 에밀 졸라가 주창한 자연주의 문학은 객관성, 관찰, 실험을 내세우며 인간을 대상화, 객체화시키는 결과를 낳았고, 그로 인해 정신적 가치나 덕목들은 점차 잊혀져가고 있었다. 거기에다 20세기 들어 제1차 세계대전 말기에 휘몰아친 다다이즘 운동은 모든 의미를 부정하고, 기존 질서의 가치를 파괴하는 행위 그 자체였다. 아무 뜻도 없는 '다다'라는 말에서 비롯된 이 유파의 경향은 그 명칭만큼이나 허무주의적이고 전복적일 뿐, 거기에서 다시 무엇을 창조하려는 의지는 없었다. 다다이즘 이후 인간 무의식의 자연적인 흐름을 경험의 의식과 결합시키고 무의식에서 창조적 상상력의 동력을 찾고자 하는 초현실주의 운동이 앙드레 브르통에 의해 주창되고 널리 퍼져나가기 시작했다.

또 다른 한편에서는 두 차례에 걸친 참혹한 전쟁의 참화 속에서 인간 존재의 의미에 의문을 제기하는 또 다른 경향이 생겨난다. 그것은 바로 사르트르와 카뮈로 대표되는 실존주의 문학이다. 인간은 모자나 재떨이처럼 어떤 본질을 지니고 태어나는 것이 아니라 그저 세상에 내던져진 잉여적 존재이며, 따라서 스스로의 선택을 통해 자신을 만들어가고 그 선택에 대해 책임을 져야 한다는 것이 이들이 내세운 주장이다. 자기기만을 버리고 스스로의 삶을 매순간 만들어간다는 점에서 휴머니즘과 이어진다고 할 수 있다.

이러한 흐름 속에서 행동주의 문학은 나름만의 특성을 보여 준다. 그것은 일체의 사변적, 추론적 사고를 피하고 행동 속에서 가치를 재발견한다는 점이다. 실제로 생텍쥐페리는 앙드레 브르통의 초현실주의를 거부하며, 경험이 빠져 있는 허구적 상상력을 인정하지 않았다. 그에게 있어 글을 쓴다는 것은 비행을 하는 것과 마찬가지로 행동에 속하는 일이었다. 따라서 그는 자신이 겪은 바를 끊임없이 메모하고(그가 남긴 수첩 속의 그 많은 메모를 보면 그가 얼마나 경험에 대한 성찰을 빠짐없이 기록했는지 알 수 있다), 그것을 토대로 글을 재구성한다. 무엇보다도 인간성의 본질, 삶의 가치, 인간이 지향해야 할 바를 행동 속에서 구현한다는 점에서 우리는 행동주의 문학이 왜 진정성을 지니고 우리에게 설득력 있게 다가오는지 이해할 수 있을 것이다.

19세기 이래 급속한 산업의 발전으로 인해 물질문명이 전 세계로 확산되고 기계적 이성에 의해 종교가 삶의 전면에서 물러나면서 그동안 인간과 인간이 살고 있는 세상의 가치관이 무너지는 상태에서 맞게 된 20세기, 양차 세계대전으로 그때까지 이루어왔던 문화와 문명이 파괴되고 수많은 목숨이 희생되는 그 가운데에서, 그는 직접 몸으로, 그리고 그 삶과 성찰의 기록처럼 남은 작품을 통해 인간의 존엄성을 지키며 개개인이 인류의 대표 단수처럼 살아가는 길을 제시하고 있다.

6월 29일 프랑스 남부의 리옹에서 태어남.   **1900**
정식 이름은 앙투안 장밥티스트 마리 로제
드 생텍쥐페리.

아버지가 뇌출혈로 갑작스럽게 세상을 떠남.   **1904**

외가가 있는 르망으로 이사해 10월 예수회   **1909**
학교인 노트르담 드 생크루아에 입학.

제1차 세계대전 발발. 동생과 함께 빌프랑슈   **1914**
쉬르손에 있는 예수회 학교 노트르담 드 몽
그레에 입학하지만 3개월 만에 그만둠.

11월, 스위스 프리부르의 마리아니스트 수   **1915**
도회 학교에 기숙학생으로 들어감. 이 시기
에 발자크, 보들레르, 도스토옙스키의 작품
들을 읽고, 12음절로 된 시를 짓기도 함.

6월, 대학입학 자격시험 통과. 해군사관학교   **1917**
시험 준비를 위해 파리의 생루이 고등학교

를 다니다 전쟁으로 인해 남부의 명문 도시 소에 있는 라카날 고등학교로 옮김. 동생 프랑수아가 급성 류머티즘으로 사망.

해군사관학교 구술시험에서 탈락. 10월,에 콜 데 보자르 건축과에 입학. 파리 친척들의 도움을 받았으나 궁핍한 생활을 벗어나지 못해 군에 입대함.	1919

4월, 스트라스부르의 제2 공군연대에 배치된 후 전투 조종사가 되기 위해 훈련을 받음. 민간 조종사 면허를 먼저 취득. 사관생도 자격으로 8월 카사블랑카에 위치한 37연대로 전속. 12월, 전투 조종사 자격증 취득. **1921**

1월, 이스트르에 전투 조종사 훈련생으로 파견되어 힘든 시기를 겪음. 10월 예비역 중위에 임관되어 부르제에 있는 34연대에 배치됨. **1922**

부르제에서 사고로 두개골 골절상을 입고 6월 5일 제대. 공군 입대를 꿈꾸었으나 약혼녀인 루이즈 드 빌모랭 가족의 설득으로 포기, 부아롱 타일 제조회사의 감독관으로 입사함. 가을에 파혼. **1923**

전업하여 쉬렌에 있는 소레 운송회사에 입사. 부르제와 오를리 공항에서 비행기를 몰기 위해 파리로 상경. **1924**

파리에서 사촌 레트랑주의 살롱에 출입하며 앙드레 지드와 장 프레보를 정기적으로 만남. 이 시기에 단편 〈무희 마농〉을 썼으나 발표하지 않음. **1925**

4월, 잡지 《르 나비르 다르장》에 단편 〈비행사〉 **1926**

를 발표. 소레 운송회사를 그만두고 프랑스 항공회사에 입사, 수송기 조종 자격증을 취득. 은사의 추천으로 라테코에르 항공회사로 이직해 툴루즈에 배치, 몇 달간의 정비사 업무 후 조종사 업무를 맡음.

비행 동료인 바셰, 메르모즈, 에티엔, 기요메, 레크리뱅 등과 함께 툴루즈-카사블랑카-다카르 노선의 조종사로 근무. 10월, 리오 데 오로에 있는 쥐비 곶 비행장 책임자가 됨. **1927**

쥐비 곶에서 근무하며 《남방 우편기》 집필. **1928**

브레스트로 떠나 상급 비행과정 수업을 들음. 남미로 전근, 부에노스아이레스에서 메르모즈, 기요메와 함께 남미 대륙 항로 개척에 참여. 아에로포스탈 아르헨티나 지부의 개발책임자가 되어 파타고니아 노선 개척을 담당. 《야간 비행》 집필. 프랑스 갈리마르 출판사에서 앙드레 뵈클레의 서문이 실린 《남방 우편기》 출간. **1929** 《남방 우편기》

민간 조종사 자격으로 레종도뇌르 훈장을 받음. 6월, 안데스 산맥에서 실종된 기요메를 찾기 위해 탐사 비행. 《어린 왕자》 속 장미의 모델이 된 엘살바도르 출신의 미망인 콘수엘로 순신과 알게 됨. **1930**

아에로포스탈의 재정 악화로 존경하던 상사 디디에 도라가 사직하자 아르헨티나로 돌아가지 않기로 함. 4월, 콘수엘로와 결혼. 야간 비행사로서 남미 노선 중 카사블랑카-포르 에티엔 구간 담당. 《야간 비행》 출간, 프랑스 4대 문학상 중 하나인 페미나상을 수상함. **1931** 《야간 비행》

재정적 위기로 다시 아에로포스탈에 근무. **1932**
마르세유와 알제 사이의 수상비행기 노선에
배치, 이후 카사블랑카-다카르 노선의 우편
비행기 운항을 위해 카사블랑카에 배치됨.
가스통 갈리마르가 창간한 잡지《마리안》창
간호에 〈노선 조종사 1〉을 발표. 이후 〈파타
고니아의 기항지들〉, 〈아르헨티나의 공주들〉
발표.

에어프랑스 입사에 실패하고 라테코에르 항 **1933**
공회사에 수상비행기 연습 조종사로 근무. 조
종 실수로 착륙에 실패하여 생 라파엘 만에
서 익사할 뻔함.《마리안》에 〈메르모즈〉, 〈모
르인 노예, 바르크〉, 〈코도와 로시에 관해〉를
발표.

파리로 상경하여 에어프랑스 홍보부에 입 **1934**
사.《남방 우편기》시나리오 각색 작업.

일간지 〈파리 수아르〉의 특파원으로 모스크 **1935**
바에서 1개월 체류, 모로코에서 짧게 특파원
으로 활동. 지중해 부근의 중동, 그리스 등을
비행. 12월, 자신이 구입한 비행기를 타고
정비사 앙드레 프레보와 함께 파리-사이공
간 비행 기록을 세우기 위해 부르제에서 출
발했으나 리비아 사막에 불시착.

1월, 카라반에 의해 리비아 사막에서 구조 **1936**
됨. 7월에 스페인 내란이 발발하자 카탈로니
아 전선에 특파원으로 파견됨. 10월, 메르모
즈가 비행기 엔진 고장으로 사망.

카사블랑카-통북투-바마코-다카르를 잇는 **1937**
새 항로 개척. 예비역 대위로 승진. 〈파리 수
아르〉 특파원으로 카라반셀 전선에 파견됨.

4월, 마드리드의 플로리다 호텔에서 헤밍웨이와 만남. 8월, 독일 여행. 9월, 뉴욕-티에라 델 푸에고 항로의 시험 비행을 항공성에 제안하여 허락 받음.

1월, 뉴욕으로 출발. 2월, 프레보와 함께 뉴욕-테르드푀 간의 기록 갱신을 위해 비행했으나 과테말라에서 기체 파손으로 중상을 입어 며칠 동안 혼수상태에 빠짐. 《인간의 대지》집필 시작. 부인 콘수엘로와 합의하에 별거.

1938

2월,《인간의 대지》출간. 미국에서는《바람과 모래와 별들》이라는 제목으로 출간되어 국제적인 베스트셀러가 됨. 아카데미 프랑세즈 소설대상 수상. 9월, 툴루즈로 소집되어 조종사 교육 담당. 11월, 건강이 좋지 않음에도 불구하고 2-33 정찰비행대에 배속되어 임무를 맡음.

1939   《인간의 대지》

5월, 아라스 상공 정찰 임무를 수행. 6월, 2-33 비행대 소속 장교로 알제 파견. 독일-프랑스 6월 22일 휴전협정. 7월에 소집 해제되어 프랑스로 돌아와《성채》집필. 10월 미국 출판사가《바람과 모래와 별들》홍보와 프랑스의 전쟁에 관한 책을 집필 요청, 미국행 결심. 11월, 지중해 상공에서 기요메 사망.

1940

뉴욕 센트럴 파크 남쪽에 거주하며《전투 조종사》와《어린 왕자》집필.

1941

《전투 조종사》출간. 미국에서는《아라스로의 비행》이라는 제목으로 출간. 여름에 코네티컷과 롱아일랜드를 오가며《어린 왕자》삽화를 손수 그림. 12월, 비시 정권에 의해《전

1942   《전투 조종사》

투 조종사》가 출간 금지됨.

뉴욕에서 《어린 왕자》 출간. 5월, 알제에 도착하여 우즈다에서 2-33 비행대에 합류. 7월, 첫 전투 임무 수행. 8월, 두 번째 출격에서 제동장치 조작 실수를 범해 예비역으로 편입. 더 이상 비행하지 못하는 것에 괴로워함. 건강 악화로 알제에 거주.

| 1943 | 《어린 왕자》 |

다시 비행대 합류를 승인받음. 6월, 왼쪽 엔진 화재로 노르망디 착륙. 이후 여러 번에 걸쳐 사고로 불시착함. 7월 31일, 그르노블-앙베리외-안시 지역으로 열 번째 임무 수행을 나섰으나 돌아오지 못함. 2월에 알제에서 출간된 《어느 인질에게 보내는 편지》가 12월 갈리마르 출판사에서 다시 출간됨.

| 1944 | 《어느 인질에게 보내는 편지》 |

미완성작 《성채》 출간.

| 1948 | 《성채》 |

옮긴이 **김윤진**

서울대학교 사범대학 불어교육과를 졸업하고 같은 대학 대학원에서 문학박사 학위를
받았다. 서울대학교와 이화여자대학교, 한국외국어대학교 통역번역대학원 등 여러 대
학에 출강하였고 현재 한국문학번역원에 재직하고 있다. 지은 책으로《불문학 텍스트
의 한국어 번역 연구》등이 있으며, 옮긴 책으로 앙투안 드 생텍쥐페리의《어린 왕자》,
알퐁스 도데의《별》, 귀스타브 플로베르의《감정교육》, 르 클레지오의《조서》, 미셸 우
엘벡의《플랫폼》등이 있다.

세계문학의 숲 043
인간의 대지

초판 1쇄 발행일 2014년 6월 27일
초판 12쇄 발행일 2025년 2월 1일

지은이 앙투안 드 생텍쥐페리
옮긴이 김윤진

발행인 조윤성

편집 정은미 **마케팅** 이지희
발행처 ㈜SIGONGSA **주소** 서울시 성동구 광나루로 172 린하우스 4층(우편번호 04791)
대표전화 02-3486-6877 **팩스(주문)** 02-598-4245
홈페이지 www.sigongsa.com / www.sigongjunior.com

ISBN 978-89-527-7169-8 04860
ISBN 978-89-527-5961-0 (세트)

*SIGONGSA는 시공간을 넘는 무한한 콘텐츠 세상을 만듭니다.
*SIGONGSA는 더 나은 내일을 함께 만들 여러분의 소중한 의견을 기다립니다.
*잘못 만들어진 책은 구입하신 곳에서 바꾸어 드립니다.

고 전 의 경 계 를 넘 어 내 일 을 여 는 문 학

이 만나다. 19세기 미국문단의 가장 이례적인
작가 허먼 멜빌의 숨겨진 걸작

046 다르마 행려 국내초역
잭 케루악 | 김목인 옮김
《길 위에서》와 함께 잭 케루악의 대표작으로
꼽히는 장편이자 혹독한 삶의 체험으로서의
방랑을 그린 케루악 문학의 정수

047 지킬 박사와 하이드 씨
로버트 루이스 스티븐슨 | 권진아 옮김
뮤지컬 〈지킬 앤 하이드〉 원작. 인간 내면의
악이라는 인류 최고의 악몽을 형상화한 신화
적 작품
《롤리타》의 블라디미르 나보코프 평론 수록

048 좁은 문
앙드레 지드 | 이상해 옮김
사랑을 위해 자신의 온 생을 걸려 하는 소년과
그를 위해 그 사랑마저 포기하고자 하는 소
녀. 20세기 프랑스 문학의 거인, 앙드레 지드
의 대표작
*노벨문학상 수상작가

049 와인즈버그, 오하이오
셔우드 앤더슨 | 김선형 옮김
미국 현대 소설의 아버지 셔우드 앤더슨이 창
조해낸 슬프고 아름다운 그로테스크의 마을
*모던라이브러리 선정 최고의 영문소설 100선

050 셰익스피어 4대 비극
윌리엄 셰익스피어 | 여석기 외 옮김
BBC 조사 '지난 천 년간 최고의 작가' 1위
문학사상 가장 위대한 작가, 윌리엄 셰익스피
어의 4대 걸작

*노벨연구소 선정 최고의 세계문학 100선
*뉴스위크 선정 세계 100대 명저
*미국 대학위원회 선정 SAT 추천도서
*서울대학교 선정 동서양고전 200선
*국립중앙도서관 선정 청소년 권장도서

시공사 세계문학의 숲은 계속 출간됩니다.